U0916309

中华智慧故事

喻岳衡 编著

岳麓書社·长沙

图书在版编目(CIP)数据

中华智慧故事/喻岳衡编著. —长沙:岳麓书社,2016.2(2022.10 重印)
ISBN 978-7-5538-0513-9

Ⅰ.①中… Ⅱ.①喻… Ⅲ.①故事—作品集—中国 Ⅳ.①I247.8

中国版本图书馆 CIP 数据核字(2016)第 000843 号

ZHONGHUA ZHIHUI GUSHI

中华智慧故事

编　　著:喻岳衡
责任编辑:曾德明
责任校对:舒　舍
封面设计:万　拓

岳麓书社出版发行
地址:湖南省长沙市爱民路 47 号
直销电话:0731-88804152　0731-88885616
邮编:410006

版次:2016 年 2 月第 1 版
印次:2022 年 10 月第 5 次印刷
开本:890mm×1240mm　1/32
印张:10.125
字数:236 千字
印数:23 001—26 000
ISBN 978-7-5538-0513-9
定价:46.80 元

承印:廊坊市博林印务有限公司

如有印装质量问题,请与本社印务部联系
电话:0731-88884129

前　言

有这样一个故事。

德国著名音乐家贝多芬有个弟弟叫做约翰·贝多芬，经商发了大财，在纽约买了地皮，于是将自己名片上的抬头改成“约翰·贝多芬，土地所有者”，并将名片寄给了哥哥。贝多芬收到之后，在名片的后面写了一行字：

“路德维希·贝多芬，智慧所有者”，并将名片寄回给弟弟。

人类认识改造世界，解决生产生活中各种纷繁复杂的问题，都离不开智慧，而人的智慧又来源于人类在生产和社会实践中的经验总结，没有人类特别是杰出人物智慧的传承，就没有今天人类的智慧和文明。

中华民族是一个才智卓越的民族，人们在广阔的神州大地和历史舞台上，在政治、经济、科技、文艺、军事、法制、人事等诸多领域，运用他们的智慧，知人之所未知，发人之所未发，在改造社会、改造自然中，不仅有闪光的智谋才略，还有领先世界的科学发现和发明创造，这些都记载在历代典籍中，成为我们民族的精神财富，而且不断赋予新的生命力，被广泛应用于社会生活的各方面。本书特将典籍中所记历代名人的智慧典故收集成书，为扩大读者面，方便阅读，特略去原文，改为语体，略有增删，或根据史籍所记，重新编写。后附简评，以求抛砖引玉，便于览者能对前人智慧熟知、借鉴，以前人之智慧提高自己，有益于中华文化的传承。

人们提到智慧，往往着重甚至限于军事领域。诚然，在千军万马生死决斗的战场上，主将的智慧谋略往往决定战争的胜负成败。本书《军事篇》中的孙膑减灶败庞涓、孙策用计败刘勋等，无不说明主将的智谋才略和指挥才能，对战役成败起着关键作用。但除军事外，我们更多地看到前人在决策、政事、经济、科技、文艺、讼狱、人际、辞令、人才等方面显示出来的智慧。以决策为例，本书《决策篇》中所录赵武灵王胡服骑射，是赵国走向强盛的关键性一步。至于《政事篇》中的子产不毁乡校，召公要厉王让百姓说话，范仲淹救荒兴利；《经济篇》中的管仲平衡粮价，范蠡治产致富，刘晏理财富国利民；《科技篇》中的李冰治都江堰，张衡造候风地动仪，毕昇创活字版；《讼狱篇》中的寒朗不屈明冤，高湝察盗，桑怿智捕群盗；《人际篇》中的宋弘婉言拒婚，唐代宗善处婿女纠纷，无一不表现了当事者的智慧。这些智者无疑都是人才，人才不可多得，而识才更需智慧。《人才篇》中的子产知人善任，田婴赏识齐貌辨，萧何荐拔韩信，陶澍、林则徐识左宗棠，识人者本身就是人才，能识人于微时就是智慧。

名人的智慧还体现在文艺、辞令等诸多领域。如本书《文艺篇》所收范晔撰《后汉书》既有继承又有创新，周兴嗣一夜编成《千字文》，王勃作《滕王阁序》，就都表现了非凡的智慧。《后汉书》在体例和内容上多有突破和创新，其书新增党锢、宦者、文苑、独行、方术、逸民、列女诸传，抑势利，进处士。宰相不多述，而特表逸民；公卿不见采，而特尊独行，是对史书多为帝王将相家谱的突破。《千字文》的作者周兴嗣用一千个字，基本不重复，四字一句，每句成文，前后连贯，加上押韵，被说成是千古奇书，表现了作者高超的写作技巧。至于王勃作《滕王阁序》，熔对偶、声韵、典故、辞藻于一炉，游目八方，思接万里，乃文中极品，非等闲可及。本书还收有《辞令》、《智童》等篇。晏子使楚、优孟衣冠等故事，久为人所知；曹冲称象，陶葆贤九岁留遗集，超人的早慧为世所惊叹，都足以启人心智，赏心悦目。

我们强调人民群众创造历史，少数杰出人物也是群众中的一员，他们只是在某一方面有着高于常人的秉赋，虚心学习，善于吸取他人的智慧，才有着不同寻常的智慧和成就。

本书所录，均来自正史及其他典籍与可靠资料，稗官野史，小说家言，一概不取。书中的简评乃作者一得之见，不一定准确和恰当，聊供参考，不当之处，诚恳盼望指正。

喻岳衡

二〇一三年九月

目　　录

决策篇

政事篇

经济篇

军事篇

科技篇

文艺篇

讼狱篇

人际篇

辞令篇

人才篇

智童篇

决策篇

赵武灵王胡服骑射

东周赧王八年（前307），赵武灵王向北攻占中山国土地，大兵经房子（在今河北省赵县一带），抵达代地（在今河北省蔚县一带），再向北直至数千里的大漠，西到河套，登上黄华山顶，与肥义商议，决定改穿胡人的服装，便于骑马射箭，以此来教练百姓。他说："愚人讥笑的事，贤人看得很清楚。即使整个社会的人都讥笑我，胡人和中山国的土地，我一定要得到。"

国人都不愿改装，武灵王的叔父公子成说是有病不能上朝，武灵王派人去请他，对他传达武灵王的话说："家事听从父母，国事听从君主，现在我要教百姓改变服装，而叔父您不依从，天下人就要议论我了。治国有一定的常规，以有利于人为根本；管理政务有原则，以政令能够推行为上策。申明德行，先从地位卑贱的人开始，而推行政令，则要先从地位高贵的人取得信任。所以我希望借助叔父您的威望，来完成改穿胡服的大功。"

公子成听了，拜了又拜，叩头说："我听说中国是圣贤所教诲的地方，是礼乐所施行的国度，是远处国家参观、向往的地方，也是各少数民族模仿效法的榜样。现在大王丢掉这些传统而要改穿远方胡人的服装，这样就改变了古人的常法，违背了人民的心愿，我希望大王再深思熟虑。”

使者回来报告赵王，赵王就亲自跑去敦请他，对他说：“我国东边有齐国和中山国，北面有燕国和东胡，西面近楼烦、秦国、韩国的边境，现在如果没有骑马射箭的武备，又用什么办法守卫国土呢？过去中山国依仗齐国的强兵，侵略蹂躏我们的国土，劫掠我们的人民，拦截槐水，围困鄗城（在今河北省高邑县东），要不是国家神灵的维护，鄗城几乎没有守住，先君以这件事为可耻，所以我要改穿胡人的服装，学习胡人骑马射箭的本领，以防备四境来的危难，报复中山国侵犯我国的仇恨，然而叔父您顺从中国的旧俗，嫌改变服装的名声不好，却忘记了鄗城几乎失去的耻辱，这不是我所希望的。”公子成听从了赵王的要求，于是赵王赐予他一套胡服，第二天公子成就穿了胡服上朝，这样赵王才开始发出改穿胡服的命令，招收了学习骑马射箭的兵士。

东周赧王九年（前306），赵王攻占中山国的土地，到达宁葭城；向西攻取胡地，到达榆中，林胡王献出宝马。赵王回国后，派楼缓出使秦国，仇液出使韩国，王贲出使楚国，富丁出使魏国，赵爵出使齐国；代相赵固控制胡地，招引降兵。

赧王十年（前305），赵王讨伐中山国，中山国献出四邑达成和议。

赧王十五年（前300），赵王因爱幼子何，想趁自己在世时立为王。武灵王自称“主父”。主父想让儿子治理国家，身穿胡服，带领士大夫去西北攻占胡人的土地，将自云中（在今呼和浩特市西南）、九原（在今包头市西北）向南袭取秦国都城咸阳，于是假作赵国使者进入秦国，想趁机观察秦国地形和秦王的为人。秦王不知，过后对他魁伟的状貌感到奇怪，不是一般人臣的风度，派人去追他，主父一行人早已走出秦国的关口，经过仔细查问，才知是赵国的主父，秦人大吃一惊。

赧王二十年（前295），赵主父联合齐国、燕国灭中山国，把中山国王迁到肤施（在今陕西省榆林县南）。回来后赏赐群臣，大赦罪人，大摆宴席，百姓聚会饮酒五日。

简评

赵武灵王，名雍，公元前325—前299年在位。战国后期著名改革家。他为了抵抗外族和周围邻国的侵略，使赵国强盛起来，大胆改革军制，实行著名的“胡服骑射”，即改传统的兵车作战为骑兵作战，改穿北方民族便于骑射的服装：身穿窄袖长袍，足踏高统皮靴，腰围皮带，帽插羽毛。从此使军队战斗力大大加强，击退胡人的进攻，灭了中山，还准备袭取咸阳。

武灵王的改革，开始遇到了很大的阻力，他对臣下说：“先王不同俗，何古之法？帝王不相袭，何礼之循？”“法度制令各顺其宜，衣服器械各便其用。故礼也不必一道，而便国不必古。圣人之兴也不相袭而王，夏、殷之衰也不易礼而灭。然则反古未可非，而循礼未足多也。”这些话就是他改革的宣言。而改革旧的体制，最最需要的是一往无前的勇气和坚韧不拔的意志。

张良谏止立六国后人为王

楚汉相争时，刘邦的谋士郦食其劝刘邦立六国后代为王，以削弱楚王项羽，刘邦同意他的意见，刻了大印，让郦食其去办理。

郦食其还没有出发，张良从外进来拜见汉王，汉王正在吃饭，对他说："有人为我筹画削弱楚国势力的办法。"于是就详细把郦食其复立六国后代的计划告诉张良，问道："子房你的看法如何?"张良说："谁替大王筹画了这个计策？您的大事完了。"汉王说："这是为什么?"张良说："请允许我借你面前的筷子来筹算一下。从前商汤伐夏桀，周武王伐纣王，所以封给他们的后人以土地，是预计能制夏桀、商纣以死命，现在您能制项籍于死命吗？武王进到殷商，旌表贤人商容的里门，释放被囚禁的贤臣箕子，整修比干的坟墓，现在您能做到吗？武王把纣王积放在巨桥仓的粮食，储藏在鹿台的钱财，赐给贫穷百姓，现在您能这样办吗？讨伐殷纣的战事结束，武王把兵车改为日常乘坐的朱轩，把兵器倒转来装着，表示不会再用，现在您能做到吗？武王把战马放牧到华山的南坡下，表示不再乘马打仗，现在您能做到吗？武王把背牵车辆的牛放到桃林之野去休息，表示不再为战事搞运输和囤积粮草，现在您能做到吗？而且天下的谋臣说客，离开他们的亲人，抛弃祖宗的坟墓，告别往日的朋友，来追随您，不过是日夜希望得到一小块立足之地，现在您却要立六国的后裔，唯独不立他人，谋臣说客各人回去奉事他们的主人，和亲人姻戚团聚，回到旧日朋友的身边，您还和谁一同去取天下呢？并且唯有使楚国不强大，如强大，六国复屈从他，您又怎么能使楚国来臣服您呢？假如您真用了封六国后人这个办法，您的大事就完了。"

汉王听了，饭也不再吃了，吃下去的东西又都吐了出来，骂郦食其道："这儒生小子，几乎把你老子的大事弄糟了。"命人赶快把刻好的六国印信销毁。

简评

这是张良帮助刘邦改变一个重大决策，表现了张良的处事才干和风采。照郦生的办法，恢复六国后代封地，让历史开倒车，恢复到秦以前的列国并立的局面，刘邦面对的将是众多的诸侯国，很快统一天下成为不可能，而且谋臣说客各归其主，自己成为孤家寡人，无人再为之出力，所以说大事完了。郦食其的建议是不看现实情况，泥古不化。刘邦也没有看到这一点，准备立即施行，幸而张良从八个方面加以分析，指出其错误，立即停止这一错误决策的实施，否则真会弄得“陛下事去矣”。这是张良智略远胜刘邦、郦食其之处，“运筹策帷幄中，决胜千里外，子房功也”。确实当之无愧。

韩信论项羽虽强易弱

汉王刘邦拜韩信为大将，韩信在拜将仪式完了以后，坐在台上。汉王说：“萧丞相多次夸奖推荐将军，将军有什么样的计策教我呢?”韩信辞让不敢，接着就问汉王道：“现在您想向东发展争夺天下，对手不就是项王吗?”汉王说：“是的。”韩信说：“大王自己估量在勇敢强悍仁慈等方面比项王如何?”汉王沉默了很久，说：“不如他。”韩信拜了两拜，赞佩地说：“就是我韩信也认为大王不如他，但我曾为他办过事，让我来说说他的为人。项王一声怒吼，会让千把人吓得瘫痪不能举步，但他不能信任委用有才能的将领，这不过是普通血气刚强的人一时的冲动而已。项王待人恭敬慈爱，说话谦和，人有疾病，他流着眼泪把食物分给他们，但当别人有功劳应当封给爵位时，他把刻好的大印放在手中摩弄得棱角都没了，还拿着不肯授予别人，这是所谓妇道人家的慈悲心肠。项王目前虽为天下霸主，诸侯都臣服他，但他放弃关中这样的形胜之地，而在家乡楚地的彭城（今江苏徐州市）建都；违背了义帝‘先入关者王之’的约定，而把他所亲近喜爱的人封为王，诸侯都忿忿不平。诸侯见项王把义帝从彭城迁到江南（今湖南郴州市），也都回去把自己的国君逐走，在好的地域自立为王。项王军队所经过的城邑，都被弄得残破人亡，天下人多怨恨，百姓不愿亲附他，只是在武力胁迫下勉强顺从而已。名虽为霸主，实际已失去天下人的心，所以说这种貌似强大容易变得弱小。现在大王如能反其道而行之，一改项王的做法：任用天下那些英武勇敢的人，有什么敌人不能诛灭！把天下城镇封给那些有功之臣，还会有什么人不服从！以正义的军队跟从那些思东归故土的士兵，有什么敌人不能被打散。况且秦地的三个王（指雍王章邯、塞王司马欣、翟王董翳），过去都是秦国将领，带着秦国子弟打仗好几年了，被杀和逃亡的不计其数，又欺骗他们的部下投降项羽，结果秦军走到新安（在今河南省渑池县东），项王用欺骗手段把秦军二十余万人活埋，唯独章邯、司马欣、董翳几个人走脱了，秦国父兄恨这三个人，深入骨髓。现在项羽以威力强迫秦国人，将这三人封在秦地为王，秦国的百姓不拥护他们。当初大王西入武关，对百姓没有丝毫伤害，废除秦朝的苛刻刑法，和秦国百姓约定，法令只有三条（杀人者死，伤人及盗抵罪），秦国百姓没有不希望大王在秦国为王的。众诸侯约定，大王应当在关中为王，关中百姓全都知道这件事，可大王失掉应有的爵位，被安置到汉中做汉王，秦国百姓没有不怨恨项王的，现在只要大王起兵向东，发布一道文告，三秦王的属地就可以收复了。”于是汉王大为高兴，自认为得到韩信太迟，决定听从韩信的计策，安排诸将进击预定的目标。

简评

韩信拜将后和刘邦的这篇对话，有点像后来诸葛亮初见刘备时的《隆中对》，不过韩信着重谈了项羽、刘邦个人品质、才略的不同，因而得出刘胜项败的结论，这更像后来郭嘉对曹操、袁绍二人的优劣对比，因而得出曹操必胜的结论。历史已经证明了他们品评论断的正确。刘邦、曹操比之项羽、袁绍，长处很多，其中关键之处是刘邦、曹操不惜重赏以收罗人才，因而真正的人才愿意投奔他们，为他们尽力，而项羽、袁绍则任人唯亲，对人才只做表面功夫，吝惜重赏，人才得不到重用，纷纷离他们而去。同时刘邦、曹操都注意争取民心，主要是依靠正确的政策，而项羽、袁绍则只是故作姿态，表现一副慈悲心肠。其实韩信最高明之处是看到了项羽不能成事的致命弱点，故转而辅佐刘邦。

刘秀昆阳败王莽

西汉末年，朝廷的贵戚王莽，代汉自立为皇帝，国号新，历时十五年。新莽末年，南方发生大饥荒，爆发农民暴动。西汉朝廷刘家的子孙，也乘时而起，想利用农民暴动，树立起自己的统治势力。后来建立东汉朝的光武帝刘秀，他的哥哥刘伯升，族兄刘玄等，就乘着农民暴动的势力，一同进击王莽的统治。

当初，王莽征召能用兵法的六十三家，达几百人，都任命为军官，又选拔训练禁卫军，招募勇士，旗帜和军用物资，千里不断。当时有个巨人叫巨无霸，身高一丈，腰大十围，任用他为垒卫；又驱使猛兽如虎、豹、犀牛、象之类，以壮军威。自秦、汉以来，出师规模如此盛大的，还从来没有过。

这时光武率领几千士兵在阳关狙击，众将见王寻、王邑兵势强盛，返回来奔入昆阳（今河南叶县）城，都很害怕，担心妻室儿女不安全，想散回各城。光武和大家商议说："现在兵少粮乏，外面的敌人又很强大，合力抵抗，还有成就功业的希望；如果再分散，势必都不能保全。再说宛城还没有攻克，不能前来相助，昆阳一旦被攻破，一天之内，各部就都会被消灭。现在我们不同心合力肝胆与共一起建立功名，反而只想守住妻子儿女财物吗?"众将领恼怒地说："刘将军怎么敢这样说话!"光武笑着站了起来，这时打探军情的正从外回来，说："敌人的大军将到城北，列阵几百里，看不到尾。"众将领惊惧，只得又说："还是请刘将军出主意吧!"光武又为大家分析成功与失败的因素和措施，众将忧虑心迫，都说："好。"当时城中只有八九千人，光武派成国上公王凤、廷尉大将军王常留守昆阳城，自己连夜和骠骑大将军宗佻、五威将军李铁等十三人骑马出昆阳城南门，到外面去收集兵马。

这时王莽军队到达昆阳城下的将近十万人，光武几乎不能出城，到达郾（今河南郾城县）和定陵以后，要各处都把军队调来；而各将领贪图获得的财货，想分兵留守驻地。光武说："现今如果我们打败了敌人，珍宝比现在这些财物多上万倍，能建立大的功业；如果被敌军打败，脑袋都保不住，还有什么财物呢?"众将这才醒悟听从。

王莽将严尤劝王邑说："昆阳城虽小，却很坚固，现在假冒帝号的刘玄在攻宛城（今河南南阳），我们的大军快速进击，他们必然会奔逃；宛城兵一逃，昆阳的敌军自然会降服。"王邑说："从前我以虎牙将军的身份围攻翟义，因没有活捉他，受到责备，现在率领百万大军，面临敌方城池却不能攻下来，该怎么说呢?"于是把昆阳城围了几层，扎下一百多个营盘，攻城的云车达十多丈高，可俯视城中；旗帜遮蔽了原野，尘埃满天，敲钲击鼓的声音，几百里外也能听到。军士有的在挖地道，有的在用战车、楼车、冲锋车攻城，成排的弩弓齐发，箭如雨下，城中的人顶着门板取水。守城的王凤等人乞求投降，王邑不准。王寻、王邑自以为立刻就可攻破昆阳，悠然自得。夜里有流星坠落到军营，白天有云彩像山崩，对着大营陨落，离地不到一尺才散去，士卒都被压伏。

七月七日，光武和各营一起进兵，自领一千多步兵骑兵，在离敌兵大军四五里处列下阵势，王寻、王邑也派了几千兵士迎战，光武冲向敌军，杀了几十名敌兵，各部队高兴地说："刘将军平生看到小股敌兵胆怯，今天碰到庞大的敌军却很勇敢，真奇怪，而且自己冲在前边，让我们帮助刘将军吧！"光武继续领兵前进，王寻、王邑的兵后退，各部兵马乘机进击，杀了成百上千的敌兵，接连取得胜利，于是继续前进。当时伯升（刘秀兄刘縯）攻下宛城已经三天，光武还不知道，假派使者带了书信去告诉昆阳城内守军，说"攻宛城的兵到了"，又故意掉落了那封信，王寻、王邑看到后闷闷不乐。

众将连续获胜之后，胆气更壮，无不一个顶上百个，光武于是率领敢死队三千人，从城西水上过去，冲向敌军指挥部，王寻、王邑的阵脚乱了，光武军乘着锐气，一举将其中军指挥部冲垮，杀了王寻。昆阳城中守军也呐喊着冲杀出来，内外夹攻，喊杀声震动天地，王莽兵大败，逃跑的士兵相互践踏，百余里间都是这些败兵奔跑时留下的尸体。当时正碰上大风雷电，屋上的瓦都飞了起来，雨像灌水一样落下来，滍川（今名沙河，在河南省境内）的水都溢出地面，连驱使的虎豹都吓得大腿发抖，士兵争着渡河，落水而死的数以万计，河水为之不流，王邑、严尤、陈茂等人骑快马踏着尸体渡过滍水逃去。光武军缴获了王莽军所有粮草、战车、甲胄、珍宝等物，多得数不清，搬运了几个月也没运完，有的就把剩下的物资烧掉了。

简评

刘秀（前5—57），字文叔，南阳蔡阳（今湖北枣阳西南）人，西汉景帝子长沙定王发之后，东汉王朝的建立者，死后谥世祖光武皇帝，故又称光武帝。

昆阳之战是历史上一次以少胜多、以弱胜强的著名战役，也是农民起义军推翻王莽新朝政权的一次决定性战役。昆阳大战以后三个月，王莽的政权就彻底崩溃了。昆阳之战凸显了刘秀的审时度势之智与勇敢果决之能，其得开后汉之近两百年基业非偶然也。

诸葛亮隆中对策定三分

三国初年，蜀国先主刘备驻扎在新野县（故城在今河南省新野县），名士徐庶去见先主，先主很器重他。徐庶对先主说：“诸葛孔明是卧伏在草野之间的龙，将军可愿见他吗?”先主说：“请你和他一起来吧!”徐庶说：“这个人可以去见他，而不能屈其志节召他来。将军宜屈驾登门拜访。”于是先主去到诸葛亮那里，去了三次才见到。因屏退旁人对诸葛亮说：“汉室衰败，奸臣（董卓、曹操）窃取了发号施令之权，主上出奔，我不衡量自己的道德能力，想要向天下伸张大义，而智谋知识浅陋，因此遭受挫败，直到今天。可是这一志愿还没有消失，先生认为该怎么办?”诸葛亮回答说：“自董卓作乱以来，豪杰纷纷起兵，地域跨州连郡的不可胜数。曹操和袁绍相比，声名要小，人数要少，然而曹操所以能打败袁绍，从弱小变成强大，不仅是占了天时，同时也是人的谋略高出袁绍。现在曹操已拥有百万大军，挟持天子而号令诸侯，这形势实在不能和他争锋。孙权据有江东，已经历三代，国家有险可守，而且受到人民拥护，贤能的人为他所用，这情形可争取他的援助，而不能图谋他的土地。荆州北依汉水、沔水，物产丰富，一直延伸到南海边，东边连接吴郡和会稽郡，西边通巴郡和蜀郡，这是一个大家都想争夺的用武之地，而他的主人不能保有，这大概是上天用来资助将军，将军是不是有所考虑呢？益州险要而闭塞，肥沃的土地达千里，人们称为天府之国，高祖凭借它创成帝业，而益州牧刘璋愚昧软弱，张鲁在他的北边汉中郡，益州这地方人民殷实，国家富庶，而刘璋不知爱护，有智能的人希望得到贤明的君主。将军既是帝室的后裔，信义著称于四海，广泛招纳英雄，思贤如渴思饮，如果跨有荆州、益州，保护它的险要，西边和戎人保持和好，南面安抚好越人，外和孙权结为盟好，内则修明政教，一旦天下形势发生变化，任命一员上将率领荆州的军队去攻中原的宛县、洛阳，将军自己带领益州的军队出到渭水流域，百姓哪个敢不用竹篮提着饭，用壶子装着酒来欢迎将军的队伍呢？果然能够这样，那么霸业就可以成功，汉室就可以兴盛了。”先主说：“好！”他和诸葛亮的情感日益密切，关羽、张飞等不高兴，刘备解释说：“我有了孔明，好像鱼有了水，希望你们不要再说什么。”关羽、张飞才不再多言了。

简评

诸葛亮（181—234），字孔明，琅邪郡阳都（今山东沂南南）人。幼年丧母，八岁丧父，随叔父诸葛玄到豫章（今南昌市），后又随叔父到荆州依附刘表，在襄阳安家。叔父去世后，十七岁的诸葛亮带着弟弟诸葛均搬到襄阳城西二十余里的隆中，过着半耕半读的生活。后因徐庶的推荐，蜀汉开国之主刘备三顾茅庐，请他出山相助。诸葛亮隆中对策，先纵谈天下大势，然后提出了占领荆州、益州和联吴抗曹的行动方略。诸葛亮分析了当时几个大的封建武装割据集团的情况，指出只有联吴才能抗曹。而荆州、益州乃用武之地，天府之土，其主不能守，如能夺得荆、益二州，就能形成三国鼎立的局面，然后再从事统一中国的战争，以达到“兴复汉室”的目的。后来形势的发展，大体就是他为刘备规划的这个蓝图。“隆中对”表现了诸葛亮非凡的预见眼光，杰出的军事、政治才能，而这时他还只有二十七岁。因为他胸怀大志，密切注视时局，深入观察，又广交贤俊，经常和他们分析天下形势，讨论国家大事，故虽居乡野，却能有这样的战略眼光和准确预见，为时人所不及。

辛毗劝曹操先平河北

在一次征战的关键时刻，曹操忽然改变主意，不想去打原定的袁尚，而想先平定荆州，使袁绍之子袁谭、袁尚自相残杀。袁谭派来求和的使者辛毗看曹操的脸色，知道事情有了变化，曹操不同意袁谭求和，他把情况告诉了曹操的谋臣郭嘉。郭嘉又把辛毗的话告诉了曹操。曹操问辛毗道：“袁谭派你来请救兵的事，是否一定可信，袁尚是否一定可以打败？”辛毗回答说：“您不要问可以信任还是骗局，只应当研讨当前的形势。袁氏兄弟互相攻伐，不考虑别人能利用他们中间的争夺，只是想着合并青州、冀州，就可乘胜以定天下，现在一朝来求救于您，可知已处于穷困的境地。现在显雨（袁尚）见显思（袁谭）被困而不能攻取，说明他也是精疲力竭了。现在外面打败仗，内部（逢纪、田丰这些）谋臣被杀害，兄弟互相争斗，国土分为两半。连年打仗，士兵的铠甲、头盔里长满虮虱，加上旱灾蝗虫，饥饿和灾荒一起到来，上有天灾，下有人祸，百姓无论愚智，都知道袁氏会土崩瓦解。这正是上天要灭亡袁尚的时候。现在去攻打邺城，袁尚不返回救援，邺城就不能守住；返回救援，袁谭会跟着从后面进攻，凭着您的威力，去对付困穷的敌军，无异疾风扫秋天的落叶。现在上天让您消灭袁尚，您却不去攻取，而改去攻打荆州；荆州物产丰富，人民安乐，国家没有破绽。钟虺说过：'国乱就去攻取它，行将灭亡就去欺侮它。'现在二袁不考虑长远而在内部争夺，可算是乱了；家居的人没有吃的，行路的人没有干粮，可算是行将灭亡了；过了早上不知晚上怎么过，人民的生命不能延续下去了，现在您不能去安抚他们，还想等到以后。以后可能碰上丰收年成，袁氏兄弟又可能自知灭亡而改过自新，那就会失去用兵的重要机会了。现在趁着他请求救援的机会去安抚百姓，得到的利益没有比这更大的了。而且四方的敌寇，没有比河北袁氏更大的了。河北平定，就会扩大部队，使天下震动。"

曹操立即明白过来，连忙说："说得正确！"于是答应和袁谭讲和，以便先灭掉袁尚，再打袁谭。

简评

辛毗字佐治，颍川郡阳翟县（今河南禹县）人，原与其兄辛评为袁绍部属，曹操任司空时，曾征召他，没有应命。到袁尚在平原郡攻打他哥哥袁谭时，袁谭派辛毗到曹操处求和，这时曹操驻扎在西平县（在今河南省舞阳县东南），准备去攻打荆州（当时州治在襄阳，即今湖北省襄樊市），辛毗向曹操转达了袁谭求和的意思，曹操很高兴，几天后又改变主意。辛毗预知袁氏将灭，讲了本文这段话，使曹操维持原议，同意袁谭讲和，移军黎阳县（在今河南省浚县东），第二年攻下邺城，后来袁氏兄弟都被曹操消灭。辛毗在曹操、曹丕、曹叡三代都担任重要职务，曹操时任丞相长史，曹丕升他为侍中，曹叡时进封为颍乡侯。

辛毗对曹操的劝说，是一个重大的决策问题，也就是先打有机可乘、容易打败的敌人，还是先打无隙可乘、一时难以打败的敌人。辛毗主张前者，要曹操先平河北，统一北方，积蓄力量，再图江南，无疑是十分正确的。

辛毗作为袁氏使者，却为曹操谋划，是因身处乱世，智谋之士，思得明君，所谓良臣择主而事，无足深怪。

鲁肃为孙权划策：巩固江东，联蜀抗曹

三国初，会出谋划策的鲁肃接受好友周瑜的建议，到了江东；周瑜向孙权推荐鲁肃是个济世之才，千万不可让他走了。于是孙权马上召见鲁肃，和他同桌对饮。孙权诚恳地问他：“现在汉室倾危，四方不宁。我承父兄余业，想学齐桓公、晋文公之事（称霸天下），今幸承惠顾，不知有何良策见教?”鲁肃回答：“以愚之见，汉室不可复兴，曹操也不可能很快除掉。为将军着想，宜先巩固江东，以观天下之变。现在北方多事，曹操无暇南顾，可乘机剿除黄祖，讨伐刘表，占据长江一线，然后建号称帝，以图天下。”孙权虽也知道自己的力量一时还达不到这一步，心里却非常赏识鲁肃的见解。他想不到这位只有二十九岁的青年，竟

对形势如此了解，第一个向自己提出了巩固江东、夺取荆州、统一全国的战略，心里非常敬佩。孙权的老部属张昭却看不起鲁肃，说他不能谦恭下士，“年少粗疏”，不可重用。孙权并不理会这些非议，相反，越发看重鲁肃，还赐给他许多东西。

东汉献帝建安十三年（208），曹操领兵南征刘表。刘表死后，其子刘琮继任荆州牧。这时，鲁肃对孙权说：“荆州与江东土地连接，外带江汉，内阻山陵，城池坚固，沃野万里，士民殷富，如能占有这块地盘，可成帝王之业。现在刘表新亡，他的两个儿子不和睦，军中诸将对立嗣的意见又不一致。刘备天下雄才，寄寓刘表，与曹操有仇隙。如果刘备与他们协力同心，上下一致，则宜安抚，与结盟好；如互不合作，则须别作他图。我请求前去荆州吊丧，借此机会与刘备说合，要他安抚刘表部众，同心一意，共同对付曹操。事不宜迟，只怕曹操抢在前头。”于是孙权即派鲁肃前去荆州，但当他到达南郡（今湖北江陵）时，刘琮已经投降曹操，刘备的人马正向南退。鲁肃兼程追到当阳长阪，会见了刘备，向他转达了孙权的意见，介绍了江东的优势，劝刘备“与权并力”，共同对付曹操。这正好符合刘备、诸葛亮“联吴抗曹”的方针，自然得到了刘备、诸葛亮等的极力赞成。鲁肃在当阳见到诸葛亮时，自称是诸葛亮之兄诸葛瑾的好友，因此两人“即共定交”。刘备一到夏口（今湖北汉口），即派诸葛亮使吴，和鲁肃一同到达江东。

这时曹操自称有八十万人马，向孙权下战书，要与他“会猎于吴”，逼他投降。孙权召集文武官员开会商讨对策，多数人怕打不过曹操，主张不战而降，就连素负众望、地位很高的张昭（子布）、秦松（文表）等人也持此论。只有鲁肃一人默不作声。孙权起身离开会场，鲁肃随即追了出去，孙权会意，拉着他的手说：“有什么话请说吧。”鲁肃说：“刚才众人的议论，不足与图大事，将军投降曹操，将会得到什么结局呢?”他劝孙权早定大计，立即召回周瑜。孙权随即把周瑜召回，共商大计，最后决定派周瑜率兵联合刘备抗曹，任命鲁肃为赞军校尉（参谋长），孙刘联军与曹军在赤壁进行了一次决战，曹军大败，形成了三国鼎立的局面。

简评

鲁肃（172—217），字子敬，三国时临淮郡东城县（今安徽定远县东南）人。在《三国演义》中，鲁肃是个胸无城府、为人宽厚的好好先生，周瑜打黄盖，诸葛亮知道是周瑜的苦肉计，使曹操不疑黄盖的投降，鲁肃却在生周瑜的气，还埋怨诸葛亮不加劝阻，其实历史上的鲁肃“体貌魁奇，少有壮节，好为奇计”。他初见孙权，就提出了“巩固江东、夺取荆州、统一全国”的战略，在赤壁之战中，又提出了连蜀抗曹的方针，这些都是决策性的国家大计，说明他是个足智多谋的将军，周瑜死后，推荐他代己领兵，兵力日厚，军威大振，是不可多得的将才，可惜才四十六岁就病逝，诸葛亮在蜀，也为之致哀。

北魏孝文帝迁都洛阳

北魏孝文帝拓跋宏因平城（今山西大同）地方寒冷，六月间还下雪，常起风沙，打算迁都洛阳；担心群臣不愿听从，于是声言将大举征伐南齐，将以此胁迫众人。他于明堂东南斋戒，命太常卿王谌卜筮，遇《革卦》，孝文帝说：“《革卦》中说：‘商汤王、周武王革命，顺天意又顺人心。’这是大吉兆！”群臣都不敢发表意见。尚书任城王拓跋澄说：“陛下继承前代功业，领有中原之地；如今出兵征伐还未臣服的地方，而得商汤王、周武王革命的卦象，这不全是大吉。”孝文帝厉声说：“卦辞上明白写着：‘大人虎变’（有王者之象），怎么说不吉利！”拓跋澄说：“陛下即帝位已很久，怎么能说现在是虎变！”孝文帝脸色一沉说道：“国家是我的国家，任城王是想使大家灰心丧气吗？”拓跋澄说：“国家虽为陛下所有，但我作为国家大臣，怎能看见危险而不进言呢！”等了好一下，孝文帝才说：“各人谈自己的意见，也没有关系。”

回宫后，孝文帝召拓跋澄入宫见他，迎上去说：“刚才关于《革卦》的事，现在我再和你讨论一下。明堂之上我所以发怒，是怕大家争着发表意见，阻挠我的大计，故以疾言厉声恐吓文武大臣，想必你了解我的用意。”又让其他人退下，对拓跋澄说：“今天作此举动，实在很不容易，但国家起自北方，迁都平城，这里是用武之地，不是搞文治的地方。现在要移风易俗，实在十分艰难。我打算借着征齐的名义迁都中原，你以为如何？”拓跋澄说：“陛下打算迁都中原，以便经营海内，这正是东周、东汉在洛阳兴盛起来的原因。”孝文帝说：“北方人习惯于平常生活，留恋故土，迁都必然会引起惊扰，怎么办？”拓跋澄说：“非常之事，是一般常人所考虑不到的，大事由陛下自己决断，他们又能怎么样！”孝文帝高兴地说：“任城王就是我的张子房啊！”

简评

魏孝文帝拓跋宏（467—499），北魏献文帝拓跋弘的长子，五岁即位，他的祖母冯太后被尊为太皇太后，国家大事都由她裁决，二十年中政权在她手里。冯太后开始进行了一系列改革，冯太后病死后，孝文帝亲政，他决心加快改革，以夏变夷，加速国家的统一。他亲政后的第一件大事就是迁都洛阳。

北魏建都平城已百年，但平城地处边陲，气候寒冷，风沙常起，拓拔魏在统一北方后，粮食主要依靠黄河流域供给，转运不便；而洛阳地处农业生产发达的中原地区，东汉、魏晋建都于此，长期是汉族政治、经济、文化的中心，迁都洛阳既可解决粮食等物资供应，又地位适中，便于号令四方，更重要的是可加快革除鲜卑旧俗，接受先进的汉文化。但遇到的阻力也很大。鲜卑人长期习惯于游牧生活，适应草原畜牧经济，平城是老地盘，很多鲜卑人不愿南迁到文化发达的洛阳。孝文帝早预见到这一点，知道迁都必会招致大臣的反对，因此他假称要大举进攻南齐，使别人不敢反对。到太和十七年（493）九月，他亲率三十万大军进驻洛阳，又穿起战服，命令进攻南齐，大臣李冲、安定王拓跋休等苦谏，孝文帝才又表示同意不进攻南齐，但国都就顺势迁到洛阳，众人见不再向南齐进攻，顿时欢声动地，迁都的事也就随着定了下来。

李世民力阻撤军

唐高祖李渊起兵灭隋，有段时间，雨久下不停。李渊军中粮食缺乏，刘文静到始毕可汗那里请求援兵未回，有消息说，突厥兵与刘武周将联合乘虚袭取晋阳城，李渊召集将佐商议，计划撤军北归晋阳。……（他的次子）李世民说：“现在谷子杂粮遍野都是，何必担心缺乏粮食？宋老生轻浮急躁，打一仗就可把他擒获。李密只顾留恋着他仓里的谷子，没有长远打算。刘武周和突厥兵外表虽然联合在一起，内心实际还在互相猜忌。刘武周虽然想远去占领太原，怎么会忘掉近处的马邑。我们本来是为着兴义兵讨伐无道昏君，奋不顾身去拯救百姓，就应当先率兵入咸阳，号令天下。现在遇到小小的敌兵，就撤军回去，只怕随从起义的兵卒一朝离去，我们就只能返回太原，守着一个孤城做贼罢了，凭什么去保全自己！”李渊的长子建成也认为世民的话正确。李渊不听，督促部队开拔。世民准备再进去劝谏，碰上天黑，李渊已经睡了，世民进不去，就在外面号啕大哭，声音传到营帐中。李渊找他进帐询问，世民说：“现在我们兴的是义兵，向前进军，就能取得胜利，退还原地，就会散去；部队解散于前，而敌兵则乘机在后攻击，不知道哪天就会被灭亡，怎么能不悲伤啊！”李渊这才醒悟过来，说道：“部队已经出发，怎么办?”世民说：“右军还在整装，没有出发；左军虽已离开，估计也还走得不远，我请求让我去追回他们。”李渊笑着说：“我的成败都在你身上，还有什么可说的，听凭你去干好了。”世民于是与建成连夜把左军追回。不久太原粮食运到，一切如世民所料。

简评

李世民（599—649）是历史上有名的唐太宗，李渊是他的父亲唐高祖。隋炀帝无道，各地纷纷爆发农民起义，刘武周是其中的一支，自称皇帝。李渊时任太原留守，李世民预计到隋会灭亡，与晋阳令刘文静、晋阳宫副监裴寂密谋，说服李渊起兵，开大将军府，设置三军，以长子李建成为左领军大都督，李世民为右领军大都督，三子李元吉领中军，裴寂为长史，刘文静为司马。隋朝派虎牙郎将宋老生屯兵霍邑，抗拒义师。

义兵兴起不久，碰到了缺粮的困难，又传闻刘武周会和突厥兵一起进攻晋阳，当时元吉任太原留守，李渊怕失去太原，就计划撤军。究竟是前进还是撤退，这是李渊面临的一个重大决策问题。李世民明确提出进则生，退则死，事实证明这是完全正确的，不久太原粮食运到，诱斩了宋老生，克复霍邑。以后长驱直进，五月起事，十一月就攻克京城长安。不难设想，如果照李渊的决策后撤，就将是另一个局面。李世民自幼才智出众，胆略过人，十八岁时，就有“豁达类高祖（刘邦），神武类魏武（曹操）”之誉，在这次决策中，就充分显示了他的才智。

寇准促宋真宗亲到澶州抗契丹

宋真宗景德元年（1004），辽国（契丹）萧太后与辽圣宗耶律隆绪亲率大军攻宋，直抵黄河北岸的澶州（今河南濮阳）附近，真宗召集群臣商议对策，参知政事王钦若是江南人，请真宗去金陵（今南京市），陈尧叟是蜀地人，主张真宗去成都。真宗犹豫不决，再问寇准，寇准知道王钦若和陈尧叟的主张，却假装不知，对真宗说：“谁替陛下出的这种主意，其罪可杀。现在陛下英明神武，武将谋臣团结合作，如果大驾亲征，敌军就会逃窜。即使不这样，也可以出奇兵去扰乱敌军的计划，坚守城池以消耗敌军的士气和物资，敌劳我逸，我军必胜，为什么要抛弃宗庙社稷，跑到江南、巴蜀那些远地方去呢？一旦这里人心溃散，敌军乘机深入内地，天下还能保住吗？”于是请真宗亲去澶州。

真宗的御驾到达澶州南城，契丹兵威势正盛，大家又请御驾暂时停留下来，看看敌军的势头再定进止。寇准坚决请求真宗说：“皇上如不过河，人心将更加不安，敌人的气势没有受到威慑，这就不能达到扬威取胜的目的，现我方王超正领强兵在定州扼住了敌人的咽喉，李继隆、石保吉率大军在两边扼住了他们的左右手，各地驻军来救援的一天天增加，还有什么要怀疑害怕而不敢前进呢?”

大家议论是不是该继续前进，都感到害怕，只有寇准力争，一时决定不了。寇准出外在屏风间遇见了大臣高琼，寇准对他说:“太尉世受国恩，今天想用行动报效国家吗?”高琼说:“我是个军人，愿意以生命为国效力。”寇准入内，高琼随之站在庭下，寇准高声道:“皇上如果认为臣说得不对，何不问问高琼他们。”高琼对真宗说:“寇准说得正确。”寇准说:“时机不可错过，车驾应当赶快进发。”高琼立即指挥卫士推御车前进，真宗这才渡过了黄河，坐到了澶州北门城楼。

远近宋兵望见皇帝仪仗中的宝盖，踊跃欢呼，声传数十里外，契丹兵看到这个阵势，吓得不知所措，军队不能成列。

真宗把军事全部交给寇准，寇准承命指挥，号令严明，士卒喜悦。敌军数千骑兵攻到城下，寇准以皇帝诏命士卒迎击，斩杀和俘虏了大半敌军，其余的仓皇逃走。

真宗从城楼回到行宫，留下寇准在城上指挥，派人去观察寇准在忙些什么，去的人回报，寇准正在和杨亿饮酒下棋，唱歌逗乐，真宗高兴地说:“寇准都这样，我还担心什么。”

双方相持十多天，契丹统军将领挞览出兵督战，当时宋威虎军军官张环负责床子弩，扳动弩机，射中挞览额头，当即身死。于是契丹派密使送上书信，请结盟好，寇准不同意，而契丹的使者来的次数越多，寇准态度越坚决。真宗将允许请和，寇准要迫使契丹称臣，且献出所占领的幽州土地。奈真宗害怕再打仗，只要求不绝和好便可，当时有小人向真宗说，寇准想保持两国交兵以拥兵自重，寇准不得已，只得允许契丹请和。真宗派曹利用到契丹军中议交纳岁币，对曹利用说："百万以下都可允许。"寇准知道后，对曹利用说："虽有皇上口谕，你所许不能超过三十万，过了三十万，我要你的头！"曹利用到契丹，果以许三十万岁币结盟而回，河北罢兵。

简评

北宋初期，契丹族辽国是宋的强敌。真宗之父宋太宗时，也是这位萧太后与其大臣耶律汉宁等率众十余万侵宋，因潘美、王侁等人的妒忌，致使名将杨业兵败自杀。真宗当然知道契丹兵的厉害，只想逃避。试想假如没有寇准极力主张真宗渡河迎敌，而听从王钦若、陈尧叟的逃跑主张，势必人心溃散，契丹兵乘虚而入，恐怕靖康之变早已到来。在千钧一发之际，寇准、高琼力主真宗亲临澶州城、抗击契丹侵略，这一决策挽救了战局，使大片土地不致沦陷，无疑是极其正确的，本来还可乘胜进击，收复燕云，奈真宗畏敌如虎，只求苟安，反而纳币求和，开纳岁币求和之恶例，不免留下遗憾。

朱元璋论平定天下的先后

朱元璋曾和臣子们谈论取得天下的策略，他说："我生在天下大乱的年头，被迫投军，原不过是为了活命。到渡江以后，看这一群起兵称雄的人，所作所为，徒然成为老百姓的祸害。内中张士诚、陈友谅最强大。士诚恃地方富庶，友谅恃军力强大，只有我没什么可依靠的，只靠不乱杀百姓，说话算数，力行节俭，和大家同心协力，挣出这个基业。开头夹在吴、汉两大势力之间，士诚尤其逼近，有人主张先攻士诚。我认为友谅骄傲，士诚气量小，志骄的好生事，器小的没长远打算，所以决定先攻友谅。鄱阳湖这一仗，张士诚果然不能出姑苏一步支援友谅，假如当时先攻张士诚，浙西坚守待援，友谅一定空国而来，我就腹背受敌了。荡除这两股势力后，举兵北伐，之所以先取山东，次下河洛，止住潼关西进之师，不急攻秦陇，是因为扩廓帖木儿、李思齐、张思道都身经百战，决不肯轻易服输，而且大军西攻，正好促成他们联合一处，一时平定不了。所以出其不意，直取大都，根本既除，然后西进，张、李二人望绝势穷，不战而胜。扩廓还是力战到底。如果当时燕都没有攻下，就和关中军决战，胜负就很难说了。”这位皇帝的雄才大略，料敌制胜，大都如此，所以能平定元代末年的祸乱，得到天下。

简评

朱元璋（1328—1398），字国瑞，濠州钟离（今安徽凤阳东北）人，明代开国皇帝，庙号太祖。朱元璋出身贫贱，非有雄才大略，不足以平定天下。上述议论足以证明其确有非常人所及的智略。

于谦捍卫北京败也先

明英宗正统十四年（1449）七月，北方蒙古瓦剌部的首领也先大举南侵，分兵四路，进犯大同等处，朝廷平时兵备不修，一旦有事，全无准备，前线失败的消息频频传来。（太监）王振不顾主客观形势，劝英宗亲征，于谦和兵部尚书邝埜等力谏不听，临时凑起五十万人马，向大同进军，邝埜奉命随行，尚书一职由于谦代理。八月十四日下午，大军退到怀来卫（今河北省怀来县）西二十里的土木堡，次日遭到瓦剌骑兵袭击，全军覆没，英宗被俘，邝埜等随行大臣五十余人被杀，王振则被英宗护卫樊忠捶死。这就是历史上有名的“土木堡之变”。

消息到京，朝野震动。皇太后和留守京城的郕王朱祁钰急召大臣商议善后，翰林侍讲徐珵（后改名徐有贞）借口星象有变，主张南迁。于谦厉声指出：“倡言南迁的人，应该斩首。京师是天下根本，一动则大势去矣，难道没有看到宋朝南渡的教训吗?”郕王赞成于谦的意见，才决定守城。但北京老弱疲兵不到十万人，人心震恐，于谦便奏请郕王急调山东沿海及河南、南京的军队火速赴援京师，征调车辆往京城转运粮食。当时通州（今北京市通州区）仓库存粮较多，在军民配合下，大部分运到了北京城内。并用存粮给京城官员预支九个月俸禄，给军士预发半年粮饷。由于存粮充足，加上各地勤王兵陆续赶到，人心稍安。于谦此时正式升为兵部尚书。

当时满朝大臣忧国无主，太子见深才两岁，而大寇又将至，因此都请太后立郕王为帝，郕王再三谦让，于谦慷慨说道：“我们做臣子的是忧国家无主，形势危急，并非为了身家。”于是郕王朱祁钰即帝位，改元景泰，遥尊英宗为太上皇。于谦涕泣对景帝说：“也先得志，势必长驱而南，请命各边地守臣协力防御，同时分道招募民兵，令工部修缮器甲，派都督孙镗等分守九门要地，在城外布置兵力，附近居民迁入城内，通州积粮让官军自去关支。军旅之事，臣请以身当之，不效就请依法治罪。”景帝全部采纳他的意见，并立即付诸实行。

到十月初，也先果然挟持着英宗，率瓦剌大军南下，先到大同城外，将英宗推到阵前，要守将郭登开门出迎，郭登说：“国已有君。”拒不开城。于谦很赞赏他的做法，命令各地守将莫中敌人奸计。也先于是转而攻陷紫荆关，另一路破古北口，两路向北京合围。石亨等主张军队撤进城内，先不出战，于谦认为这是对敌示弱，便分遣诸将，率师二十二万，在九座城门外布阵迎敌。他把兵部的事交付侍郎吴宁，自己陈师德胜门外，抵挡也先。为了表示决一死战，命将九座城门全部关闭。下令军中：“临阵将不顾军先退者，斩其将；军不顾将先退者，后队斩前队！”将士们同仇敌忾，勇气百倍。

十月十一日，瓦剌大军直逼北京城下，也先通知明朝廷派文武大臣“迎驾”，企图不战而胜，因为遭到拒绝，于是猛攻德胜门。于谦令石亨率领部队在城外埋伏，另遣一小队骑兵去引诱敌人，瓦剌万余名骑兵果然冲杀过来，副总兵范广即率军向敌骑发射火器，伏兵齐出，也先的弟弟孛罗、大臣卯那孩立被击毙，敌军只好退却。也先又转攻西直门，因受到都督孙镗所部的抗击，败退而去。接着，于谦派副总兵武兴、都督王敬率军进攻彰义门外的敌军，挫其前锋。城外居民纷纷爬上屋顶，投砖石击寇，喊声振天，援军又到，敌军顿时溃乱。这样相持五日，也先见诱和不行，战又不利，又听说各路勤王兵将到，害怕断了归路，就在十五日夜里，挟着英宗，率众撤退。于谦立即命令明军举起火把追击敌人，又用火器袭击，歼敌万余，追到霸州，又获大胜，夺回被掠百姓万余人。十一月初，也先率部退回塞外。

这次京师保卫战，于谦立了大功，景帝加于谦少保，总督军务。于谦又采取了很多加强国防的措施，以备也先再犯，也先后曾多次进犯代州、宣府、大同、朔州等地，但都被明军击退。也先无奈，只得求和，将英宗送还。

简评

于谦（1398—1457），字廷益，钱塘（今浙江杭州市）人。少有神童之誉，品学兼优，曾作《石灰吟》，有“粉骨碎身浑不怕，要留清白在人间”之句。后巡抚山西、河南二省，以清廉干练著称，他进京奏事，从不送礼，自云“清风两袖朝天去，免得闾阎话短长”。在“土木堡之变”中，他捍卫国家，推功第一，后却被奸臣昏君害死，葬于西湖，人称“赖有岳于双少保，人间始得重西湖”，岳指岳飞。

也先入寇，京城危急，他挺身而出，坚持要以北宋亡国为鉴，坚守北京，调集兵力，亲冒矢石，打退了也先的进攻，如果不是他的坚持，北京失陷，也先侵入，将是多少人头落地，多少城市毁灭。如果仅有坚持，而不能调兵遣将，出奇计打败也先，仍将是外敌入侵，生灵涂炭。

左宗棠收复新疆

新疆古称西域，西汉武帝时，两次派使者张骞出使西域，联合伊犁河流域的乌孙国共同抗击匈奴。汉宣帝时，设立西域都护，首任都护名郑吉，《汉书·郑吉传》说：“汉之号令班西域矣，始自张骞而成于郑吉。”以后各朝都在这里设官行使主权，东汉时，《汉书》作者班固之弟班超就曾任西域都护，封定远侯，所以又称他为班定远。到清代乾隆年间，乾隆皇帝在维吾尔等族的支持下，在平定准噶尔贵族和大小和卓的叛乱后，将西域改称新疆，设立总统伊犁等处将军（简称伊犁将军），作为在新疆的最高军事长官，兼管行政。

1867年（同治六年），建于19世纪初的浩罕国应占据喀什噶尔四城之回族封建主金相印所请，派凶狠善变的军人阿古柏，率军侵入南疆，占领了喀什噶尔、疏勒、和阗、库车等城，建立了所谓“哲德沙尔”国。他在占领和阗后，竟纵军抢劫屠杀了五天五夜，有五万多人被杀害。1870年9月（同治九年八月），阿古柏又侵占了吐鲁番，11月，又越天山侵占了乌鲁木齐地区。

1871年（同治十年），沙俄乘乱进兵新疆，占据了伊犁等九城及附近地区。

面对西北边陲的严重危机，清朝廷内部意见分歧，发生所谓“海防”与“塞防”之争，海防论的主要代表是时任直隶总督的李鸿章，他在《筹议海防折》中，主张“暂弃关外，专清关内”，也就是放弃西北，专注东南。他认为新疆不过是“数千里之旷地”，“即勉图恢复，将来断不能守”。“新疆不复，于肢体之元气无伤；海疆不防，则心腹之患愈棘”。他向清政府建议：“密谕西路各统帅，但严守现有边界，且屯且耕，不必急图进取。一面招抚伊犁、乌鲁木齐、喀什噶尔等回酋，准其自为部落。”“已经出塞及尚未出塞各军，似须略加核减，可撤则撤，可停则停，其停撤之饷，即匀作海防之饷。”总之一句，就是放弃新疆。

左宗棠则主张海防与塞防并重。他主张关外宜规复乌鲁木齐，而南之巴里坤、哈密两城，北之塔城，均应增置重兵，以张犄角。“若此时即拟停兵节饷，自撤樊篱，则我退寸而寇进尺，不独陇右堪虞，即北路科布多、乌里雅苏台等处恐亦未能晏然。是停兵节饷，于海防未必有益，于边塞则大有所妨。”清廷谕称：“左宗棠奏海防、塞防实在情形，并遵旨密陈各折片，览奏均悉”，“所见甚是”。

左宗棠在奏折中说：“臣一介书生，位极人臣，今年已六十有五，正苦日暮途长，何敢妄贪天功？惟伊犁既归俄有，阿古柏又据喀什噶尔，若置之不问，必有日蹙百万之势，后患何堪设想。”清廷采纳了左宗棠的建议，命他统兵西征，收复新疆。

1875 年 5 月 3 日（光绪元年三月二十八日），清廷任左宗棠为钦差大臣，督办新疆军务。次年春天，左宗棠大军分三路入疆，3 月 16 日（二月二十一日）他率兵从兰州动身西行，经过 22 天的艰苦行军，到达肃州（酒泉），在城南设置西征军大营。按照先北后南的战略，一举攻克乌鲁木齐。1877 年（光绪三年）春，清军由乌鲁木齐南下，攻克吐鲁番等城，阿古柏逃到库尔勒，在四面楚歌中，内部瓦解，被人毒死，一说服毒自杀。其长子在喀什噶尔称汗。大军于 11 月收复喀什噶尔，接着收复和阗，除伊犁地区被俄军占领外，新疆其余地方全部收复，后来伊犁也从俄国手中收回。

1884 年（光绪十年），新疆建省，以乌鲁木齐为首府，任命刘锦棠为首任新疆巡抚。

简评

在这场力主收复新疆的决策中，起主要作用的无疑是左宗棠。

左宗棠（1812—1885），字季高，湖南湘阴人。举人出身。40 岁前较长时期担任乡村教师，1852 年入湖南巡抚幕府为幕僚，后襄办、帮办江南军务，任浙江巡抚、闽浙总督、陕甘总督、督办新疆军务，最后入值军机，总督两江。从担任湖南巡抚幕僚到任陕甘总督，他的主要任务是镇压太平军、西捻军和陕甘回民起义，但同时又举办洋务，推行社会改革，他是洋务派首领之一，对中国走向现代化作出了重大贡献。

他的晚期以全力抗击外国侵略，在清廷“海防”与“塞防”之争中，他提出了“东则海防，西则塞防，二者并重”的正确主张。李鸿章等人的主张，与 1874 年 5 月日本侵略我国台湾，东南局势骤然紧张有关，加强海防是必要的，但就当时情况来说，新疆大片土地已被俄国和阿古柏武装侵占，整个新疆有被占领的危险，影响陕甘以至大漠南北的安全，李鸿章等过分强调海防甚至认为可放弃西北的主张，显然是错误的。左宗棠西征的胜利，收复了100多万平方公里的领土，粉碎了敌人的侵略，为确立现代中国版图和开发西北，建设新疆，起到了不可估量的重大作用。

政事篇

子产不毁乡校

春秋时，郑国的百姓常在乡校里游玩聚谈，议论朝政得失和执政者的好坏，还常常争得面红耳赤，好不热闹。大夫然明对子产说："他乡校里人多口杂，指责官府，批评时政，毫无顾忌，为什么不把乡校封闭呢？"子产说："为什么要这样做呢？百姓早晚在那里游聚，从而议论官员的好坏，百姓所喜欢的，我将继续实行；百姓所厌恶的，我就改正，这可是我的好老师啊，怎么要封闭它呢？我听说以忠信治理国家，就能减少百姓怨恨，没听说过靠作威作福能防止怨恨。譬如防止河水决口，大的溃决所造成的灾害，被伤害的人必然很多，我没有办法挽救，不如让它有个小决口，以便疏通。我听了百姓的批评议论，可以把它当做良药治病，改正我的失误。我求之不得，怎么还能拆毁呢？

简评

子产姓公孙，名侨，郑成公少子，春秋时期杰出的政治家。他担任郑国国相二十多年，使郑国日益强盛。他从政的主要经验之一就是听取来自民间的批评和舆论，掌握政治信息，作为施政的重要根据，所谓因民之所好好之，因民之所恶恶之，这样能改正施政中的缺点和错误，使国家的行政管理能在正常的轨道上进行。从古至今，被人们称为圣君贤相、优秀杰出的国家领导人，总是善于和乐于听取不同的意见，接受尖锐的批评。如有名的贤君唐太宗就是从谏如流，他后来逐渐骄奢，追求珍宝异物，大建宫殿苑囿，魏征奏上著名的《谏太宗十思疏》，太宗十分赞赏，特放置案头，经常阅读，正因为如此，才有“贞观之治”的盛世。相反那些昏君就都听不进任何谏诤，把臣下的正确批评视为大逆不道，洪水猛兽，千方百计加以压制和打击，到头来落得忠良尽丧，奸佞盈朝，遍地灾荒，身死国灭。任何一个领导人，都只能像子产所说的“忠信以损怨”，不能“作威以防怨”。“小决之使导”，“闻而药之”，使小的错误消除在萌芽状态之中，不要变成“大决”，酿成灭顶之灾，那样就晚了。

召公要厉王让百姓说话

周厉王暴虐无道，国内的人民指责他，召公告诉厉王说：“人民忍受不了你暴虐的政令了。”厉王听了很生气，找来一个卫国的巫师，叫他去监视指责自己的人，发现便来报告，厉王就把他杀掉，从此国人都不敢说话，在路上遇着，只是用眼色来交流表示不满。

厉王很高兴，他告诉召公说：“我能消除诽谤的言论了，他们都不敢讲话了。”召公说：“这是堵塞他们的嘴不让讲话，堵塞人民的嘴比堵塞河流更加危险，河水堵塞就要决口泛滥，伤害的人必然会很多，堵住百姓的嘴巴也是这样。所以治水的人，要疏通河道，使它畅通；治民的人，也要引导民众畅所欲言。所以天子处理政事，要公卿大夫和普通士人都献讽谏的诗篇，盲人乐师进献反映民意的乐曲，史官进献可资借鉴的史籍，少师进箴言。盲人吟咏讽谏的诗，有眸子而看不见的盲人诵读讽谏的文辞，各种手工艺人向天子进谏，普通百姓的话间接上传，左右近臣尽规谏的职责，宗室姻亲弥补纠察王的言行过失，乐师和史官进行教诲，师傅和老臣再加修饰整理，然后由王斟酌取舍，这样政事施行起来就不会违背情理。百姓有口，如同大地有山川河流，资源财富都从这里产生出来；又如同大地有高原、洼地、平原、沃土一样，人的衣食所需都从这里产生。让百姓说话，政事的善恶好坏，都能从这里反映出来。好的加以推行，坏的事先防备，是使财用衣食增加的好办法。百姓用心考虑问题，用嘴发表意见，考虑好就见诸行动，怎么能够去堵塞呢？如果堵住他们的口，那又能堵塞多久呢？”

周厉王不听劝告，这样国内的人都不敢说话。过了三年，国人就把他放逐到彘地去了。

简评

召公，召穆公姬虎，周王朝的卿士，他主张对人民的批评指责，只可疏导，不可压制。指出“防民之口，甚于防川”，危害极大。不但不能堵塞，还要“宣之使言”，通过各种渠道把百姓的意见反映上来，只有这样，才能“事行而不悖”。召公把百姓的议论比之如大地上的山川、平原，“财用于是乎出，衣食于是乎生”，就是说民众的批评建议是重要的政治、经济信息，可以转化为物质财富，增加财用衣食，其重大作用就不言而喻了。厉王不听劝告，终于遭到国人的唾弃，被放逐到彘（今山西霍州市境内），这事发生于周厉王十六年（前842），直到今天仍可供我们特别是担任领导职务者的借鉴。

子产谏止尹何为封邑长官

子皮想派尹何担任自己封邑的长官。子产说："他年纪轻，不知道能不能胜任。"子皮说："他很老实忠厚，我喜欢他，是不会背叛我的。让他去学习一下，也就更懂得治理百姓了。"子产说："不能这样办。爱护一个人，总希望对他有利。现在您爱护一个人，却把政事交给他。就好像一个人还不会用刀，却要他去割东西，对他的伤害一定会很多。您这样爱护人，只能是伤害他罢了，还有谁敢来求得您的爱护呢？您在郑国，是国家的栋梁，栋梁折断，屋椽就会崩塌，我也将被压在下面，我不敢不把话都说出来。您有美丽的丝织品，不会拿它去让人学做衣服，大的官位、大的封地，那是靠它寄托身家的，你却要学习政事的人去治理，岂不是替美丽的丝织品设想比大官大邑还要多些么？我只听说学会了才去管理政事，没听说把办理政事作为学习的，如果真这样做，必有危害。譬如打猎，只有习惯了射箭驾车，才能获取飞禽；如果从没有上车射过箭，驾过车，他就只担心翻车被压，还有什么时间去考虑获取禽兽呢？"子皮说："说得好啊！我罕虎不聪明，我听说君子务必懂得大的、远的事情，小人只懂得小的、近的事情。我，是个小人，衣服穿在我身上，我知道爱惜；高的职位、大的封地是我赖以寄托身家的，我却把它看轻。不是你这么一说，我还不知道啊！以前我说过：'你治理郑国，我只管我的家，使我身有所依托就行了。'现在才知道这很不够，从此以后，即使是我家内的事，也听从你的意见去办。"子产说："每个人的想法不同，正如每个人的面孔不同一样。我难道敢认为您的面孔就像我的面孔一样吗？不过我觉得这样做很危险，就据实相告罢了。"

子皮认为子产忠诚，就把郑国的政事交给了他。子产因此能够担负治理郑国的重任。

简评

子皮名罕虎，郑国上卿，子产的前任执政大臣。他准备要没有从政经验的尹何去做自己封地的长官，让他去学习管理政事。子产说这样做，就好像要求一个连刀也不会拿的人去割东西，一块好的丝织品却让人拿去学着做衣服。他态度诚恳，比喻浅显确切，使子皮一下就认识到自己的做法不妥，也由此更看到子产的忠诚和才能，把政事交给了他。这里我们看到了子产的才能和子皮的从善如流。现实生活中，以“交学费”为名，让没有政治经验的人去管理国家大事，不懂行的人去负责某项重要工作，也不少见，结果只能把事情搞坏，使国家蒙受损失。子产的见解，至今仍有现实意义。

曹沫劫齐桓公返回侵地

齐桓公五年（前681），出兵讨伐鲁国，鲁国眼看就要被打败，鲁庄公请求割让遂邑谈和，桓公同意，和鲁国在柯地相会订定盟约。在鲁君将要订约割地时，他的大将曹沫突然离席冲至桓公前，在会谈席上用匕首劫持桓公说：“齐国必须归还侵占鲁国的土地。”桓公正受到生命威胁，答应了他，曹沫这才丢掉匕首，回到原来臣子坐的席位上。

事后桓公后悔不该答应曹沫的要求，想派人杀死曹沫，不归还所侵占的鲁国土地。他的大臣管仲说：“在劫持时您已答应他归还侵地，现在又违背自己的诺言将他杀掉，不过是逞一时之快而已，而在诸侯之间却丧失了信用，失掉了天下人对齐国的援助，不能这样办。”于是将曹沫三次战败所丧失的土地还给了鲁国。

各诸侯国听到这件事，都认为齐国可以信任，纷纷想来归附。齐桓公七年，诸侯国与桓公在甄地会盟，桓公被推为盟主，从此开始了他的霸业。

简评

这一历史事件发生在周釐王元年（前681）冬天。鲁大夫曹沫（一作曹刿）劫持齐桓公，要他归还鲁国所失去的土地，是这一年重大的历史事件。曹沫不死于三次打败仗的困辱，终于在这次会盟中洗雪了国耻，在历史上被传为佳话。更重要的是管仲“善因祸而为福，转败而为功”，他处理国家政事，能巧妙地把坏事转化为好事，失败转化为成功。曹沫劫盟，对齐国本来是一次外交上的严重失败，他却使齐国因遵守信义而得到诸侯国的信任。司马迁在《管晏列传》上说：“知与之为取，政之宝也。”知道给予就是将来获取，这是为政的法宝。《老子》上说：“将欲取之，必固与之。”这是有道理的，会治理国家、兴办事业的人，都知道取信于民的重要，投入、扶植的重要。有报道说，某商店坚持伪劣商品退款，一年赔了三十万元，却多得了一千万元的利润。如果只图一时之快，失信于人，或竭泽而渔，只知道索取，不懂得扶植、奉献，就像只知道砍树，不知道栽树。在为人处世上，不考虑对社会、对别人贡献了什么，给予了什么，只想求得更多的报酬，只想别人为自己服务，其结果将是适得其反。

西门豹除害破迷信

魏文侯的时候，西门豹担任邺县的县令。西门豹到了邺县，召集父老问民间疾苦，父老们说：“苦于为河神娶妻，因此很贫困。”西门豹问是怎么回事，父老回答说：“这里掌管地方事务的三老、廷掾，每年向百姓征收捐税，收得钱财数百万，用二三十万为河神娶妻，然后伙同巫祝巫婆把剩下的钱分回家。每到将为河神娶妻时，巫婆看到小百姓家女子长得好的，就说应当做河伯的妻子，就把她聘娶过来，为她洗澡做新的绸衣、纱衣，独居素食，还在河岸边搭建斋宫，挂起黄红色的绸帐子，使女孩住在里面，供给她牛肉酒饭。十多天后，大家一起来装饰斋宫，如同嫁女的床席一般，命女孩坐在上面，放到河中漂行，开始还浮在上面，漂行数十里后就沉入河中。有好女孩的人家，怕大巫婆为河神来娶为妻，多带着女儿往远地逃亡，因此城里的人越来越少，又更加贫困，这种情形已经很久了。民间俗话有‘若不为河神娶妻，就有大水来淹没房屋人民’的说法。”西门豹说：“等到替河神娶妻时，三老、巫祝、父老送女到河边上，希望来告诉一声，我也去为女子送行。”父老们都答应道：“是！”

到了替河神娶妻的日子，西门豹去到了河边，地方上的三老、官员、豪绅和村里的父老都到了，还有去观看的百姓两三千人。大巫婆是个老女人，年已七十岁，跟随的女弟子十人左右，都穿着单薄的绸衣，站在大巫婆后面。西门豹说：“把河神的新娘叫来，看看她美不美。”就有人把女孩从帷帐中领出，来到西门豹面前。西门豹看了看，回头对三老、巫婆、父老说：“这个女孩不美，烦大巫婆到河中去报告河神，还得另外找美好的女孩，后天再送去。”说完就叫吏卒们一同把大巫婆抱起丢到河中。

过了一会儿，又说：“巫婆为什么这么久还没回来，弟子快去催她一下。”又把一个弟子投到河中。过了一会儿又说：“弟子为什么去了这么久？再使一个人催去！”又把一个弟子投入河中，共投入三个弟子。西门豹说：“巫婆、弟子都是女人，不会禀报事情，烦三老去禀报明白。”又把三老投入河中。西门豹在帽前插上簪笔，躬身作揖，站在河边等了很久。父老、官吏、旁观者都惊恐不安，西门豹又回过头来说：“巫婆、三老不回来，怎么办？”又想叫协助县令的廷掾和豪绅一人去催促，他们都跪在地上磕头，把头都磕破了，额上的血流到了地上，脸色吓得如同死灰一般。西门豹说道：“好罢！暂且留在这里再等一会儿。”过了一会儿，西门豹道：“廷掾起来罢！看样子河伯留客也太久了，你们都散了回去吧！”邺县的官吏、百姓都大为惊恐，从此以后，不敢再提为河伯娶妇的事了。

简评

西门豹，姓西门，名豹。邺城在现河北省临漳县。西门豹为邺县县令，不但以除河伯娶妇这一恶俗而名垂千古，还发动百姓开凿了十二条沟渠，引漳河水灌溉农田，使田地都得到灌溉。

所谓河伯娶妇，是当地官吏豪绅互相勾结，利用自然灾害和人民的迷信心理敛钱的大骗局。为了诈骗钱财，不惜杀害人命，使当地百姓陷于穷困惊恐之中。为了拆穿这个骗局，西门豹采取擒贼先擒王的策略，先把制造这个骗局的巫婆和她的三个弟子以及三老扔进河中，除掉他们，骗局不攻自破，又收到了惩一儆百之效。当然，如果拿到现在来处理，则必须经过司法审判程序，那么应该投入河中的是廷掾，而不是三个弟子。廷掾是古代辅助县令的官，西门豹似乎还没有完全破除情面。至于“三老”则是古时掌管地方教化的乡官，被投入河中实是罪有应得。

叔向祝贺韩宣子贫困

晋国官员叔向去见另一位官员韩宣子，宣子为自己的贫困发愁，叔向听了，反而向他表示祝贺。宣子说："我空有正卿的虚名，却没有正卿的实际收入，没法子和其他卿大夫往来，我正为这个发愁，你为什么反而来祝贺我？"叔向说："从前栾武子为晋国上卿，田产很少，宗庙中的祭器都不完备，但他却能宣扬德行，奉行法度，名扬各国，各国诸侯都来亲近他，戎狄也来归附他，使晋国得到安定。他杀晋厉公，立晋悼公，行为公正，没有受到责难和祸患。到了栾桓子，骄傲奢侈，贪财没有止境，违反法则，一意孤行，放债取利，积蓄资财，本来应该遭受祸难，而靠着栾武子的德泽，他才得到善终。到了栾怀子，一改他父亲桓子的行为，继承他祖父武子的德行，本来是可以免于祸难的，但因遭受到桓子连累，以至逃亡到楚国。

再说郤昭子吧，他的家私抵得上半个晋国，他的家臣有三军的一半，凭借他的财富和地位，在晋国横行霸道，结果尸体摆在朝廷上示众，他的宗族在绛地被灭。要不是这样，郤氏八人，五人为晋大夫，三人为卿，他们受到的尊宠也是够高的了，一旦被消灭，没有人去哀怜他们，就是因为没有德行啊。现在你和栾武子一样贫困，我看你是能和栾武子一样有很高的德行了，因此值得向你祝贺。如果不担心德行不能建立，只担心钱财不足，那我吊你还来不及，还有什么可祝贺的呢！"

韩宣子听了，叩头至地，说道："我韩起将要灭亡了，全仗你的开导，得以保全。不仅我韩起个人承受你的恩惠，就是先祖桓叔的后代，都要感谢你的开导。"

简评

叔向，晋国大夫，羊舌氏，名肸。韩宣子，晋国正卿韩起。宣子忧贫，叔向不但不同情，反而向他祝贺。他不是故弄玄虚，而是用栾武子、郤昭子两个一贫一富的例子，说明作为国家的高级官员，只有品德高尚才能长远，而贪财骄奢，结果只会是横尸于朝，甚至宗族灭绝。因而贫可贺而富应吊。古往今来，多少人就因为贪财而受祸。作为政府官员特别是高级官员，廉洁奉公，自奉俭约，安贫乐道，则显名当时，流芳后世，反之或身陷法网，或祸及子孙。叔向贺贫，也就不足为怪了。

汉文帝除诽谤妖言罪

一天，汉文帝对臣下说：“古时候君主治理国家，朝廷设有进善的旗幡，以引导百姓提出好的建议。又在宫门外立柱挂板，让百姓书刻君主的过失，这是为了治理好国家，招来进谏的人。现在法律规定有诽谤妖言罪，这就使老百姓和臣子们不敢尽情说话，而皇帝也无从听到自己的过失了。这又怎么能将远方的贤良之士吸引到朝廷来呢？应该废除这种法律。百姓或有曾经在一起诅咒皇上，以后又互相攻击揭发，官吏以为大逆不道；百姓或有其他不满的言论，官吏又往往认为是诽谤，此等小老百姓因愚笨无知而被判成死罪，我十分不赞成。自今以后，凡是犯这类罪的，不要过问治罪。”

简评

刘恒（前202—前157），西汉文帝，刘邦第四子。即位后劝课农桑，兴修水利，废除肉刑和亲属连坐的法令。他亲自下令废除诽谤妖言之罪，对于一位皇帝来说，是一个非同寻常的举动，因为历代王朝因言语得罪皇帝而被杀头的不知多少，只准说“吾皇圣明，臣罪当诛”，诅咒皇上，那还了得，汉文帝却认为不过是百姓的愚笨无知，这又是何等的襟怀，自然又是明智之举。正因为文帝节用爱民，开创了“文景之治”的盛世，成为历史上有名的贤君。

“进善的旗幡”，是指据说唐尧时在五通道口设立旗幡，引导百姓提出好的建议。“诽谤之木”也是说的唐尧时，在皇宫外桥旁立一根柱子，挂上一块横板，让百姓们可以在上书刻帝王的过失，以便帝王改过。是否确有其事姑且不论，至少这种说法在当时很流行。

龚遂引导灾民生产自救

汉宣帝刘询即位以后，过了几年，渤海郡附近郡县发生灾荒，饥民纷纷起事，太守不能擒获他们，制止动乱。宣帝想选用一个能治理渤海的人，丞相和御史大夫推荐龚遂可用，宣帝便任命他为渤海太守。当时龚遂已经七十多岁了，宣帝召见时，望见他形貌矮小，不像个能办大事的人，心中有点轻视，就问他说：“渤海郡法纪废弛，发生乱子，我非常担忧，你准备用什么办法去平息郡中盗贼，让我放心呢?”龚遂不慌不忙地回答说：“渤海郡远在海边，没有受到朝廷教化，那里的老百姓为饥寒所迫，而当地官吏不体恤他们的困苦，逼得皇上的子民盗了陛下的兵器，在池塘中玩弄起来。现在陛下是要臣去战胜镇压他们呢，还是要臣去安定他们?”宣帝听到龚遂的回答，就觉得这个矮小的老头果然见解独特，不觉喜形于色，非常高兴地说：“选用贤良郡守，本意就是想让局势安定下来。”龚遂说：“臣听说治乱民就像理乱绳一样，不可太急，只有慢处理，才可治理好。请求丞相御史大夫暂且不用常规的法令条文限制我，让我根据情况自行处置，可以吗?”宣帝立即同意了，加赐黄金，派他赴任。

龚遂乘坐驿站的专车到达渤海地界，郡中听说新太守到，派出军队前往迎接，龚遂都叫他们回去，发出文书，指示所属各县：“撤回所有追捕盗贼的官吏，凡是现在拿锄头镰刀这些农具的，全部算良民，官吏不得追究；只有拿兵器的，才算盗贼。”龚遂单独乘车到府，郡中一派和平景象，起而为盗的饥民，也都自行解散。渤海还有不少结伙打劫的人，听了龚遂的教令，也都即时解散，丢掉兵器，改拿镰锄，盗贼于是全部平息，百姓安居乐业。龚遂开仓救济贫民，挑选优秀官吏安抚管理百姓。

龚遂见渤海地方风俗奢侈，不愿耕作，他亲自带头厉行节俭，劝导百姓从事耕作和种桑养蚕，命每人种一棵榆树，百棵薤菜，五十莸葱，一畦韭菜。每家喂母猪二头，鸡五只，百姓有带刀佩剑的，要他们卖剑买牛，卖刀买小牛，说：“为什么把牛和小牛佩带在身上?”春夏两季不准不去田野耕作，秋冬又督促他们收获，还让百姓多储果实、菱角、芡实之类。龚遂亲到各地巡行劝勉，于是郡中百姓都有积蓄，官府百姓都富厚殷实，诉讼案件也没有了。

简评

龚遂，字少卿，西汉山阳郡南平阳县（今山东省邹城）人，以通晓儒家经典为官。开始任昌邑国郎中令（掌管宫殿门卫和侍从），侍奉汉武帝的孙子昌邑王刘贺，刘贺行为不正，龚遂多次直言劝谏，陈述祸福得失，直到流泪哭泣，双膝跪地而行。后来昭帝去世，刘贺继承帝位，因荒淫昏乱，只做了二十七天皇帝，就被大臣霍光等废黜，昌邑来的群臣，以纵容国王为恶被处死两百多人，只有龚遂和中尉（负责京城治安的武官）王阳因曾多次向刘贺进谏，减去死罪，处以剃去头发的髡刑，罚服四年筑城苦役。

宣帝即位后几年，渤海郡附近郡县发生灾荒，引起民变，宣帝派他去，他首先就向宣帝提出民变是因饥荒而官吏不加体恤，因此不能按通常对待民变采取镇压手段，而要采取安抚的办法，以求缓和矛盾而不是激化矛盾。事实正如他的预料，当他遣回军队、单人乘传车到府时，不是"盗贼并起"，而是"郡中翕然"，而且聚众抢劫者"即时解散，弃其兵弩而持钩锄"，安抚政策取得了意想不到的良好效果。这就说明百姓并非"盗贼"，而是因饥荒得不到救济，引起民变，越镇压只能使事态越严重。龚遂在社会秩序基本稳定后，开仓救济，解决贫民实际困难，又采取鼓励生产的措施，使得那些"带持刀剑者""卖剑买牛"，"卖刀买犊"，完全转到生产上去。因而民间储蓄多，吏民都富实，连诉讼案件都没有了。是汉宣帝的用人不疑与龚遂的准确判断共同成就了渤海郡的迅速安定与富实。

魏征进谏与太宗纳谏

唐代魏征受知于太宗后，一些人无中生有，对他横加诽谤。太宗派温彦博调查，并无实据。却要温彦博提醒魏征注意，远避嫌疑。魏征入朝对太宗说："只有君臣一条心，上下一体，才能治好国家，如果大家对国家大事置而不顾，只考虑如何谨小慎微，远避嫌疑，那么，国家是兴盛还是危亡，就难以预料了。”太宗连连点头说：“我懂了！”又问魏征：“做君主的，怎样才会明智，怎样就会昏庸？”魏征说：“兼听则明，偏听则暗。从前尧、舜二帝开放四门，使自己看到四方的事情，听到四方的言论，所以虽有坏人，也不会受他们蒙蔽，虽然有人言行不一，也不会被他迷惑。相反的如秦二世偏信赵高，梁武帝偏信朱异，隋炀帝偏信虞世基，结果听不到正确意见，弄得身死国亡。所以人君如能兼听，奸人就不可能蒙蔽主上，下情就能上达了。”太宗听了，连声说好。

贞观二年（628），曾在隋朝任过官职的郑仁基，有个十六七岁的女儿，生得十分美丽，太宗要聘她为妃嫔，诏书已经写好，只是策封的使臣还未派出。魏征听说此女早已许嫁陆氏，就立即向太宗进谏说：“陛下为人父母，抚爱百姓，应当忧百姓之所忧，乐百姓之所乐。自古以来，有道的君主，总是以百姓的心为心，自己居住在亭台楼阁里面，就希望百姓有房子安身；吃着山珍海味，就希望百姓无饥寒之苦；看着左右的妃嫔，就希望百姓也有室家的欢乐。这是做人主的常理。现在郑仁基的女儿早已许配人家，陛下也不派人问一问，就取之不疑，让天下人知道了，如何是好！难道这是为民父母之道吗？”太宗立即醒悟过来，深自责备，连忙下令停止策封。但左仆射房玄龄、中书令温彦博等人却说：“郑女许嫁陆氏，并无确实证明，既然已有成命，不可中止。”恰在这时，陆家也上书太宗，说“并无许婚之事”。这样，太宗有些犹豫了，又问魏征：“劝我纳取的人或者是为了讨好，陆爽自己为什么说并无许婚之事呢？”魏征说：“据我看，陆爽是把陛下看做同太上皇一样。太上皇强取辛处俭之妇，并把辛处俭放出京城，陆爽因怕陛下以后也报复他，才违心上表，这不足为怪。”太宗于是决定收回成命。还特地下了一道敕书说：“现在听到郑氏之女，先已受人礼聘，前出文书之日，事不详审，这是我的不是，也是负责办事人之过，聘为妃嫔一事宜立即停止。”外人知道这事后，无不对太宗称颂。

贞观十一年（637）正月，太宗准备花费巨款在洛阳西苑修建一座华丽的飞山宫，魏征上疏指出：隋朝统一宇内，“甲兵强锐，三十余年，风行万里”，其所以迅速灭亡，不是隋炀帝“恶天下之治安，不欲社稷之长久”，而是他不惜驱使全国百姓去满足他个人的贪欲，搜括天下物资供自己享用，选取国内美女，搜求域外珍奇，徭役无时，民不堪命，终至身死国亡，子孙灭绝，为天下笑。今年连降大雨，谷、洛二水暴涨，六百多家被漂没。希望皇上吸取隋朝灭亡的教训，居安思危，力戒奢侈，爱惜民力。太宗览疏后，除手诏嘉奖魏征外，下令废明德宫、玄圃园，将准备修建飞山宫的钱移作赈济灾民。

有次太宗去洛阳，住在显仁宫（在今河南宜阳县），常因供应不好，谴责臣下。魏征当面对太宗说：“过去隋炀帝巡幸地方，就是责罚地方官员不献美食，斥责地方供奉的东西不精美，贪求无厌，劳民伤财，以致亡国。现在上天命您代替他，理应兢兢业业，厉行节约，怎能竞尚奢侈！如果人能知足，今天这样的供应就算可以了；如果人不知足，即使比这再奢侈一万倍，也不能感到满足。”太宗听了，大吃一惊，连忙说：“若不是你，我是听不到这种直言的。”

这一年，魏征还特别给太宗上了一封著名的《谏太宗十思疏》，指出：“求木之长者，必固其根本；欲流之远者，必浚其泉源；思国之安者，必积其德义。”认为要求国家的长治久安，必须加强人君的自我修养。他提出“十思”作为人君自我修养的标准和具体要求，这就是：见到合意的东西，就要知道满足，警告自己；要办件什么事情，就要想到适可而止，使百姓安定；顾念自己地位的崇高、危险，就要想到谦虚，加强修养；害怕自满就要想到江海能够接纳百川；爱好游乐，就要想到不可为害禽兽；担心懈怠，就要想到做事要慎始慎终；怕受蒙蔽，就要想到虚心采纳臣下的意见；担心坏人淆乱视听，就要想到端正自己，斥退小人；施恩于人，要考虑是否因一时高兴，滥施赏赐；惩处罪犯，要考虑是否凭一时愤怒，滥施刑威。

太宗看了奏章后，亲自写诏书作答，说自己“披览忘倦，每达宵分”，将奏章放置案头，以资对照警惕，并要魏征继续直言无隐。

简评

魏征（580—643），字玄成，馆陶（今属河北省）人。少孤，出家为道士，隋末投瓦岗军，后降唐。不久又为窦建德所俘，任起居舍人。建德兵败后，再度降唐，任太子洗马，为太子建成出谋画策。

魏征进谏与太宗纳谏，看似不属智慧问题，其实这是大智大勇的表现。试想魏征投唐后又降窦建德，建德败又降唐，是个事君不忠的人，按现在的观点看，是个叛徒，至少是个有严重污点的人，尤其不可思议的是他是太子建成的谋士，与太宗李世民是你死我活的敌对势力，然而就是这样一个人，以必死之身侥幸逃过一劫，保全了性命，居然敢对过去的死敌毫不留情地进谏，不是深知太宗的为人，能审时度势，谁敢以性命为儿戏。其智慧为常人所不及。太宗对于这样一个人的声音，不仅不抵触（虽然也说过要杀此田舍翁），反而虚心听取，认真改正，只问其言正确与否，不问其过去是否反对过自己，这是名副其实的只对事不对人，而且不管其言词如何尖锐，能虚心接受，这又是何等襟怀，与那些文过饰非，至死不改的统治者，相去何啻天壤！这就是太宗之所以为太宗，贞观之治之所以能彪炳百代的根本原因。

姚崇任宰相前陈政见

唐玄宗对姚崇说："你就担任我的宰相。"姚崇知道玄宗度量大，又迫切希望治理好国家，就考虑先提出治国要事，以坚定他的决心，于是假作不受职称谢。玄宗对此感到奇怪，姚崇因跪下奏道："我希望以十件事情奉告，如果陛下觉得不能施行，臣敢推辞不受职。"玄宗说："你先试说说给我听。"姚崇说："武后垂拱年间以来，以严刑重法处置居民；我希望施政以仁慈、宽恕为先，行吗？朝廷派兵征青海，全军覆火，没有表示后悔；我希望陛下不侥幸去求取边功，行吗？常有奸佞之人违犯国家法律，都能以受皇上宠信免罪；我希望用法从亲近的人开始，可行吗？皇后临朝听政，由宦官传达诏令，我希望宦官不要参与政事，行吗？皇亲国戚送礼向皇上献媚，朝中大臣和节度使也逐渐仿效；我希望除租赋之外一概不准送礼，行吗？皇家亲戚、显贵公主轮换参预朝政，官员品级升迁混乱；我希望皇家戚属不担任御史、尚书等要职，行吗？前代君主与大臣玩闹，君臣之间缺乏应有的严肃性；我希望陛下对臣下以礼相待，行吗？燕钦融、韦月将因忠心进谏被治罪，从此直臣被压抑摧折；我希望群臣能向你提出不同意见，触犯你的忌讳而不被治罪，行吗？武后建造福先寺，太上皇建造金仙、玉真两个道观，用费达百万之巨；我希望断绝道观、佛寺的营造，行吗？汉代以吕禄、王莽、阎显、梁冀乱天下，本朝更为严重；我希望以此作为鉴戒，并成为后世万代的法则，行吗？"玄宗说："我能做到。"姚崇于是叩头表示感谢玄宗委以重任。

简评

姚崇（650—721），字元之，陕州硖石（今河南陕县东硖石镇西石门）人。曾在武则天、睿宗、玄宗三朝担任宰相职务，本文所记，是他在玄宗朝任相所提出的施政纲领，这是针对当时情况，总结历史经验提出来的，在玄宗初期得到实施，创造了开元盛世，姚崇被人推崇为“救时宰相”。

姚崇深知要推行自己的新政方针，必须得到玄宗的坚定支持，所以有此“约法十章”。

李皇后劝止取民财赏军

五代时，后汉高祖刘知远来到太原，要颁发财物犒赏军士，因公币不足，议向民间征取，助成其事。李皇后听到这事，劝谏道：“国家兴建，虽出于天意，也是天下百姓同心协力所致，现在国家还没有给人民带来什么恩惠，反而要夺取他们的财物，这不是新皇帝体恤人民的道理。现在后宫积蓄的财物，都应该散发给将士，假如还不够丰厚，人们也不会埋怨。”

刘知远听了，郑重地说：“一定照你说的办。”于是决定不向民间征取财物，李皇后尽宫内所有以助赏赐。宫内宫外听到这消息，无不既高兴又感动。

简评

刘知远妻李氏，刘称帝后被册封为皇后，其子隐帝即位，尊为皇太后，后郭威起兵反汉，隐帝刘承祐被乱兵所杀。当两军相遇时，隐帝要自出劳军，太后说：“郭威是我家故旧，不是死亡切身，何以至此！只有按兵守城，飞诏晓谕，看其志趣，必有说法。这样君臣之礼尚全，慎勿轻出。”隐帝不听，果为乱兵所害。

一兴一败，更彰昭显李皇后的厚德与聪慧。

钱若水廷争救三命

宋太宗赵光义时，边将李继隆和主管军需粮饷的转运使卢之翰不和，卢想找个罪名陷害他，就发文通知转运司，称以八月为期，出兵塞外，要转运司准备粮草。转运司刚刚调发民夫，把粮草集中起来，李继隆又发文通知说：现在天时和人力状况，都对国家不利，原定八月出师，改为十月。转运司于是把已集中的粮草又分散。可不久，李继隆又发文通知：得到侦查边塞一带契丹人活动情况的情报，敌兵将进犯内地，应当及时进兵，粮草即日就要备足。当时，运输粮草的人力刚刚解散，一时间不可能马上重新集中，李继隆就上奏宋太宗，说转运司延误了军事行动。

奏报到朝廷，太宗看了，大为震怒，他立即派了一名宫廷使者，交给他三只匣子，命他乘驿站的快马去把转运使卢之翰、窦玭等三人的头取来。丞相吕端、枢密副使柴禹锡都不敢说话，只有枢密副使钱若水提议，请求先审问勘验，如确有罪状，再依法处理。太宗大怒，衣服一抖，就起身回宫内去了。吕端、柴禹锡都随即走了，只有钱若水一个人还留在殿前不走。太宗吃饭以后，过了很久，命人去殿前探听有什么动静，去的人回来报告说：有一个瘦高个儿的人还站在那里。宋太宗出来质问他说：“你由一个同州推官在两年内当上了枢密副使，我所以提升你，是以为你是一个贤才，哪知你不才到如此程度！还留在这里等待什么?”钱若水回答说：“陛下不以臣无能，让我在枢密院里效力，就当尽我微薄的心思，不回避死亡的危险，以求对陛下有所补助增益，以报大恩。李继隆是皇后的兄弟，身份高贵重要，常人无可比拟，现在陛下根据他的一份奏书，就处死三名转运使，即使他们有罪，天下的人又怎么知道?如果经过审问调查，弄清罪状，再予处死，那也不晚！提供可行的建议，更换不正确的行事，至死坚持，这是做臣子固有的职责。我还没有因此获罪处死，所以不敢退下。”宋太宗听了他的话，想通了，就把吕端等召来，征求他们的意见，他们也都奏请按钱若水的意见先弄清罪状。后来朝廷了解到所传契丹要入侵边塞的事都不实，李继隆因此被贬为秦州知州兼招讨。

简评

钱若水，字澹成，一字长卿，河南新安（今河南省新安县）人。宋太宗时进士，授同州观察推官，后官同知枢密院事、知开封府、并代经略使、知并州事。《宋史》本传称他“有器识，能断大事”、“轻财好施，所至推诚待物”、“汲引后进，推贤重士”，可惜四十四岁就去世了，有文集二十卷。

钱若水的坚持，加上宋太宗也是个明君，才使得卢之翰等三人免成刀下冤魂。

吕端谏止诛李继迁母

北宋初，西夏国王李继迁侵扰西部边境，保安军报告说俘获了他的母亲，宋太宗想杀了她。因为寇准担任枢密副使，便单独召见他商量这事。寇准退出后路过宰相府，吕端以为是商量军国大事，邀见寇准说："皇上叮嘱你不要对我说召见的内容吗?"寇准说："没有。"吕端说："如果是边疆日常事务，我不必知道，如果是军国大计，我作为宰相，不可不知道。"寇准便把事情告诉了他。吕端问道："那么打算怎样处置?"寇准说："准备在保安军北门外斩首，以戒逞凶叛逆之辈。"吕端说："如果一定要这样做，不是一个好办法，希望暂缓一下，我再去奏闻皇上。"说完就进去启奏太宗说："从前项羽要烹高祖的父亲太公，高祖回答：希望分给我一杯羹汤。从来想成大业的人是不顾亲人的，何况李继迁这种叛逆之人。陛下今天杀了他的母亲，明天就能擒拿到李继迁吗？如果不能，徒然结下冤仇，只会更加坚定他反叛的决心。"太宗问道："那么该怎么办好?"吕端说："以臣的愚见，最好把她安置在延州，叫人好好看待她，以此招降继迁。即使不马上投降，终究可以牵住他的心，而他母亲的生死则掌握在我们手中了。"太宗听后拍腿叫好，说道："不是你提到，几乎误了我的大事。"即用吕端的办法。后来李继迁的母亲在延州去世。继迁死后，他的儿子最终归顺了朝廷。

简评

吕端（935—1000），字易直，河北人，北宋太宗时为宰相，称他"小事糊涂，大事不糊涂"，后人因称："诸葛一生唯谨慎，吕端大事不糊涂。"从他处理李继迁母亲被俘这件事看，岂止是不糊涂，而是深谋远虑，《宋史》上说，他对寇准说："边鄙常事，我不必知道。如果是军国大计，我备位宰相，不可不知。"寇准于是告诉他俘虏李母的事，说明他对小事放得开，对大事则抓住不放，而这正是一个宰相所应有的作风。

蒙哥马利说过："极端紧要的是，一个高级指挥官绝不应埋头于琐事堆中。"因为一个人的时间精力有限，忙于琐事就势必放松对大事的深思熟虑，小事精明、大事糊涂的人，在生活中常常可以见到。

对李继迁母亲的处理，吕端的见解无疑是正确的。楚汉相争时，项羽把汉臣王陵的母亲置军中，想以此挟持招降王陵，陵母伏剑自杀，项羽大怒，烹陵母，于是王陵铁心跟从刘邦定天下。这就是处理不当的结果。扣留人质，如引弓在手，主动权在自己，可以迫使对方就范，如果杀害，就只有迫使对方态度变得更加强硬。由于宋朝廷善待李继迁母，李死后，其子德明归附了宋朝。

李沆让皇帝知四方艰难

李沆做宰相时，王旦任参知政事，因西北正用兵作战，有时忙得到晚间才能用餐。王旦叹气说："我们怎样才能不必过度劳苦而能使国家太平，自己可以悠闲无事呢?"李沆说："稍有忧患辛勤，可以使人提高警惕戒备，即使将来四方平静，朝廷内未必就没有事。"后来契丹与宋和亲，王旦问李沆这事怎么样，李沆说："这件事好是好，然而边境没有忧患了，只怕人主会逐渐滋长奢侈之心。"王旦不以为然。李沆又每天把四方发生的水旱灾情和盗贼案件上奏皇帝，王旦以为这些小事情不必去烦皇上听取。李沆说："人主年纪轻，应该让他知道四方艰难的事，不然的话，皇上正是血气旺盛的时候，不是留意歌舞女色和狗马这些供玩乐之物，就会有大兴土木，发动战争，修祠祈祷这些事情兴起，我年纪老了，看不到这些事情，这是参政你将来的忧虑啊!"

李沆死后，宋真宗以为契丹既已讲和，西夏也已归顺，便到泰山去封禅，到汾水去筑祠祭神，大造宫殿寺观，搜寻讲求废弃不用的典章，没有空闲的日子。王旦亲见王钦若、丁谓这些人的所作所为，想要进谏，则已经和他们混在一起，想辞官又觉得难却皇上对自己的厚爱，这才感到李沆先就看得很远，叹息说："李文靖公真是圣人啊。"当时人们因而称李沆为"圣相"。

简评

李沆（947—1004），字太初，洛州肥乡人，少年好学，宋太宗太平兴国五年（980）登进士甲科，宋真宗时由副宰相升任宰相。他在京城造了一所住宅，厅堂前仅够一匹马转身，平时不问家事。本篇记述了他和北宋时另一位名相王旦的对话，李沆认为"外宁必有内忧"，就像一个人有病，就在眼下，知道忧虑，可立即医治。而一些隐藏的祸患，则常常不为人所知，等到发觉救治，为时已晚，因此他"日取四方水患盗贼奏之"，让真宗"知四方艰难"，不贪图安逸和声色犬马。王旦当时不以为然，到后来王钦若、丁谓一班奸佞用事，只图讨皇帝的喜欢，报喜不报忧，果然宋真宗就去封泰山，营宫观，求神仙，没完没了，最后来了个"澶渊之盟"，这就是不居安思危的结果，值得后人特别是当政者鉴戒。

范仲淹救荒兴利

宋仁宗皇祐二年（1050），吴中一带发生大饥荒，路上到处是饿死的人。这时范仲淹担任杭州知州，兼领两浙西路兵马钤辖，发出仓谷赈济，募人慰问饥民，办法想得很周到。吴地人喜欢竞赛划船，又爱请和尚念佛诵经，超度死者。范仲淹就放手让市民竞渡，知州每天到西湖上请客宴饮，自春天到夏季，杭州居民全家出游。又召集各佛寺的住持对他们说：“饥荒年岁工价很贱，可以大搞建筑。”于是各佛寺的建筑、装修非常兴盛。又召人翻修仓库和州衙的房舍，每天劳作的达千人。两浙西路转运使向皇帝报告：杭州知州不顾救济灾民，嬉戏游乐没有节制；公家和私人都大兴土木建筑，伤损耗费民力。范公于是自己逐条说明：所以大搞宴会游乐，兴造各种建筑设施，都是为了开发民间剩余的财力，将收入优惠贫穷的人。杭州从事经商、饮食、百工技艺、劳力行业的人，倚赖公私游宴、兴造为生的，一天不下数万人，实施救荒之政，没有比这更大的了。这一年两浙只有杭州安静，老百姓没有逃荒外流，都是受的范公的恩惠。从此以后，遇到荒年，发常平仓的谷米，招募百姓做兴利的事，已作为法令固定下来。既救济了饥民，又因此为百姓兴利：这是禹、汤、文、武留传下来的德政。

简评

范仲淹（989—1052），字希文，谥文正，苏州吴县（今属江苏）人。宋真宗大中祥符八年（1015）进士，官至枢密副使、参知政事。他是北宋著名政治家、文学家，著有《范文正公集》。他为官清正，关心人民疾苦，仁宗明道二年（1033），江、淮一带发生严重灾荒，他当时担任右司谏，直接责问仁宗：“宫中如果半天不吃饭，会怎么样？”仁宗当即派他去赈济灾民，回朝时特地带回一把灾民吃的乌昧草，请仁宗在后宫、贵戚中传观，使知民间疾苦。

皇祐二年已是范公晚年，两年后他就去世了。他采取的救荒之政是开仓赈饥与以工代赈结合。着重在以工代赈，通过宴游兴造

“发有余之财”，使粮食出现在市场上。他创造的这种“募民兴利”的办法，后来以法令的形式固定下来，广泛推行。范公此举，岂止是一箭双雕，确实高人一筹。

苏轼治杭

苏轼就任杭州知州，正值发生大旱灾，饥饿与疾疫一齐袭来。苏轼奏请朝廷免收本地租粮三分之一，又得到朝廷赐给的一百名僧人的度牒（和尚出家后由官府发给的凭证，享受免税、免役权），用以出卖换米，救济饥民。第二年春天，又减价粜出常平仓的米，煮了很多厚粥、药物，派人同医师到各街坊分发治病，救活了很多人。苏轼说：“杭州是水陆交通的会合地，犯流行病死的常常比他处多。”就聚集了余下的两千缗（一千文为一缗）钱，又取出库中珍藏的黄金五十两，设置治病的地方，储备一些钱粮接待病人。

杭州原本近海，地下水咸苦，居民稀少。唐代刺史李泌引进西湖水作了六井，居民用水充足。白居易任杭州刺史时，又疏浚西湖，把湖水引进运河，从运河取水灌溉田地，面积达一千顷，百姓得以富裕起来。湖中葑草丛生，其根盘结，自唐朝到五代的钱镠，每年疏浚治理一次，到了宋代，没有再疏浚，葑草堆积使湖成田，没有多少水了，运河干涸，靠接取钱塘江的潮水，船在市中经过，潮水又多淤泥，每三年就得淘一次，成为百姓的一大祸害。六个井也几乎荒废。

苏轼到杭州，看到茅山这条河专门接受钱塘江的潮水，而盐桥这条河专接受湖水，就疏浚这两条河使通运河。又造堰闸，以便西湖的蓄水和泄水，江潮不再流入市中。并用余力使六个井得以恢复使用。又取葑田（泥深田）的泥土在湖中堆积起来，西湖南北三十里，修成一条长堤，便利行人。江浙人种菱，春天割取，不留寸草，于是招募人在湖中种菱，葑草不再生长，收种菱所得利，作为准备修湖的用费。又取救荒馀钱万缗，粮万石，请朝廷再发百名僧人度牒，用以招募人夫修堤，堤筑成，在堤上植芙蓉杨柳，望去好像图画一样，杭州人称它为苏公堤。

简评

苏轼（1037—1101），字子瞻，号东坡居士，眉州眉山（今四川眉山县）人。他是北宋著名文学家、书画家，唐宋古文八大家之一。宋仁宗嘉祐二年（1057）进士，主考官欧阳修看了他的文章，连称“快哉！快哉！”

哲宗元祐四年（1089），苏轼出任杭州知州，本文记述了他赈救灾荒，成功治理西湖的政绩，可谓“利在当代，功在千秋”。“苏公堤”也与苏轼的诗文一样供人千古传颂。

明太祖论关心百姓

明太祖洪武三十年（1397）二月，和群臣议论老百姓过日子的事，太祖说：“士农工商四民所从事的职业，没有比农民更辛苦的。他们一年到头辛勤劳苦，很少得到休息，遇到太平和丰收年岁，几口人的家庭还可以够吃，不幸遇到水灾旱灾，稻谷失收，则全家陷于饥饿贫困的境地。我吃一餐饭，穿一件衣，就想到农夫种田和织女纺织的辛勤，你们住有宽广的大厦，骑有肥壮的骏马，穿着绣有花纹的好衣，吃有肥美的食品，应当时时想到百姓的劳苦。大抵只有百姓的衣食足了，国家才会富足；百姓安逸，国家才会安定。没有百姓困苦贫穷而国家独能富足安定的。你们都要想一想辅佐我使老百姓富足的办法，这样才可食国家的俸禄而不感到惭愧。”

简评

朱元璋出身贫苦，因饥寒交迫被逼入皇觉寺做和尚，因而深知民间疾苦，特别是对农民的辛勤劳苦有深切感受。他在平定天下，进行战争的同时，恢复和发展生产，在发展军事力量的同时，发展经济实力。他在本文中所说的“大抵百姓足而后国富，百姓逸而后国安，未有民困穷而国独富安者”，确是真知灼见，明朝三百年基业，由此奠定。

刘基辅政

刘基应聘到了朱元璋那里，朱元璋大喜，特地修建了一座礼贤馆，安置他们居住。这时正值陈友谅攻陷了太平，将向东进军。朱元璋问刘基道：“先生你看该怎么办?”刘基说：“贼寇骄躁，等他的军队深入进来，我们可伏兵拦击打败他们。老天爷常常让后进击的军队取胜，打败敌军，成就王业，就在这一仗啊!”朱元璋用他的诱敌深入之计，让陈友谅的军队深入重围，从而被消灭。朱元璋要奖赏他，刘基辞谢了。

当时，有位敌方的龙兴太守胡美派儿子来转达投降意愿，朱元璋有些为难，刘基从后面踢朱元璋的坐椅，朱元璋知道了刘基的用意，立即表示同意胡美投降，于是江西各郡都归顺了。

当时正当大旱，刘基提议审理长期没有审理的案件，朱元璋要他趁清理积案，为冤案平反，大雨随之而下，缓解了旱情。刘基因此提请制定法律制度，制止滥杀无辜。朱元璋要刑讯犯人，刘基劝他停止刑讯，以收民心，过了三天，海宁地方的官兵投降了，朱元璋把囚犯都交给了刘基释放。

刘基与丞相李善长有积怨，一次朱元璋要责罚李善长，刘基说："善长是有功勋的老臣，能协调各将领之间的关系。"朱元璋说："他多次想加害于你，你倒要替他开脱吗？我将要你担任丞相。"刘基说："这好比换柱子，须用粗大的木头。如果捆扎几根细木为柱子，就马上会倒塌。"李善长罢相后，朱元璋想任命杨宪为丞相。杨宪和刘基素来关系好，但刘基极力说杨宪不行，他说："杨宪有做宰相的才能，但没有做宰相的器量，作为宰相，心境要和水一样清澈平正，权衡轻重得失要以义理为依归，不能杂以个人的利害得失，而杨宪却不是这样的人。"朱元璋又问汪广洋如何，刘基说："这个人的气量比杨宪还偏狭。"朱元璋又问："胡惟庸如何？"刘基说："好比驾车，就怕掀翻车子。"后来杨宪、汪广洋、胡惟庸果然都坏了事。

简评

刘基（1311—1375），字伯温，浙江青田人。元末进士，后弃官归乡。1360 年，应朱元璋之聘为谋士，为他出谋划策，对明王朝的建立起了重要作用，被封为诚意伯。本文记述了他辅政的经历，尤其记述了他的知人。他认为杨宪等人都具备做宰相的才干，但不具备做宰相的器量。在朱元璋这样一个刻薄寡恩、多疑好杀的皇帝手下，必然没有好的结果，事实证明了他的预见。

蒋瑶巧拒皇差

明武宗正德时，蒋瑶担任扬州知府。武宗南巡，朝中卫队跟着出发，所需民夫差役，计有宝应（今江苏宝应县）、高邮（今江苏高邮县）六个站，每站要一万人，商议这件事的官员准备把夫役都集中在扬州，弄得人心惶惶。蒋公只在每站设置二千人，轮流调遣迎送。比原来计议的减少五分之四，相应的其他供应也都减少。终于做到对皇上的供应不缺，又不惊扰百姓。当时江彬和太监丘得仗势进行勒索，蒋公不因他们权势很大而动摇。武宗出外看鱼，正巧当时看到一条大鱼，武宗开玩笑说，这条鱼价值五百金，江彬在旁，请求把鱼交给知府，索款甚急。蒋公脱下夫人的首饰和绸缎衣服进献上去，说："臣的府库里绝对没有一串钱，没法多交。"皇帝把他看做一个穷酸儒生，没计较他。一天，掌权的宦官发出文书，索取胡椒、苏木、奇香异品各若干种，想用这些当地没有的东西进行刁难，勒索丰厚的贿赂，巡抚要蒋公到别处买来供应，蒋公说："自古以来是根据当地出产的东西做贡品，这些出产于异域远方的物品，却故意要从扬州取得，守臣不知道这件事。"巡抚高声斥责，要他自己去回复，蒋公便写上禀帖，在下详细注明：某物产于某处，扬州是中土，产于偏远地区的物品无法供应。最终皇帝也没有责备他。宦官又上奏皇帝选宫女数百人，用来在皇宫侍候皇上，巡抚要求在民间选取，蒋公说：“如果一定要照皇上的旨意办，只有臣一个女儿进呈。”武宗知道他态度强硬不可改变，即下诏停办。

简评

蒋瑶，字粹卿，归安（今属浙江）人。弘治进士。在任扬州知府时，正值明武宗朱厚照南巡，也就是民间盛传的“正德皇帝游江南”。武宗宠信江彬，权势无比，他勾结宦官进行勒索，蒋瑶都给顶了回去。最后被宦官丘得用铁锁绑起来，几天后才被释放，扬州人见到他时，都感动得流泪，他调走后百姓集资建生祠祀奉。后任河南巡抚、工部尚书，以年老致仕。回家后僻处陋巷，死后谥恭靖。

本篇中所记，多见于《明史》本传。蒋公为了应付这个荒唐的皇帝及其一大批爪牙，保护百姓，很讲究策略，表现了高度的智慧。

汪应轸智慑宦官

汪应轸在明武宗南巡时，别的州征用夜间执火把的夫役数以千计，伺候了一个月，有的就在路旁冻死饿死。汪应轸让执火把的人站在路旁榆、柳树间，一个人拿了十束，等到御驾夜过泗州时，持火把的队伍整齐有序。

御驾经过别的州时，宦官往来络绎不绝，恣意勒索，没完没了，汪应轸估计这些宦官们内心虚弱，可用声威慑服他们。于是率领壮士百人，排列船旁，呼喊答应的声音震动远近，船里船外的人都感到震惊惶惑，不知道他们要干什么。汪应轸指挥随从的人迅速挽舟前行，顷刻之间，已走百里，离开了泗州地界。后面来的宦官收敛了许多，不敢私自勒索，而汪公又以礼相待，于是都归咎于以前的官不好，反而感激汪公待他们不错。

武宗到南都后，又传旨命泗州进献美女以及会歌唱奏乐的女子数十人，这是宦官们怀恨报复，以此为难他。汪应轸上奏说：泗州女子才艺荒疏，容貌丑陋，而且近来大量逃亡，没办法执行诏令。只能进献过去所招募的采桑养蚕的妇女若干人，如果蒙皇上收纳到宫中，使她们采桑养蚕，实在有补于皇上的教化。武宗传旨暂且停止进献。

简评

汪应轸，字子宿，浙江山阴（今绍兴市）人。正德十二年（1517）进士。正德十四年（1519）明武宗朱厚照准备到南边去巡游，他和舒芬等上书反对，被打几十大棍，几乎死在紫禁城的午门前。不久，派他到泗州担任知州，很有政绩。明武宗南巡，其幸臣江彬及随从宦官沿途敲诈勒索，闹得鸡犬不宁，汪应轸却能从容应对，可谓智勇兼具。

海瑞计斥鄢懋卿

明代嘉靖三十七年（1558），海瑞升任浙江淳安知县。入境后，见到地瘠民贫，百姓逃亡过半，便自己吃糙米饭，穿土布衣，仆从一律种菜打柴自给，对上官绝不逢迎。

大奸臣首辅严嵩的党羽鄢懋卿，以左副都御史总理盐政，所到之处，滥用威权，收受贿赂，虐杀无辜。他因事来到浙江，路过淳安，他为了摆威风，讲气派，和他妻子同乘一辆五彩轿子，一轿要坐上两个人，轿子又重，他却不用轿夫，坐当时大官僚常用的八个人抬的大轿，而要十二个年轻女子抬着走。可怜这些女子直累得气喘吁吁，汗流浃背，两旁衙役还直催逼着她们加快脚步，有的就倒在轿前。

都御史是都察院的长官，都察院是朝廷最高监察机关，长官是左、右都御史，其次就是左、右副都御史和左、右佥都御史，再依行政区划，分设十三道监察御史，巡按州县，纠察百官。我们常在戏曲中看到的八府巡按，就是都察院的长官。

鄢懋卿担任了这样一个显赫的职务，兼管盐政，地方官吏见了，膝行匍匐，不敢仰视，接待都是高规格，要什么供什么，不敢说半个不字。

和我们常见的贪官一样，越是贪，越要把自己打扮得像个清官一样，鄢懋卿贪得无厌，却在来之前发出通知：

“素性简朴，不喜承迎。凡饭食供张俱宜简朴为当，毋得过为华奢，靡费里甲。”

这本来是掩人耳目的官样文章，谁也不会相信，更不会去照办，丢掉饭碗，可是海瑞却不同，他对这纸通令研究得非常认真，恭恭敬敬地写了一篇《禀鄢都院揭帖》，前面照引了那些冠冕堂皇的话，后面就历数起鄢的丑行来：

“台下奉命南下，浙之前路探听者皆云：‘各处皆有酒席，每席费银三四百两，金花金缎，一道汤一进。下程则山禽野兽，人不能致者备焉。供帐极华丽，虽溺器亦银为之。与台下颁行条约大相悖戾。’”揭帖最后指出：如不制止这种搜括民财、阿谀送礼的行径，将后悔无及。

鄢懋卿接到揭帖后，直气得七窍生烟，拍桌大骂，但他久闻海瑞直名，软硬不吃，只好略加收敛，丧气而去。但他终究没有放过海瑞，事后指使他的下属袁淳罗织罪名，弹劾海瑞，致使海瑞不能升任嘉兴通判，改调江西兴国，仍当知县。

简评

海瑞（1514—1587），字汝贤，号刚峰，海南琼山人。严嵩败后，任户部云南司主事，嘉靖四十五年二月，他向皇帝上了著名的《治安疏》，即著名的海瑞上疏，被罢官收捕，几遭不测。他任应天巡抚，打击豪强，救灾治河，离任时百姓号泣载道，死后南京城内一片哭声，死后无以为殓。

玄烨智除鳌拜

起先，在康熙皇帝还只有十三岁没有亲理政事以前，看到大臣鳌拜擅自杀害苏纳海等人，心里痛恨他的专横，就想设计除掉他，但因为鳌拜掌握兵权，又统领内廷禁卫军，士大夫归附他，没敢立即发动。于是与大臣索尼的儿子索额图谋划，决定选择八旗子弟中才十五岁而又力气大会武艺的，把他们带进宫中，陪皇帝做摔跤等技艺表演。平时鳌拜入宫奏事，往往碰到他们正在表演，以为不过是儿童游戏，不怀疑有别的意图，而康熙皇帝也越加敬奉优礼鳌拜，使他越发感到平安无事，不加防备。到后来，康熙帝觉得时机成熟，就与索额图谋画除掉鳌拜。一天，单独召见他，康熙帝已命儿童们埋伏在他的两侧，鳌拜刚刚踏进门限，儿童们突然起来狙击他，鳌拜没思想准备，马上被抓了起来。……皇帝下诏，宽免他的死罪，革除职务，没收财产，与他的儿子那摩佛一同禁闭终身。

简评

清圣祖爱新觉罗·玄烨（1654—1722），年号康熙，因称康熙皇帝。八岁即位，以鳌拜、索尼、遏必隆、苏克萨哈四人为辅政大臣，索尼年老，遏必隆暗弱，苏克萨哈资望浅，鳌拜专横残暴。康熙六年（1667），玄烨十四岁，名义上亲政，决心除去鳌拜。这时索尼已死，儿子索额图任吏部侍郎，也还是个少年，康熙帝找他商量，他建议改任他为内廷一等侍卫，另选小侍卫十余人，演出前面说的这个故事。康熙帝采取的是瞒天过海和欲擒故纵的计谋，和小侍卫们一道练习摔跤等技艺，这是习以为常的事情，把除鳌拜的准备工作这一非常机密的事情，放在摔跤这一非常公开的活动中，因而使凶狠狡猾的鳌拜也没有觉察出来。一个十四岁的小皇帝能有此谋略，实属极不寻常，后来的事实也证明了他是中国历史上一位大有作为的皇帝。

刘铭传经营台湾

中法战争结束后，台湾改设行省，以刘铭传为首任台湾巡抚，他“恨不能倍日经营，保固海疆门户”，欲“以一岛基国之富强，奉一隅之设施，为全国之范”，他想把台湾建设成为模范省，其施政方针是“办防以御外侮，抚番以清内患，清赋以裕饷需”，也就是充实国防，安定秩序，整理财政。三者又相辅相成。他将全台分为三府一州十一县三厅，巡抚暂驻台北，再迁台中，以抚番为安定秩序的主要措施。当时全省有番民（土著）二十多万，结番社八百多个，常发生汉番互相仇杀之事，而杀掠多系良民。经过招抚，为定规约，不许军民侵占番民土地财货，命遣子弟至城读书。同时凿山伐木，修筑道路，开设义塾，给予衣食，又广招福建贫民开垦，促进开发。在整理财政方面，刘铭传于南北两府各设清赋总局，查明户亩，逐田清丈，就田问赋，由藩司给单，向官府纳赋。清理结果，增加征赋田四百万亩，田赋银四十万两，民间供赋反而减轻，过去全台每年税收不过九十万两，与田赋等合计约三百万两，最后增至四百四十余万两。又设官银局购办机器，铸造银币，每年数十万枚。

在国防建设方面，因户部无银可拨，由闽台各借四十万两，自行筹还。筑成钢筋水泥炮台十座，配英制大炮三十一尊，水雷八十具。改澎湖副将为总兵，以有作战经验、深悉外洋火器精微的吴宏洛担任。防军三十营，均用洋枪，聘外国教习予以教练。又在台北设机器局，自制枪炮弹药。

电线在沈葆桢、丁日昌时即已开始安设，但不足百里，刘铭传共架设八百里，通贯全岛，并安设水线接连大陆，均于光绪十四年（1888）完成。又设邮政局，备邮船二只，往来本省各港及福州、上海，较内地正式办邮政还早九年。刘铭传很早就建议内地建筑铁路，未能实现。光绪十三年（1887）他在台湾开始兴建铁路，先修台北至基隆一段，后修台北至新竹一段，光绪十七年（1891），基隆台北段正式通车，次年台北新竹段也告完工，两段共约九十公里。在农业方面，他提倡种茶、植棉、栽桑、养蚕。设通商总局，鼓励对外贸易。又在新加坡设招商局，招华侨来台湾经商。为了培养人才，他创办了电报学堂、中西学堂，学习经史、外文、算术、物理、化学及测量、制造等学科，亲自到学校视察奖励。

简评

刘铭传（1836—1896），字省三，安徽合肥人，家世业农，少有大志。参加李鸿章的淮军，二十九岁就以战功升任直隶提督。作为首任台湾巡抚，他采取充实国防、安定秩序、整理财政三大措施，在台湾七年，各项新政，次第举行，使台湾成为一个国防巩固、田赋增加、汉番团结的省份。尤其是现代化建设方面，通贯全岛有电线，甚至还有水线连接大陆，修建铁路，鼓励外贸，在保守闭塞的清末，简直不可思议，说明其才智超群，见识人所不及。

经济篇

管仲平衡粮价

管仲辅佐齐桓公，实行轻重变通的经济措施。他说："年岁有丰歉，所以谷价有贵贱；国家征税的法令有缓急，所以物价有高低。人君如不加以管理和调节，有蓄积的商人就会扰乱市场，乘人民粮食供应不足，攫取百倍的利润。其所以有万辆战车的国家，必定有上万资财的商人，有千辆战车的国家，必定有上千资财的商人，是因为商人攫取了利润。按照土地计算所生产的粮食，本来足够供人民食用，然而却仍然有人挨饿。其原因是谷子被商人囤积起来了。民间粮食有余而谷价低，人君就要用低价购进；民间粮食不足则谷价高，人君就要用适当价格抛出。只要适时地降低或提高粮价，购进或卖出粮食，这样，就能控制市场，平衡物价。物价得到控制，使万户人口的城市必然拥有万钟粮食和千万贯钱，千户人口的城市必然拥有千钟粮食和百万贯钱，春天将这些钱物用于耕田下种，夏天用于锄禾除草，使农具、种子、粮食都供应不缺。这样，那些囤积居奇的富商大贾就没法对老百姓巧取豪夺了。"于是齐桓公采取了平衡粮价的措施，使市场价格平稳。桓公就靠小小的齐国联合诸侯，以霸主扬名后世。

简评

管仲（？—前645），名夷吾，字仲，春秋时齐国颍上（今安徽颍上）人。齐桓公任为国相，实行政治经济改革，推行富民政策，富国强兵，使桓公成为五霸之首。他提出："凡治国之道，必先富民。民富则易治也，民贫则难治也。""仓廪实而知礼节，衣食足而知荣辱。"只有富了，才会"六亲（父、母、兄、弟、妻、子）固"，"四维（礼义廉耻）张"，"君令行"，因此他把发展农业生产放在首位，他采用"轻重之术"平衡物价，保证人民生活不致因商人囤积居奇、扰乱市场而受影响，国家掌握大量的钱财物资投放到农业生产上，使生产得到发展。

除本篇所记之外，管仲还采取了许多发展生产的措施。如实行"相地而衰征"的新农业税制，废除集体无偿耕种"公田"的劳务税制，代以"相壤定籍"之法，即将田地分给农民，按土地等级征收实物税，以调动劳动者的积极性。在发展农业的基础上，大力发展渔盐业，并鼓励"通货积财"，通过渔盐产品出口积累财富，还实行盐铁专卖，增加国家收入。通过这些措施，使齐国变得非常富强。

计然富国之计

从前越王勾践困守在会稽山，任用了范蠡、计然这些贤臣。计然说："了解战争，才会从事战备。知道什么时候需求什么，才会了解货物行情。需求什么和供应情况都清楚了，则天下货物的供需情况也就清楚了。出售粮食，每斗二十钱，谷贱伤农；每斗九十钱，则商人无利可图。商人无利可图，就没有人去贩卖生财；农民吃亏贫困，就无力耕种，导致田地荒芜。为此，每斗粮食的售价，必须控制在最高不超过八十钱，最低不低于三十钱。这样，对农民商人都有利。出售粮价随百货价格的起伏调整，使关卡的税收，市场的供应，都不缺乏，这是治国的要道。

积贮商品进行贸易，货物务求完好，货币不要停止流通，闲置不加利用。用货物去贸易时，对易于腐败的货物不要长期贮存，不要囤积以求高价。根据商品数量的多寡，就可预测其价格的上涨与下跌。商品价格太贵了，必然会变贱，太贱了反会变贵。当商品价格上涨时，要把货物像粪土一样抛售出去；商品价格下跌时，又要把它们当珍珠宝玉一样立即收购进来。要使货币和货物像流水一样，经常流转运行，才能达到致富的目的。”这些政策执行十年之后，越国富裕起来，用丰厚的财物犒赏战士，战士们奔赴前线去冒弓箭石块的危险，就像口渴时得到饮水一样，于是得以打败强大的吴国，带兵北上中原，震动诸侯，被称为“五霸”之一。

简评

计然，春秋时越王勾践的谋臣，范蠡的老师，当时的理财专家。他以一人之智慧，使本来比较弱小的越国，十年之间一跃而为“春秋五霸”之一，天下为之瞩目。

关于计然，史家说法不一，多数认为计然是人名，班固《汉书》的古今人名表列有计然的名字。计然在《吴越春秋》中作计砚，《越绝书》中又作计倪，称是越王勾践的大夫。颜师古在《汉书》注中说：“计然者，濮上人也，尝游南越，范蠡卑身事之，其书则有《万物录》。”但也有的说计然不是人名而是书篇名，至今尚无定论。

范蠡治产致富

范蠡在帮助越王勾践洗刷被围于会稽山的耻辱以后，深深地叹息道："计然的七条计策，越国只用了五条，就得偿所愿。他的计策已用之于国，我要行之于家。"于是，他驾了一叶小船，往来于江湖之上，改名换姓。到齐国自称鸱夷子皮，到陶县（今山东省定陶县）自称朱公。朱公认为陶这个地方处于天下的中心，可以通向四面八方的诸侯国，是交易货物的集中地。于是他广置家产，囤积货物，随着市场变化追逐利润，而不坑害他人。善于经营产业的人，都善于用人和掌握时机。朱公在十九年之间，三次获得千金的财富，又再分散给贫穷的朋友和远房兄弟，也就是富了又喜欢施德于人。后来他年老力衰，任凭子孙去持家，他的子孙继续经营，不断积累，以至家产巨万，后世在谈论富豪时，都要讲到"陶朱公"。

简评

范蠡，字少伯，楚宛三户（今河南南阳市）人。楚国名士，中青年时期被楚王派往越国襄理政事，后为越大夫，助勾践灭吴后，被封为上将军，他辞职不受，带着家小乘小船由太湖进东海，北上齐国，"耕于海畔，苦身戮力，父子治产，居无几何，致产数千万。齐人闻其贤，以为相"（《史记·越王勾践世家》）。不久他又归还相印，到陶地经营产业，"致资累巨万"。

范蠡是功成身退，凭借自己卓绝的见识得以发家致富的典范。历史上讲到个人经商致富，首推"陶朱公"。

白圭乐观时变

白圭是洛阳人，当魏文侯执政时，李悝最大限度地利用地力，开发土地资源，而白圭却爱观察时节的变化，善于根据年成的丰歉进行预测，进行粮食买卖。平时别人低价卖出的货物，他买进来，别人高价索售时，他就出手。在庄稼成熟时，他收购谷子，出售丝和漆。当蚕茧上市时，他又收购帛絮，出售粮食。他推算出：当太阴（木星）在卯年，谷物丰收，但第二年将歉收；太阴在午年有干旱，但第二年会收成好；到太阴在酉星又收成好，但第二年又将歉收；太阴在子年，会碰上大干旱，第二年收成好，又有水涝。经过十二年循环，太阴回到卯年时，积贮就会成倍地增长。他主张要想经商赚钱，就要买进价格低廉的谷物；要想粮食增产，就要收取最好的粮食品种。他生活节俭，薄用饮食，克制嗜欲，节用衣服，和做事的僮仆同苦乐。争取买卖时机，就像猛兽鸷鸟搏取食物那样迅速。他说："我经营产业，就像伊尹、吕尚运用谋略，孙武、吴起用兵，商鞅执法。如果智慧不足以应付权谋和形势变化，勇气不足以当机立断，仁德不足以决定取舍，强健不足以对所办的事恪守不渝，坚持到底，虽然想学习我的经营之道，我也不想传给他。"天下人讲经营致富之道，都以白圭为创始人。

简评

白圭，战国时魏人，中国古代善于经商的代表人物，被称为治生之祖。他把经营商业看做如同伊尹、吕尚用谋，孙武、吴起用兵，商鞅执法，也就是看做和治国、用兵、执法一样，并把它上升到艺术的境界，收效自然高于常人。

卓氏铁山鼓铸

蜀地卓氏的祖先是赵国人，以经营冶铁业致富。秦国攻占赵国后，勒令卓氏迁移。卓氏被虏掠后，剩下夫妻两个推着车，去到指定的迁居地方。当时那些被迫迁居的俘虏，稍有余财的，争着去贿赂官吏，要求迁居到较近的地方，因此很多人得以在葭萌（在今四川广元县境）地方住下来。卓氏夫妇却认为，这个地方狭小瘠薄，听说汶岷山之下是一片沃野，地里长着大芋头，居民至死不会挨饿。百姓在市上出售手工业产品，也容易卖掉。于是要求迁到远处，结果被迁到临邛（今四川邛崃县）。他们非常高兴，立即去开采矿山，从事冶铸，并精心筹划，运用计谋，因而财富超过云南、四川的豪富之家，家有僮仆千人。他家田池的广阔，射猎的乐趣，可比得上国君。

简评

卓氏的祖先在赵国就以经营冶铁业致富，拥有冶铁的传统和技能，在迁徙时他们不图眼前的安逸，只求减少奔波劳累，而是着眼未来，目光看得很远，考虑的是什么地方有原材料，能发挥自己的所长，因而求远迁。到达邛崃以后，立即充分利用家庭的优势，摆脱农村自然经济的束缚，使自己成为冶铁专业户，开发当地铁矿资源，成为商品生产单位，加上能精心筹划，因而获得巨大成功。显然，这些经验对今天从事专项生产经营活动的单位和个人仍有重要参考价值。

伯乐相马

有人要卖掉一匹良马，三个早晨牵马站在市上，没人知道是一匹良马。他去求见伯乐说："我有一匹良马，想卖掉它，可接连三个早晨站在市上，没有人来和我谈买卖。想请您到市上绕着我的马仔细看看，离开时再回过头来瞧瞧，我愿送上一天买卖的收入。"伯乐就绕着这匹马细看了一番，离开后又回头看了看马，于是这匹马的价格一个早上就涨了十倍。

简评

伯乐，春秋秦穆公时人，《庄子·释文》："伯乐姓孙名阳，善驭马。"以善相马著称。本篇摘自《战国策·燕策二·苏代为燕说齐》，说的是苏代为燕国去游说齐王，要求淳于髡引见，讲了这个伯乐相马的故事，他以千里马自荐，要求淳于髡当伯乐，后齐王接见了苏代，很赏识他。这个伯乐相马，一顾而增十倍之价的典故，一直流传至今。用现在的观点看，类似名人为商品做广告，提高商品的市场竞争力。以善相马著称的伯乐绕着马仔细看，还回过头来瞧瞧，这行动非同一般，马价能不瞬间增值十倍？

韩非言宋人酤酒

宋国有个卖酒的人，他量酒公平，待客恭谨，酒质优良，酒旗高挂，然而酒却卖不出去，以致发酸变质。他感到奇怪，去问他认识的同里老人杨倩。杨倩说："你养的狗凶猛吗?"卖酒者问道："狗凶猛，酒为什么就卖不出去呢?"杨倩道："人家怕嘛。如果有人叫孩子带着酒壶去买酒，而你的狗迎上去就咬，还有谁敢去买你的酒呢？这就是你的酒卖不出去的原因。"

简评

本篇选自《韩非子》，原意是用这则寓言说明"国亦有狗，有道之士怀其术而欲以明万乘之主，大臣为猛狗迎而龁之，此人主之所以蔽胁，而有道之士所以不用也"。运用到产品销售上，和现代市场学所说的"销售因素组合"有相同之处。只有各种促进销售的手段进行最佳的组合，才能使产品畅销。这位宋国酒店老板虽然在价格、服务态度、产品质量、宣传广告等方面都做得不错，但家中养着一条猛狗，使人望而却步，一着之差，满盘皆输。

桑弘羊行均输、平准与盐铁专卖

汉武帝元封元年（前110），任命桑弘羊为治粟都尉，代行大司农职权，并管天下盐铁。

桑弘羊行均输、平准法，实行盐铁专卖，使国家财政收入大增，又统一币制，防止了通货膨胀。

均输是把郡国应缴纳的贡物连同运输费用，按当地市价折合为适当数量的土特产品，就地交纳给朝廷设置的均输官，由均输官运到外地销售。这样解决了因离京城远近不同而带来的运送贡物劳逸不均的问题，因此称"均输"。由于贡物变成商品，运到缺货地方销售，获得利润，自然增加了财政收入。

平准就是平抑物价，在京城设立物资总仓库，各郡国什么东西缺，价格高，就运去抛售，贱则收购，以调剂市场价格，增加财政收入。

盐铁专卖当时称之为“笼盐铁”，是因袭春秋时管仲的“官山海”。汉初“弛山泽之禁”、“纵民得冶铁煮盐”，一些大盐铁商富至巨万，他们“富埒天子”、“财过王者”，却“不佐公家之急”，国用严重不足，实行盐铁专卖之后，提供了对匈奴作战的亿万军费开支，皇帝四处巡游的巨额费用。后来桑弘羊又实行“酒榷酤”，即酒类专卖，“榷”是专利，“酤”通“沽”，买酒或卖酒。酒由官府经营，成为新的财源，又可控制酒的生产。

桑弘羊还协助汉武帝统一了币制。为使币值稳定，一是使币面价值和实际价值相一致，二是集铸造权于朝廷，元鼎四年（前113），武帝采纳桑弘羊的建议，下令禁止各郡国铸钱，销毁以前各种铸币，熔成铜上交朝廷，另由国家统一铸造新的五铢钱。币制统一，利权归于朝廷，又大大增加了财政收入，有效地防止了通货膨胀。

简评

桑弘羊（前152—前80），洛阳（今河南洛阳市东）人，商人子，西汉著名理财家。武帝元封元年受命理财，历任大农丞（国家财政部门主管的副职）、治粟都尉（掌管全国粮政）、大司农（财政部门长官）等职，积极参与制订、推行盐铁酒的官营专卖，设立平准、均输机构控制商品流通，平抑物价，使富商大贾不能垄断市场，牟取暴利。桑弘羊自十二岁入宫充武帝侍中，至昭帝时因与大臣霍光争权被杀，在西汉朝廷做官六十余年，有三十多年直接主管财政，大大增加了朝廷的财政收入，被明代大思想家李贽（卓吾）列为“富国名臣”。

耿寿昌改革粮运

汉宣帝刘询即位，多选用贤良的官吏，百姓安心在本地耕作，连续获得丰收年成，谷价每石降至五钱，农夫获利很少。当时担任大司农中丞的耿寿昌因精于数学，精通《九章算术·商功》，受到宣帝宠信。五凤年间他上奏说："依照旧的规定，每年从关东运谷四百万斛供给京师长安，用兵伕六万人。最好在三辅、弘农、河东、上党、太原郡籴进谷子供应京城，可以省去从关东运谷的兵伕一大半。"又提请增加征收沿海渔户的税三倍，宣帝都同意了。

耿寿昌建议的水道运粮办法果然便当，他又奏请令边地各郡都建粮仓，在谷价低时提高价格买进，使农民受益，谷价高时又降低价格售出，名叫常平仓，老百姓感到方便。于是宣帝下诏，封耿寿昌为关内侯。

简评

在现代管理科学中，有以数学方法为主的运筹学，作为数学家的耿寿昌，在管理钱谷的政务中，考虑如何以最少的人力物力去完成保证京师粮食供应的任务。过去从关东运谷四百万斛去供应长安，需要六万人，他建议改从长安附近和离长安较近的三辅、弘农等地买粮，可以减少一大半运粮的兵卒，这正是古代的运筹思想，得到以"信赏必罚，综核名实"著称的汉宣帝的赞赏，立即推行，效果极好。

郑浑重农

郑浑字文公，河南郡开封县（今河南省开封市）人。曹操听说他忠实厚道，召他做了属官，后又升任他为下蔡（今安徽省凤台县）长（县不满万户的主要行政官称长）、邵陵（今河南省郾城县东）令。

当时天下未统一，不安定，百姓都养成了矫捷勇猛的习性，不愿从事生产养殖；生了孩子没法养活，通常都丢弃不养。郑浑在他所管辖的地方，没收了百姓捕鱼、打猎的工具，用规定数额征收赋税办法，迫使他们耕田植桑，并且开辟稻田，加重惩办弃婴的刑罚。百姓先是怕犯罪，后来生活有了好转，就没有不养育孩子的了。他们养育的孩子，多用“郑”作为字，以表示感激之心。以后郑浑被征召为丞相的佐员，又升为左冯翊。

曹操征伐汉中，以郑浑为京兆尹（治所在今西安市西北）。郑浑因为百姓是新聚集在一起的，为他们制定了移居的法令，使强宗富室与单家贫户为邻伍，温和诚信之户与孤寡老弱之家为邻，鼓励他们从事农业生产。申明法令禁止做的事情，揭发奸邪的人。从此百姓安心务农，偷盗的事不再发生。当大军进入汉中时，转运军粮以他做得最好。又动员百姓到汉中耕种，没有逃亡的人。曹操更加觉得他不错，再召他做丞相佐员。魏文帝曹丕即位以后，任命他为侍御史（掌察举非法，受公卿群吏奏事，有违法失职的举劾），加驸马都尉官衔，升为阳平郡、沛郡二地的太守。

当时阳平、沛郡交界的地方土地低下潮湿，常遭水涝灾害，百姓饥饿困乏。郑浑在萧县和相县交界的地方，修建塘堰，开辟稻田。郡内的人开始认为这样做没有什么好处，郑浑说：“地势低下，便于灌溉，从长远看，最终会在养鱼种稻上受利，这是使人民富庶的根本措施。”于是他亲自率领官吏和百姓，兴建塘堰，经过一个冬天全部完工。连年获得丰收，每顷每亩都年年增产，租税收入比往常多出一倍。百姓赖以得利，刻石歌颂功德，把修建的塘堰命名为“郑陂”。

朝廷又调他做山阳郡（治所在今山东省金乡县西北）、魏郡（治所在今河南省临漳县西南）太守，治理都仿照阳平和沛郡的做法。又以郡下百姓苦于缺乏木材，就规定每户种植榆树作为篱笆，并且增加种植桃、李、杏、栗、枣等五种果树，几年后榆树成行，五果结实累累。一进魏郡地界，村落整齐如一。百姓财富充足，资用充裕。魏明帝曹睿听到郑浑的政绩，下诏赞扬，通报全国，升为将作大匠（管理宫室、宗庙、陵寝及其他土木营建的主管官）。郑浑任官时清白廉洁，妻子儿女甚至免不了挨冻受饿。

简评

郑浑做过多处地方行政长官，所到之处，总是着眼于发展农业生产，安定民生，使百姓由贫变富。在当时社会环境下，抓住了耕植这一亟待恢复的工作重心，一切问题自然迎刃而解。

王导促销粗麻布

东晋大臣王导善于因势利导，取得成效，虽不是每天有什么效益，而一年计算起来却办事不少。当时国库中金帛已空，库中仅剩下粗麻布几千件，卖出没人要，国家用费没法子供给。王导为这事着急，他与朝中有名望的人都穿粗麻布单衣，于是士大夫们都争着穿这种衣服，粗麻布价格猛涨。他命仓库主管人员将库藏粗麻布抛售出去，每件售价高至一两银子。王导为时人所钦慕达到了这种程度。

简评

王导推销粗麻布以补国用的办法，是善于利用人们的消费心理。人们在消费中赶时髦，从多数，一种商品购买的人多，大家都争着去买，因而广泛流行起来。而粗麻布所以价格猛涨，是因为王导"与朝贤俱制粗麻布单衣"，人们看到王丞相和朝中有名望的人穿这种衣服，成为一种时髦，就纷纷仿效，使市场上粗麻布供不应求，因而价格上涨，这也是一种名人效应，正如当今运动服装用品由体育明星代言一样。

刘晏理财富国利民

唐代的刘晏担任转运使时，正值安史之乱的兵火之后，各种费用都靠刘晏去筹集。刘晏有精神，多机智，能够沟通有无，想出各种巧妙的办法。

他非常重视信息，通过准确、迅速的物价信息，贱买贵卖，掌握控制物价的主动权，使国家获利。他在辖区各主要城市设立十三个巡院，负责管理粮食、物价和盐政，各巡院的知院官每月每旬要把所在州县农业丰歉、粮价变化情况报告他，丰收谷贱时，适当加价购进；歉收谷贵时，减价出售，用以调剂余缺，稳定粮价。又实行均输法，把赋税收入折合成现金，从灾区和低价地区收购物资，运到高价地区出售，以加强物资流通，促进生产。

他非常重视交通，恢复、整顿和改进了江淮漕运，使江淮地区的粮食源源不断地运到长安。先是指挥疏浚汴水，甚至亲自动手挖河道。改富户督办漕运为官办，雇用专人，加以训练，又将原来的直接运输法改为分段运输法，根据河流的水位、流速造出不同型号的船，“江船不入汴，汴船不入河，河船不入渭”。又在淮河、汴水、黄河、渭水汇合的地方建造粮仓，“江南之运积扬州，汴河之运积河阴，河船之运积渭口，渭河之运积太仓”。分段接运，保船畅行无阻。每年从江淮运到长安的粮米多达一百一十万石，而运费只及原来的四分之一。他又改革盐政，振兴盐业，既增加国家盐税收入，又降低盐价，公私两便。

刘晏认为，帝王爱百姓不在于赏赐，而是要使他们从事耕种纺织，平常年岁照一般标准收取赋税，荒年则免税救济。又在各道设置知院官，每十天、一月，报告州县中雨雪丰歉的情况，发现灾荒歉收的苗头，财政官员就拿出财政余款，先下令免除某种货物的税收或贷款给某户，百姓还没有达到十分困难的境地，写给朝廷的报告就已经发出。评议政事的人有的讥讽他不办赈救，而多采取低价出售物资以救济百姓，他认为这种讥评并不正确。会治病的人，不会让病人达到危急的地步；善于救灾的人，不让人靠赈济过日子。所以赈济少了则不足以救治人，要救治很多人，又会使国家经费短缺，国家经费短缺，又要加重赋税了。又赈济往往有人多取，凭运气，官吏通谋作弊，强者得的多，弱者得的少，即使刀锯摆在面前，也没法禁止。这是“二害”。受灾的乡村，缺乏的是粮食，其他物产仍有，把这些东西低价售出，换来杂货，依靠人的力量，转运到丰收地区，或官府买下自用，这样国家的经济就不会贫乏。多生产运出粮食，靠他们粜运出去，分散到村舍间里。经济困难的农户在家辛勤耕作，不能到市场上去，也能在互相转运中得到好处，免得挨饿，这便是两方面都得到好处。

简评

刘晏（715—780），字士安，唐代曹州南华（今山东菏泽西北）人。十岁时，唐玄宗去泰山“封禅”，他写了一篇《东封书》献上，被带回长安任秘书省正字。历任户部侍郎兼度支、盐铁、转运、铸钱等使二十年，代宗时擢升为吏部尚书、同中书门下平章事，即担任宰相职务。

以前把函谷关以东地区的谷子运到长安，由于滩险流急，往往一斛米运到能有八斗，就算卓有成效，受优等赏赐。刘晏认为长江、汴水、黄河、渭水，水利不同，应根据各自的具体情况制造运输船只。另外以前由富人管控水运，他们从中横加勒索，百姓苦不堪言。从刘晏开始改为以官府主持河运，由吏员主办驿站，免除各种讲不出名义的税收，百姓的困苦得以缓解，人口也繁盛起来，良法美政，收到立竿见影的效果，既利国，又利民。

这样一位为民造福的理财专家，却因奸臣杨炎诬陷，昏庸而又毒辣的唐德宗李适竟将他赐死。死后任宰相的杨炎派人抄家，这位掌管天下财赋几十年的大臣，家中竟只有杂书两本，粮食几斛。天下人为他的冤死而愤愤不平，多年后才得以平反。陷害他的杨炎后来也被赐死。

刘晏善掌握物价

刘晏在尚书省掌管南方财政，几百里外地方物价的高低，当天就知道。有人称赞刘晏这一方法，北宋沈括在代理三司使时，曾在东南地区推行。以前每年发运司从各郡县收购粮食时，事先不知道粮价的高低，须要下面先开列价格上报，然后根据粮价的贵贱，价贵就少购，价贱就多购。但发运司要得到所有郡县的粮价后，才能核定购粮数额通知郡县，等文书到后，而粮价已上涨，所以常买得高价粮。按照刘晏的办法，要求产粮多而交通方便的郡县，以几十年中购买粮食的价格和所购多少为准，分为五等，将簿籍报主管机关存案，等到粮价稳定时，不再呈报，立即购粮入库。凡第一等价格的收购第五等粮数，第五等价格的购第一等粮数，第二等价格的收购第四等粮数，第四等价格的收购第二等粮数，然后把收购情况驰报发运司。这样一来，粮价低的地方，购粮数达到了最高额，其余各等粮价的地方，也收购了适当数量的粮食。这样就避免了不合理的收购，然后发运司汇集各郡所购的粮食计算一下：如果已经过多，就减少价格贵、地方又远的郡的收购额；如果还少，就增加粮价低、地方近的郡的收购额。从此以后，掌握粮价就没有发生过不及时的情况。各地根据粮食收成好坏，当时就知道价格，因而办理及时。

简评

刘晏计物价的办法是运筹学在经济管理中的具体运用，其要点是“第一价籴第五数，第五价则籴第一数，第二价籴第四数，第四价则籴第二数”，以此类推，这样就自然粮价低的地方购粮多，高的地方购粮少，粮价不高不低的地方或偏高偏低的地方“各得其宜”，使粮食收购相对平衡，能有效控制物价，保证供应。

赵抃、文彦博、范纯仁平粮价

宋代的赵抃任越州知府时，当地发生旱灾和蝗灾，米价急速上涨，贫民深受其害。附近各州争着平抑物价。赵抃却在四通八达的大路上挂牌发布文告，允许有米的人提高价格卖出，一时卖米的商人都到越州来，米多了，价格顿时降了下来。

与赵抃同是宋代大臣的文彦博，在成都时，米价暴涨，他指示在城门附近的十八所寺院里，降价卖出官米，不限数量，张榜通衢，广为宣传。米价迅速降了下来。

范纯仁在襄城时，久旱不雨，他想到第二年必定缺粮，于是将境内商船登记造册，召集船主面谕他们：“明年这地方将缺粮，你们把五谷运来藏于佛寺之中，等到缺粮时，我替你们做主卖出去。”船主从命，不停地贩运粮食进来，到开春时，所贮存的粮食大约有了十几万石。各县发生饥荒，唯有襄城境内百姓竟不知道。

简评

上面三则平抑粮价、存粮备荒的故事，主人公是北宋时几位著名大臣。

赵抃（1008—1084），字阅道，北宋衢州（今浙江衢州）人，谥清献，人称赵清献。越州，治所在今浙江绍兴。文彦博（1006—1097），字宽夫，北宋汾州介休（今属山西）人，封潞国公，故人称文潞公。范纯仁（1027—1101），字尧夫，谥忠宣，范仲淹之子。

这三位名臣筹粮备荒、平抑粮价各有奇招，但异曲同工，都使得所在州县粮食充足，荒年不荒。

文彦博纳铁钱息市场风波

北宋时，文彦博担任永兴军知州，当时在朝中任起居舍人的毋湜是陕西鄠县人，他向朝廷上疏，说陕西流通使用的铁钱用起来不方便，请朝廷将铁钱停止使用。朝廷虽没有采纳毋湜的建议，但他的家乡有很多人知道了这件事，争着用铁钱购买物品，而卖物品的人因听到了传闻，不肯收铁钱，造成长安市上一片混乱，市民大多关闭了店铺。州中的官吏请文彦博查办这件事，文彦博说："如果我去查处这件事，就更会使市民疑惑，乱得更厉害。"他召集了一些从事丝绢买卖的商人，取出自己家中的缣帛数百匹，要商人拿到市上去卖掉，而且规定只收铁钱，不收铜钱。长安市民听到这个消息，知道铁钱并未废除，才又打开店门继续做生意，恢复了原来的状态。

简评

文彦博是北宋时名宰相。自幼聪慧异常，有灌水入洞取球的故事。历事仁宗、英宗、神宗、哲宗四朝，达五十年。在本则故事中，他以自己的行动取信于民，平息市面上的不实传言，恢复正常的交易，不仅是一种负责任的可贵品质，也是高智商的体现，与王导推销粗麻布有异曲同工之妙。

张咏以盐易粮

宋代张咏在担任成都知府时，城内屯聚着军士三万人，而不够半个月的粮食，张咏打听到盐的价格较高而仓库中还积存很多，就降价听任百姓来以米换盐，百姓听说，就争着赶来以米换盐，不到一个月，就收得了数十万斛米。军士们高兴地说：“以前所发下的米，掺杂了糠和土，很难吃，现在发下来的米一粒粒都是精米，这位老知府真是善于处理国家大事的人。”

简评

张咏（946—1015），北宋濮州鄄城（今属山东）人，字复之，号乖崖。进士出身，出知益州，恩威并用，蜀民畏而爱之。以盐易粮，是由官府组织的物资交流，以有易无，各得其便。因为食盐是官卖的，卖私盐犯法，官府有盐而军队缺粮，如果不采取这个办法，势必导致百姓要买价格高的私盐，贫民就没盐吃，军队得不到粮食供应，后果不堪设想，所谓“兵马未动，粮草先行”也。张咏的办法看似简单，却解决了大问题。

周忱善运筹保护国家资源

明代三大殿重建，皇帝下诏书征牛胶一万斤，为彩绘三殿之用。周忱正因事进京，他说京中府库中藏的牛皮，因存放时间久，已经腐朽，请取出来煎胶，以应急用。等我回到江南，再买牛皮偿还府库。

土木之变，朝廷当权的人计议要焚毁通州粮仓，不使粮食资寇，正碰上周忱进京议事，他说：“仓中有米数百万石，可抵驻京军队一年粮饷，命京军自己去取粮，会马上运完，何至于就让仓米成为一堆灰呢?”当权者接受了他的建议，没几天，通州粮仓里的粮都运完了。敌军来时，没有抢到粮食。

不久，朝廷又下诏书命立造盔甲数百万，周忱计算了一下，制造明盔用的浴铁工多，暂且用锡，几天就办完了。

简评

周忱（1381—1453），字恂如，号双崖，江西吉水人，永乐二年（1404）进士。明宣宗宣德五年（1430），因大学士杨荣的推荐，升任工部右侍郎，巡抚江南诸府，总督税粮。秉性宽仁，又精明机警，是一位理财行家。他处理牛胶的办法就说明他很会运筹。以新换旧，既满足了牛胶的供应，满足了朝廷彩绘三殿的急需，又处理了腐朽的牛皮，变废为宝，物尽其用。土木之变中，他对通州粮仓所提出的处理办法，使得数百万石的米得以保存下来，比起那些敌兵未到先把一座城化为灰烬的英雄们来，其胆识和功业相去何啻霄壤。这位爱民的巡抚生前受言官劾奏，被迫致仕，后来江南发生大饥荒，路上到处是死人。“民益思忱不已，即生祠处处祀之”，这又是何等景象。

刘大夏行“收市法”

明孝宗弘治十年（1497），朝廷命户部左侍郎兼左佥都御史刘大夏前往宣府办理兵饷，户部尚书周经对他说："塞上世家子弟以买卖粮草谋私利，你不要因为刚直而惹祸啊！"刘大夏坚定地说："处理事情应凭道理而不能凭势力，等到了那里以后再看着办吧！"他到达宣府后，得知这里原来规定，输边的粮草必须是粟米千石、马草万束以上，才准输纳，那些监军太监和军官们因此得操利权。他们以低价买进粮草，又以高价卖给军营，从中渔利。刘大夏贴出榜文，规定米在十石以上，草在百捆以上，都准许来交纳，这样不到两个月，粮仓、草场便都充实起来，世家不能再从中操纵，边境百姓蒙受其利。大学士、诗人兼同乡李东阳写信祝贺他，有"周田近报千仓满"、"但得营门歌饱士"之句。

简评

刘大夏（1436—1516），字时雍，号东山，明代湖广华容（今湖南省华容县）人，英宗天顺八年（1464）进士，历任右都御史、兵部尚书等职，他这次到西北督理兵饷，采取的方法名"收市法"，即将由太监、官僚垄断的粮草市场统一管理起来，去掉了中间商的盘剥，因而很快筹足了粮草。刘大夏一生清廉，明习兵事，才略过人，死后谥忠宣公，人称刘忠宣。

陶澍创办海运，改革盐政

清代嘉庆、道光年间，漕运、盐政、河工积弊甚多。当时每年北运的漕粮不下四百万石，但运河水浅，黄河屡决，漕河节节寸断，需另加驳运，这样时间长，运费高，损耗大，米质差，严重影响北京的军需民食。陶澍任江苏巡抚后，决心整顿漕运，并主张改河运为海运。道光六年（1826），经朝廷批准，他“万言恩信招商舶”，亲自组织了上海一带的沙船一千五百六十二艘，还遍查史籍，博询深习海事之人，研究确定了行船路线，当年往返两次，运米一百六十三万三千石，未出事故，顺利到达天津，林则徐赞为“旌悬五色天风送，破浪居然衽席安”。而且米色莹洁，过河运数倍。船商运米往北，载豆回南，两次得值，因而人们称颂漕粮海运是“利国、利民、利官，为东南拯蔽第一策”。其中利民包括了利商，同时也显示了资本主义商业的优越性。

食盐是人民的生活必需品。清代盐务，仍沿用明代的纲盐制，即由少数纲商垄断食盐购销，他们包纳盐课，使食盐运销权利，成为一种永久专利。后来他们自己不运盐贩卖，只将专利凭证卖给他人，就可坐享巨利。贩运者因而成本增加，官吏又对盐商附加种种浮费陋规，盐商则将负担转嫁平民，由此盐价昂贵，官盐滞销，私盐泛滥，朝廷财赋收入减少。陶澍升任两江总督后，兼理两淮盐政，道光十二年，在魏源、包世臣等幕僚的帮助下，首先在淮北二十九州县取消纲商对食盐的垄断，改行票盐制，允许商人自由领票运盐，即只要照章纳税，都可领盐运销。这样一来，过去的垄断者就不能再坐享巨利，不法官吏的勒索也大大减少，从而盐税收入增加。陶澍兼理盐政八年，共“完正杂银二千六百四十余万两”，“从无铳纲借帑之事，库贮常实存三百余万两”，票盐制被称为“百世之利”。其根本原因在于“去商贩之束缚而民便之”，也就是打破垄断，使商业资本在食盐这一领域中能自由发展。

简评

陶澍（1779—1839），字子霖，号云汀，湖南安化人，清代嘉庆进士。官至两江总督。从道光元年（1821）到道光十九年（1839）的二十年间，他作为封疆大吏，活跃在政治舞台上，积极整顿财政，救济灾荒，整顿漕运，改革盐政，主张自铸银币，统一钱法，在一定程度上反映了商品经济和商业资本发展的要求，促进了社会的进步。

海运代河运，是运输的大改革，虽然元、明两朝也实行过海运谷粮，但元代八年只运了几十万石，漂失动以万计，此次实创海运之最。又改官运为商运，用经济手段调动民间运输力量，节约白银十多万两，漕米百多万石，利国利民。

盐是不可缺少的生活必需品，又不可能自给自足，历代总是把盐利作为主要财政来源，两江总督管辖的两淮是最大的产盐区，由于盐商的垄断，官吏的贪污，使得盐价昂贵，民不聊生，官盐滞销，税收亏欠，陶澍以两江总督兼管盐政后，裁总商，去垄断，缉私盐，疏渠道，改纲盐为票盐，使得盐价大跌，国课大增，商民称便，成功的原因是洞察积弊，措施有力，他用经济手段而不是用剥夺方式，使守法商人有利可图，打击的对象只是极少数垄断盐务的纲商，对一般商人多加体恤，有人比之于管仲、刘晏，道光称之为干国良臣，不是过誉。

军事篇

孙膑围魏救赵

战国时，魏国出兵攻打赵国，包围了赵国的都城邯郸（今河北省邯郸市），赵国危急，向齐国求救。齐威王要孙膑担任主将，率兵救赵。孙膑辞谢说："我是受过酷刑身体残废的人，不可担任主将。"于是威王以田忌为主将，孙膑为军师，让他乘着围上布帐的轻便小车，坐着出谋划策。田忌想领兵直趋赵都邯郸，孙膑说："要解开一团杂乱纠缠的东西，要会用手去解开，不可用拳头去猛击；要分开争斗的人，不能自己也卷进去参与。解围救赵，要避开双方争斗激烈的地方，攻击其防守空虚的部位，那么对打的局势便会改观，互斗便会停止。现在魏国出兵攻打赵国，他的精锐部队都在外，国内只留下一些老弱残兵，你不如领兵直接去攻打魏国都城大梁（今河南省开封市），占据他们的交通要道，攻击防备空虚的地方，这样魏军必然被迫回师自救，我们就可一举而解赵国之围，同时又使魏军疲惫，陷入困境。"

田忌采纳了孙膑的建议，统率齐军主力向大梁进军，魏军主力不得不撤离邯郸，回救大梁。齐军在桂陵地方截击魏军，魏军大败。

简评

孙膑，战国中期齐国人，故里在今山东省鄄城县红船镇孙老家村。原名不详，因受过割去膝盖骨的膑刑，故称孙膑，他是中国古代著名军事家。他的先祖孙武，著有《孙子兵法》十三篇，被后世奉为“兵学圣典”，孙膑也著有《孙膑兵法》一书。

桂陵之战发生于周显王十五年（前354），孙膑用“围魏救赵”的战法，打败了实力雄厚的魏军。不直接去解围而邯郸之围自解，这一战例历来为兵家所重视、研究和广泛运用。它的主要之点是攻击敌人防备薄弱而又重要的地方，达到牵制、打败敌人的目的，也是孙武所著《孙子兵法》中所说的“避实而击虚”、“攻其所必救”、“先处战地而待敌”等理论的具体运用。

孙膑减灶败庞涓

桂陵之战后十三年，魏国联合赵国去攻打韩国，韩国向齐国告急。齐王仍派田忌为将，孙膑为军师，一同前往救韩。孙膑和田忌还是采取攻打魏国后方的战法，率军径向魏国的都城大梁进发，魏国将军庞涓听到这个消息后，便放弃攻韩，率军赶回相救。这时齐军已开出国境向西面的魏国进攻，孙膑对田忌说：“他们三晋的兵士一向强悍勇敢，轻视齐军，齐军也因之被称为胆怯，一个善于作战的将领，要会顺应这种情势，引向自己有利的方面。兵法上说：“急行军赶百里路去和敌军争利的，会使上将遭到挫败；急行军赶五十里去和敌军争利的，只能有一半的军队能赶到。现在我们就要诱使他们冒险急进，我军进入魏国境内的第一天，要部队挖上可供十万人做饭的炉灶，第二天只挖可供五万人做饭的灶，到第三天，就只挖可供三万人做饭的灶，用这种减灶的办法去迷惑他们。”田忌依计而行。庞涓走了三天，听到齐军减灶，不觉大喜，对部属说：“我早知道齐军胆怯，进入我国境内才三天，士卒逃亡的就已过半了。”于是庞涓丢下步兵，率领轻装精锐的健卒，一天赶两天的路程，从后赶来。

孙膑计算他的行程，预计他在日暮时会到达马陵地方。马陵道路狭窄，山势奇险，可以伏兵，孙膑命人在一棵大树上削去树皮，现出白木，在上面写着“庞涓死于此树之下”。又命齐军善射的军士，手执万张强弓，夹道埋伏，约定夜间但见火起，就万箭齐发。布置已毕，庞涓果于夜间赶到那棵树下，隐约看到树上有字，就点火照看，不想字还没有看完，两边齐军万弩齐发，箭如雨下。魏军大乱，东逃西散，庞涓自知智穷兵败，难以逃脱，只得拔剑自杀，临死前愤愤地说：“今番成就了这小子的声名!”齐军乘胜追击，大破魏军，俘虏了魏太子申回国，孙膑因此名扬天下，后世传下了他的兵法。

简评

马陵伏击战在历史上很有名，在这次战役中，孙膑用计打败了他的对手庞涓，并使之自杀身亡。这事发生在东周显王二十六年（前343），是历史上的重大事件。从此以后，魏国国力大减，齐国成为东方的强国。在这次战役中，孙膑的计谋是以逸待劳，也就是他提出的“避而骄之，引而劳之，攻其无备，出其不意”的战略战术原则，在今天仍有其现实意义。

以逸待劳，逸是使部队不过度疲劳，养精蓄锐，而用各种方法迷惑敌人，调动敌人，使之疲于奔命，穷于应付，肥的拖瘦，瘦的拖垮。以精力充沛的部队去对付这种疲惫不堪的敌军，自然能取得胜利。在各种竞赛中，往往是智力和体力的竞争，智者善于以逸待劳，设法使对手疲于奔命，然后战而胜之。

孙膑少年时，与庞涓同在鬼谷子门下学兵法，庞涓学成后，得到魏惠王的重用，为将军，自知才能不及孙膑，派人把孙膑诱骗到魏国，陷以重罪，处以膑刑，还在孙膑的面额上刺字，用墨涂黑，想让他从此不能出头露面。后来孙膑用计到了齐国，在这次战役中迫使庞涓自杀，终于笑到了最后。

李牧以守为攻破匈奴

李牧是守卫赵国北部边境的良将，曾驻守在代郡和雁门郡一带，防备匈奴入侵。他看着怎样方便、适宜而设置官吏，所收租税都统归司令部，作为训练士兵的用费，每天杀几头牛改善士兵生活；督促士兵练习骑马射箭，密切注视烽火台及时报警，多派间谍侦探敌情，并命令士兵说："如果遇到匈奴兵入境侵略，赶快收回牲畜财物，保卫自身安全，有敢于捕捉匈奴人的，一律斩首。"匈奴兵每次入侵，烽火台及时报警，士兵立即收回牲畜，确保自身安全，不和匈奴兵作战。这样过了几年，也没有什么损失。

匈奴军队认为李牧胆小害怕，不敢迎战，赵国的边防军也认为他们的主将怕匈奴兵。赵王听到后，责备李牧，李牧仍然是这样。赵王发怒，另派人代替李牧为将。过了一年多，赵军多次出兵与匈奴作战，没有取胜，损失很多，边境上的百姓没法耕种畜牧。赵王只得复请李牧为将，李牧闭门称病不肯出任，赵王强迫他出任，李牧说：“如果一定要用我，就必须和以前一样，才敢从命。”赵王同意了。

李牧到了边境，仍像过去一样，匈奴兵几年中没能得到什么，始终认为李牧害怕作战。边防军每天得到赏赐却不打仗，都愿意打一大仗，于是李牧部署精选战车一千三百辆，战马一万三千匹，英勇善战的士兵五万人，能张弓射箭的十万人。命令他们操练演习战斗，把牲畜全部放牧出去，满山遍野都是放牧的人，匈奴兵少量入侵，装着被打败，丢下几十个人让匈奴俘获。匈奴单于听到后，统领大军深入赵地，李牧多设奇阵，左右两翼埋伏下军队予以夹击，大败匈奴军，杀匈奴骑兵十余万，灭掉了襜褴，攻破东胡，降服林胡。单于奔逃，十多年不敢接近赵国边境。

简评

李牧（？—前229）是战国末期赵国名将。当时北方匈奴的骑兵彪悍异常，常来掠夺赵国边地的人口、牲畜、财物，赵孝成王派李牧到边境的代郡、雁门郡镇守，李牧到雁门后，以北长城为屏障，采取以守为攻，示怯却敌的策略，“能而示之不能”，造成敌人的错觉，另一方面却加强训练，激励士气，然后出其不意，一举而歼之。

芒卯诈献邺城间秦、赵

秦、赵两国约定攻打魏国，魏王为此惊恐不安，大将芒卯说：“大王不必发愁，请允许我派张倚去对赵王说：‘邺这地方，看样子是保不住的，现在大王如果和秦绝交而联魏，魏君就把邺地献给大王。'”魏王同意芒卯的建议，派张倚去了赵国。

赵王果然很高兴，召来赵相国，对他说：“魏王请求把邺地奉送给我，要我不再和秦国联合，此事如何?”相国说：“我们联合秦国攻魏，好处不过于得到邺地。现在不用兵就能得到邺城，请你答应魏国要求。”使者张倚因而对赵王说：“我国负责交割城池的，已在邺城等候，那么大王又将怎样回报魏国?”于是赵王下令关闭秦国通向魏国的关口，秦、赵关系因此恶化。

赵王派人去接收邺城，邺城守将芒卯对赵国使者说：“我国所以要事奉大王，为的是保全邺城，把邺城献给赵国，是使者张倚的过错，芒卯不知道这件事。”赵王害怕魏国乘秦国对他的怨恨来攻赵，反而立即割让五座城池给魏国，共同对付秦国。

简评

芒卯，一作孟卯，战国时期魏国的宰相，有贤能的名声，他教魏王以献邺城这一虚假的许诺，瓦解了秦赵联合攻魏的约定，反而迫使赵割让五城，争取与魏联合抗秦。人们称这种办法为“抛砖引玉”，即以没有价值的土块换来价值极高的白玉，凡属以价值不大的东西换取价值很大的东西，都属这一类。如同钓鱼人、猎手以经过伪装的诱饵，诱使鱼儿、野兽吞食上当。历史上采用这种计谋诱使敌方上当的很多。春秋时，楚国侵略在今湖北境内的绞国，楚军在绞国都城南门布阵，准备进攻，屈瑕向楚王献计，不如用计引诱绞兵出城，然后击破他们。楚王采纳屈瑕的建议，派出三十名军士上山砍柴，不派军队保护，绞军立即把他们俘虏了。第二天又照样如此，绞国出动了更多的军队，楚军伏兵齐出，大败绞军，灭了绞国。

田单巧设火牛阵

周赧王三十一年（前 284），燕昭王派上将军乐毅统领燕、秦、魏、韩、赵五国之师，攻破齐国七十余城，国都临淄也被攻破，只剩下莒（今山东省莒县）和即墨（今山东省平度东南）两城未被攻克。田单原在临淄城当税官，燕军破临淄，田单领着宗族老小逃到安平（今山东临淄县东），他吩咐族人把露在车轮外的车轴截断，再包上铁皮，不久安平又被燕军攻陷，城中人纷纷抢路逃难，因车轴过长互相冲撞，多致轴断车毁，成为俘虏，只有田单的族人顺利逃出，到达即墨城，田单由此知名。

燕军转移兵力，往东围攻即墨，驻守即墨的齐国大夫出城迎战，战败而死。城中人公推田单说："安平那一仗，田单的族人因乘坐'铁笼'得以保全，足见他是个懂得兵法的人。"于是立他为将军，以即墨城的力量抵抗燕军。

不久燕昭王去世，惠王继位。他和乐毅有裂痕，田单听到后，就在燕国做离间工作，派人散布流言，说："齐王早就死了，只剩下两座城池没有攻下，乐毅怕回国被杀，就以攻齐为名，其实是想和南方的诸侯联盟，做齐国的国君。齐国的百姓尚未归顺，所以迟迟不攻下即墨，以等待时机。齐人害怕的是燕国派别的将领来，那样即墨城将被攻破。"燕惠王信以为真，派了骑劫去代替乐毅，乐毅投奔赵国，士兵们因此愤愤不平。

田单知道士气可用，于是亲自操作筑墙用的墙板、木杵、铁锹，和士卒一同修筑城防工事，把妻妾也编在作战队伍中，拿出所有食物犒赏士卒，把精锐部队埋伏起来，派一些老弱妇女站在城头担任防守，然后派使者去与燕军接洽投降，燕军高呼万岁。田单又收集黄金两万多两，让即墨城中的富豪去送给燕军将领，并说："即墨就要投降了，希望不要掠夺我们家族的财物妻妾，让他们安然无事。"燕军将领大喜，答应了这些要求，于是军心更加松懈。

田单又在城中收集了千多头牛，牛身上披着画有五彩龙形花纹的红绸，两只角上绑着尖刀，尾巴上扎着浸透油脂的芦苇，在城墙根挖了几十个洞，夜间把牛尾上的苇草点燃，把牛从洞中放出，选壮士五千人随其后。牛尾被烧痛，愤怒地冲向燕军，黑夜中燕军见状大惊，牛尾上的火焰把牛身照得光亮耀眼，看上去都是些五彩龙纹的怪物，被触的非死即伤。五千壮士一声不响，随后猛击，城中兵民尾随其后，擂鼓呐喊，老弱响着铜器，声震天地。燕军被吓得大败而逃，将军骑劫被杀。燕军慌乱逃命，齐人紧追不舍，所过城邑都叛离燕国，归附田单。田单兵力日多，乘胜追逐，燕军战斗力一天天减弱，一直退到黄河边上，原先被燕军夺去的七十余城重又为齐国所有。

简评

田单是战国时期齐国著名将领。他以诈降计和巧设"火牛阵"，打败燕军，收复被占领的七十余城，闻名后世。他领导即墨军民打败燕军后，因齐湣王已被杀，田单迎齐襄王回京城临淄即位，襄王封田单为安平君。

历代军事家用诈降计取得胜利的事例不少，赤壁之战中，黄盖诈降曹操，接近曹军战船，因风放火，大败曹兵，即是著名战例。《孙子兵法》中指出："辞卑而益备者，进也"，"无约而请和者，谋也"。意思是说，敌方的言辞谦卑实际上又在加紧备战，这是进攻的征兆；敌方预先没有约定而突然来求和的，其中必有预谋。这对于识破诈降之类的预谋大有益处，不致轻信敌人的"诚意"或甜言蜜语而麻痹松懈。在近现代，以和谈作为烟幕而实际在准备大举入侵的事例，比比皆是，外交上的蜜月往往成为发动突然袭击的前奏。“三十六计”中的第十计“笑里藏刀”亦是如此。

韩信用计俘魏王

汉王刘邦兵败彭城退却时，塞王司马欣、翟王董翳从汉逃亡降楚，齐王、赵王也背汉与楚讲和。六月间，魏王豹请假回去探视亲属疾病，回到封地，即封锁了黄河西岸的临晋关，与楚谋和。汉王派了谋士郦食其去说魏归汉，遭到拒绝。八月，汉王任命韩信为左丞相，率兵攻魏。魏王把重兵布置在黄河东岸的蒲坂（今山西永济市西）一带，封锁了对岸渡河的关口临晋关。韩信布置了很多疑兵，陈列了很多船只，装作要渡河的样子。另外埋伏了很多精兵，在临晋关上边的夏阳（县治在今陕西韩城南），用木罂渡过黄河，攻击魏国的首都安邑（在今山西省夏县北），俘虏了魏王豹，灭亡了魏国，改魏地为汉的河东郡。

简评

这次战役发生于汉王刘邦二年（前205）八月间，由于韩信采用声东击西、攻其无备的策略，使魏王豹成了俘虏。魏将柏直率军在蒲坂布防，柏直认为封锁了黄河渡口，不准船只往来，又派兵在岸边日夜巡逻，汉军就无法渡河。韩信深知从临晋关渡河攻打蒲坂，成功的可能性很小，而且将造成大量伤亡，于是在这里布置疑兵，陈列船只，以假象造成敌军的错觉，似乎汉军将从这里渡河。所谓不攻而故意示之以攻，形似必然而实不然，却将主力调往上游的夏阳，不用船只，而用木制的大瓮捆成木筏偷偷渡过了黄河。这种声东击西、攻其无备之计，在历史上为兵家所广泛采用。《孙子兵法》称为攻其无备，《淮南子》中说：“故用兵之道，示之以柔而迎之以刚，示之以弱而乘之以强，为之以歙而应之以张，将欲西而示之以东。”唐代杜佑所著《通典》概括为“声言击东，其实击西”。“三十六计”把它列为第六计：声东击西。

李广解鞍退敌

西汉时，大将李广带兵和匈奴作战，一次，他带了一百名骑兵去追赶三个会射箭的匈奴兵，遭遇了匈奴的几千个骑兵，匈奴兵看到李广，以为是诱敌的疑兵，都吃了一惊，立即上山摆开了阵势。李广带领的百名骑兵都很害怕，想往回奔。李广说：“我们离开大军已经几十里，现在就这样一百人往回走，匈奴兵赶来追射，我们马上会被杀光。现在我们留下不走，匈奴必定以为我们是为后面的大军来引诱他们的，必不敢攻击我们。”于是李广命令所有骑兵说：“往前进发！”走到离匈奴阵地约二里的地方才停下来。又下令说：“大家都下马，把马鞍都卸下来。”跟从他的骑兵们说：“敌兵多，又靠得近，到时有危急，怎么办？”李广说：“那些匈奴兵以为我们会退走，现在我们都卸下了马鞍，表示不走，正好使他们确信我们是诱敌的疑兵。”果然匈奴骑兵不敢来攻击他们。有一个骑白马的匈奴将领出来监护士兵，李广上马与十余名骑兵飞奔上前，射杀了那个骑白马的将领，又回到自己的队伍中，解下马鞍。他命令士兵都放开战马，睡在地上。这时刚好天色已晚，匈奴兵始终觉得奇怪，不敢进击。到了半夜，匈奴兵还认为汉有大军埋伏在旁边，想趁夜偷袭他们，便撤兵而去。到天亮，李广才率领这一百个骑兵安全回到他的大营。

简评

李广是西汉陇西成纪（今甘肃静宁西南）人，生年不详，卒于汉武帝元狩四年（前119），卒时六十余岁。他是西汉名将，一生征战四十余年，参加战斗七十多次，被匈奴人称为“飞将军”，唐代诗人王昌龄的《出塞》诗，有“但使龙城飞将在，不教胡马度阴山”之句，“飞将”就是指的李广。

“三十六计”中有“空城计”一条，李广用的计谋就属这种，历史上用此计退敌的还有一些，《新唐书·张守珪传》就记载了张守珪智退土蕃兵的故事。唐玄宗时，张守珪任瓜州刺史，上任后，有次他指挥军民修复城墙，才准备好版筑，土蕃兵就兵临城下。军民大惊失色，张守珪说：“瓜州受战争的创伤，还未恢复，怎可和敌军硬拼，须用计战胜他们。”要部属在城头摆上宴席，会合众多的将领饮酒作乐，果然土蕃兵怀疑城中已有准备，不敢攻城，引兵而去，张守珪派兵追击，大败土蕃兵。

当然，运用本计，只能是敌我力量过于悬殊，情况万分危急，又熟知敌方将领也是谨慎小心、工于用计的人，才不得已而为之，因为一旦被敌方识破，招来的将是全军覆没。

孙策用计败刘勋

孙策见庐江太守刘勋兵力强大，故意装作低声下气去对刘勋说："上缭聚居宗民屡次欺侮我们这小郡，想回击他们，道路不便。上缭地方很富庶，希望你能去讨伐他，我们出兵做你的外援。"他还送了很多珠宝、葛布去贿赂刘勋。刘勋大为高兴，里里外外的人都来祝贺，只有刘晔一人持否定态度，刘勋问他是什么原因，他说："上缭虽然小，城坚池深，攻打困难，防守容易，不可能短期内攻下，军队在外面拖得精疲力竭，而国内空虚，假如孙策趁我们后方空虚来袭击我们，后方必不能单独坚守。这样一来，将军前进则受到敌军的逼迫，后退则没有归处。如果大军一定要开出，灾祸即刻就会到来。"刘勋不听，出兵进攻上缭，到了海昏，上缭宗民首领听到消息，营壁一空而走，刘勋一点东西都没有得到。当时孙策正率军西击黄祖，走到石城县，听说刘勋在海昏县，孙策派他的堂兄孙贲、孙辅率领八千人屯守彭泽县，自己则和领江夏太守的周瑜率领两万人偷袭皖城，攻下了它，俘虏袁术、刘勋的妻子儿女及部属共三万多人，上表以汝南人李术为庐江太守，给兵三千人使守皖城，把所俘虏的人都东迁到吴地。

简评

孙策（175—200），字伯符，三国时吴人，孙坚之子，孙权之兄。东汉献帝建安三年（198），被封为讨逆将军，人称孙讨逆。因他二十多岁为将，又称孙郎。史书上说他善用人，加以智略超群，用兵如神，部属都乐于为他效死。

他攻刘勋，用的是常说的调虎离山之计。司马迁在《报任安书》中说："猛虎在深山，百兽震恐，及在槛阱之中，摇尾而求食，积威约之渐也。"老虎关在笼子里所以摇着尾巴求食，是人用威力加约束使之逐渐驯服的。还有句俗话叫"虎落平阳被犬欺"，老虎离开它凭借的深山，威风大减，制服它就容易了。用于战争中，就是使强敌离开他的战略要地或根据地，使他失去凭借，容易攻破，刘勋为庐江郡太守，郡治由舒县（在今安徽省庐江县西南）移到皖县（在今安徽省潜山县北），皖县是他的根据地，一旦离开，丧失了原来的优势，故轻易为孙策所破，投降了曹操。

曹操让敌互拼

三国时，辽东太守公孙康自恃离中原地区远，不愿臣服曹氏政权。等到曹操攻破乌丸，有下属劝他讨伐公孙康，这样可以俘获投奔公孙康的袁尚、袁熙兄弟。曹操说："我正在使公孙康杀掉袁尚、袁熙，把脑袋送来，不必劳我们出兵了。"到九月间，曹操领兵自柳城归来，公孙康即杀了袁尚、袁熙和速仆丸（乌丸首领）等，把首级送来。将领们有的问道："您已还朝而公孙康却杀了袁尚、袁熙，这是什么原因?"曹操答道："公孙康向来惧怕袁尚兄弟，我如果急忙去讨伐他，他就会和袁尚、袁熙一同对抗我，我放松一下，他们就互相图谋对方，这是形势使他们必然会这样。"

简评

三国时，袁绍之子袁尚、袁熙被曹军打败，去投靠辽东太守公孙康，袁尚有勇力，想夺取公孙康的部队，据有辽东，扩充自己的势力，公孙康怕收留二人，被曹操引为口实，进攻辽东，于是先伏兵于养马房，请袁尚、袁熙来，二人到时，伏兵齐出，将两人捆绑起来，放在冰冻的地上。袁尚觉得寒冷，请求下面垫上席子，袁熙说："我们的脑袋将行万里路，还要席子做什么！"公孙康随即杀了二人，派人将首级送给曹操。

曹操破了辽西的乌丸，有的将领劝他顺便进攻辽东，擒获袁尚、袁熙。他听从谋士郭嘉的建议，暂时放松一下，让他们互相火拼，结果不出所料。这种计谋一般称之为"隔岸观火"，即静观敌方内部矛盾的发展变化，不加干涉，不去支持、援助某一方，泰然处之，任事态发展，就像看对岸起火一样。直到事情发展到对自己有利时，才相机采取行动，从中取利。这一计策又叫"坐山观虎斗"，因为两虎相斗，必有一伤，自己则坐收渔人之利，这比直接参与要省事得多。

吕蒙智取荆州

三国时，蜀国的大将关羽率军攻樊城（今湖北省襄樊市樊城），留兵守公安、南郡（指南郡郡治江陵，今湖北省荆州市荆州区），吴国大将吕蒙报告孙权说："关羽攻樊城而留下很多人马防守，是怕我攻他的后方。我常有病，请调一些军队回建业（今南京市），并以治病为名把我调回。关羽听到后，必然会撤掉防守后方的兵力，调到襄阳前线，然后我们以大军渡江，昼夜赶到，攻击他没有设防的地方，这样就可攻下南郡，俘虏关羽。"

孙权听从吕蒙的建议，于是吕蒙假称病势危急，孙权用不加封缄的文书，调吕蒙回建业，暗地里和他商议攻取荆州的计划。关羽不知是计，果然调了一些军队去樊城。魏国的曹操派于禁援救樊城，被关羽所擒。此时关羽有人马数万，借口缺粮，擅取湘关的米。孙权听到后，即率军向荆州进发。先派吕蒙在前，吕蒙到达浔阳后，将精兵伏在大型的扁舟中，令军士着白衣摇橹，装做商人模样，日夜赶行。渡过长江后，碰到关羽驻军的瞭望哨，都捆了起来，因此无人向关羽通报消息，吴国军队一直进到江陵。因兵力薄弱，防守公安的傅士仁和守江陵的麋芳都投降了吴国，后来关羽父子都被俘虏，吴国取回了荆州。

简评

吕蒙（178—220），字子明，汝南富陂（在今安徽阜南东南）人。东吴大将鲁肃死后，代鲁肃统军。吴王孙权早想夺回荆州，当时蜀国防守荆州的是大将关羽，骑赤兔马，提青龙偃月刀，智勇双全，不可一世。吕蒙领兵在陆口（在今湖北省蒲圻县西北之陆溪口），与关羽镇守的荆州接境，知道关羽勇猛雄杰，有兼并东吴土地的意图，又居长江上游，难以长久保持互不侵犯。东汉建安二十四年（219），关羽率军去攻樊城，为防吴国攻击，特留南郡太守麋芳守江陵，将军傅士仁守公安，以防备吴国进攻荆州后方。吕蒙深知这一点，就假装病重，由孙权以不加封缄的命令调他回建业治病，故意让关羽知道，并以名气不大为关羽所忽视的陆逊代吕蒙守陆口。陆逊还以十分谦恭的口气给关羽写信，恭维了一番，关羽中计，以为陆逊年轻，无足轻重，放松了警惕，把防守公安、南郡的兵力调往樊城，使吕蒙轻而易举地袭取了荆州，有句俗话叫“大意失荆州”，即来源于此。

吕蒙的假称病重、调回建邺与白衣渡江等谋略，与刘邦的“明修栈道、暗度陈仓”有相似之处，即用似乎合理的表面行动把对方的注意力引开，使之产生错觉，不加防备，为实现自己的目的赢得时间和空间，收到出奇制胜的效果。

檀道济唱筹量沙退强敌

南北朝时，南朝刘宋的大将檀道济和北魏军队奋战三十余次，多次取得胜利，当军队进驻到历城（今济南市）时，因粮运断绝，准备撤退。当时一些投降了魏军的人反映檀道济的军队粮食已尽，于是魏军加紧包围，檀军士兵惶恐不安，军心不固。檀道济为了迷惑敌军，命士兵在夜间称量沙子，并高声唱出分量筹码，沙子一堆一堆称出后，把军中剩下的少量米撒在上面。同时迅速撤退。到次日早晨，魏军看到后，以为檀军粮食还有余，就不再追赶，且以为降者说了假话，将之斩首示众。

简评

檀道济（？—436），南朝刘宋时高平郡金乡县（今山东嘉祥西阿城铺）人，世居京口（今江苏镇江），率军北伐，屡立大功。宋文帝刘义隆元嘉七年（430）三月，宋军大举北伐，北魏军采取主动退却，待机反攻的战略，宋军轻而易举地得到了河南大片土地，八月魏军反攻，宋将到彦之等大败。刘义隆派檀道济为都督，前去救援，孤军被困在历城，兵少粮尽，强敌压境，为保存实力，准备撤退。敌军从降卒口中得知这一情况，便大量调集军队，缩小包围圈，檀道济为了迷惑魏军，采用了这个疑兵之计，使敌军不敢进逼，赢得了从容撤退的时间。

贺若弼以假掩真渡长江

隋文帝开皇九年（589）正月，隋朝发兵五十一万八千人，进攻长江之南的陈国。文帝任命贺若弼为行军总管，把平定江南的事托付给他。以韩擒虎为先锋。大军兵分两路，贺若弼从广陵（今江苏扬州市）出发，韩擒虎从庐江（今安徽合肥市）出发。贺若弼安排沿江守军交防时，先集中到历阳（今属江苏），大张旗帜，野外广挂营帐，摆出大军云集、即将渡江攻陈的阵势。陈国以为隋大兵将到，调集了全国军队，准备抵抗，后来听说不过是隋军换防，又将调集的军马遣归各地。后来隋军的换防习以为常，陈国也就不再布置防备，加以贺若弼收买沿江船只藏了起来，使陈国以为隋军无船只渡江，更放松戒备。贺若弼又令军士在江边射猎，在一片人马喧嚷之中，隐匿的船只一齐驶出，千军万马迅速从广陵渡过长江，攻下京口（今江苏镇江）。接着韩擒虎从南路，贺若弼从北路，同时进攻金陵（今南京市），金陵守军投降，陈后主被俘，陈国灭亡。

简评

贺若弼的计策，是以换防、射猎等假象掩盖其进攻陈国的真实目的，以公开的行动掩盖其绝密的企图，一般称之为“瞒天过海”，在军事方面这种计谋用得很多。在日常生活中，这类事例也很多，如医院对有些病人用的安慰剂，或有意不告知重症患者真实病情，从谋略的观点看，也是“瞒天过海”。

裴行俭设假粮车歼敌

唐高宗时，裴行俭率兵征突厥。在此之前，唐军主将萧嗣业的运粮车多次被突厥兵劫掠，导致唐军缺粮，甚至有士兵饿死。裴行俭了解这一情况后，要部队伪装了三百辆粮车，在每辆车中埋伏着五名精悍的军士，身带刀剑弓箭。派一些老弱的军士押送粮车，又埋伏精兵远远地紧跟其后前进。突厥兵果然又故伎重施，前来劫粮，押送的老弱士兵纷纷弃车逃命，突厥兵轻而易举地截获粮车，赶到水草丰茂之处，解下马鞍，放牧运粮的马匹，然后再去取车上的粮食。不料刚攀上粮车，只见车上伏兵齐起，突厥兵措手不及，被杀了很多；后见车中军士不多，准备反攻，不料后面又赶来了大量援军，来劫粮的突厥兵大部分被消灭，经此一仗，再也不敢轻易劫夺粮车了。

简评

裴行俭（619—682），字守约，唐代绛州闻喜（今山西闻喜东北）人，曾任安西都护，使大多数西域国家归附。679年，俘获西突厥十姓可汗阿史都那支，在碎叶城立碑纪功。

在这个故事中，裴行俭采取的办法是用伪装的方法，以能示之不能，使对方麻痹轻敌，陷入圈套，取得歼灭敌人的效果，此法常为兵家所用。

张巡用草人得箭

安史之乱时，张巡守雍丘城，城中箭射完了，张巡命人用稻、麦秆扎成草人千多个，穿上黑衣，夜间系在绳子上放下城去。令狐潮的兵士见城墙上下来了人，争着放箭，过了很久，才知道是稻草人，城中将这些草人收回，得箭数十万支。以后张巡将兵士系在绳上放下去，贼兵以为又是稻草人，觉得好笑，不加防备。于是张巡以敢死队五百人，夜间从城上放下去，冲进令狐潮的营中，一阵乱砍，杀得敌军东奔西窜，烧了敌军的营垒帐幕，一直追杀了十多里才回。

简评

张巡（709—757），邓州南阳（今河南南阳市）人，开元进士。博通群书，又知战阵，开始任清河县令，政绩最好，当时奸臣杨国忠当国，他拒绝进见。后改调真源县令，上任不久就杀了为非作恶的大吏华南金，深受百姓爱戴。唐玄宗天宝十四载（755），安禄山在范阳起兵叛乱，史称“安史之乱”，次年二月，雍丘县令令狐潮叛变投敌，张巡以县令起兵讨伐叛军，兵士奉他入雍丘城主持军事。当时城中只剩下兵士千多人，而令狐潮的军队有四万人，由于他采用上述计谋，用草人受箭，从敌军手里获得武器。他先是制造一种假象，引诱敌人上当，当假象让敌人识破后，又使之丧失警惕，把真人也当做草人，不加防备，于是五百名壮士冲入敌阵，却能搅得天翻地覆，大胜而归，终于守住了这座小城。

张巡计射尹子琦

防守睢阳城的张巡想要乘胜袭击陈留，叛军安庆绪的部将尹子琦听到这消息，又把睢阳城困住。张巡想要射杀尹子琦，却没法辨认出来。于是他命军士削蒿秆为箭，向敌营中射去，被射中的敌军见射来的箭竟是毫无杀伤力的蒿子秆，不觉大喜，以为张巡的箭已经射完了，连忙跑去禀告尹子琦，城上的人看得清楚，知道了尹子琦的状貌，张巡命善射的将领南霁云放箭，一箭就射中了尹子琦的左眼，敌军败退。

简评

唐肃宗至德二载（757）正月，安禄山被他的儿子安庆绪所杀，安庆绪接替安禄山的位置，继续叛乱，派其将尹子琦率军十余万攻睢阳，守将张巡用擒贼擒王之计，巧妙地识别出尹子琦的状貌，射中其左目，使敌军因主将受重伤而败退。一个部队的主将或统帅部，是部队的神经中枢，消灭或予以重创，可轻而易举地制服整个部队。

段秀实劝郭晞严明军纪

唐代宗时，段秀实担任泾州（今甘肃泾川北）刺史，汾阳王郭子仪以副元帅身份统军驻蒲州（今山西蒲县境），郭子仪的儿子郭晞为尚书（实为左散骑常侍），领行营节度使职务，率领一支军队在邠州（今陕西彬县），放纵士卒横行不法。当地的懒惰、贪婪、凶残、为非作歹之徒，用财物贿赂手段混入军籍中，更肆无忌惮，地方官吏不得过问。白天结伙而行，在街上敲诈勒索财物，不满足，就打断物主手足，砸毁锅碗瓷盆，扔满一地，光着膀子，扬长而去，甚至撞死孕妇。邠宁节度使白孝德因为汾阳王的缘故，忧伤而不敢说。

段太尉从泾州上书邠宁节度使，提出有事要和他计议，到府以后说：“天子将这地方的百姓交您治理，您见百姓受到虐待伤害，安然不管，会出大乱子，不知如何打算?”白孝德说：“我愿意听取你的意见。”段太尉说：“我在泾州很安闲，事情少，现在实不忍心看到邠州人无外寇而被伤害致死，使边境引起祸乱，您如果能使我在您下面担任都虞候，我能为您防止祸乱，使您治下的百姓不受伤害。”白孝德说：“好得很。”即如其所请，任为都虞候。

任事一个月时，郭晞部下军士十七人到市上店家要酒，以刀刺伤卖酒老翁，打坏酿酒器物，酒流到沟中。段太尉派兵捕了这十七人，砍掉脑袋，附在长矛上，立于市门外。于是郭晞营中兵卒哄闹起来，全副武装，准备闹事。白孝德吓坏了，对段太尉道：“这可怎么办?”太尉说：“没关系，让我去军营和他们解说。”白孝德要派十个随从同太尉去，太尉一个也不要。解下自己的佩刀，只选了个年老跛足的老兵为他牵马，直到郭晞营门。刚进营门，一群武装人员奔出，太尉笑着边走边说道：“你们能杀我这个老兵，何必全副武装，我顶着我的头来了。”武装的军士吃惊地望着他。太尉因而开导他们说：“郭尚书对不起你们这班人吗？副元帅对不起你们这班人吗？为什么要引起祸乱来败坏郭家？快去为我禀告郭尚书，请他出来，我有话和他说。”

郭晞出来，见到太尉，太尉说：“郭副元帅的功勋，充塞天地，应当做到有始有终。现在你郭尚书纵容士卒做坏事，将引出乱子，扰乱边防，这罪责该谁来担当？这罪责会连及副元帅。现在这地方为非作恶的子弟用送礼的手段混进军队，杀人害人，如果不严加禁止，不多几日便会酿成大乱子，大乱是由你尚书造成的。现在人们在议论说：郭尚书仗着副元帅，不约束军士。这样郭家的功德名望在朝廷和百姓心目中还能保存多久呢?”

段公还没有说完，郭晞一再拜谢说：“幸亏您教给我这番道理，恩德很大，我愿意让军队照您的办法做。”望着身边的军士说：“都解甲散去，各归原队，敢有哄闹的，一律处死！”太尉说：“我还没有吃晚饭，请替我开个餐。”吃完后，又说：“我的病发了，希望留宿在你军营中。”命牵马的老兵先回去，明早天亮后再来。于是留宿营中，郭晞没有脱下衣睡觉，告诫巡逻警卫的士兵击梆巡夜保卫太尉。天明，两人都去白孝德那里，郭晞表示自己无能，以前对军队管理不严，请允许他改正。从此以后，邠州未再发生祸害百姓的事。

简评

段秀实，字成公，唐代汧阳（今陕西千阳县）人。白孝德荐为泾州刺史，后任泾原郑颍节度使，加检校礼部尚书，为反对朱泚叛乱被害。德宗兴元元年（784）追赠太尉。柳宗元于德宗贞元十年（794）至邠州军中探望叔父，得知段秀实逸事，宪宗元和九年（814）写成著名的“逸事状”，私自送交史馆，《唐书》中的段秀实传，其中所述事迹主要来自其文。

郭晞是郭子仪第三子，在平定安史之乱中有军功，官至御史中丞。《新唐书·段秀实传》称“时郭子仪以副元帅居蒲，子晞以检校尚书领行营节度使，屯邠州”，因而称郭晞为“尚书”，但据后人考证，郭晞当时为左散骑常侍。他放纵军士为恶，段秀实以泾州刺史自请到邠宁节度使府中任执法的都虞候，敢于对郭氏父子属下的不法之徒开刀，其见义勇为的胆略就非常人所及。但他决不冒失，充分估计到当时以关内副元帅兼河东副元帅河中节度使的汾阳王郭子仪和他的儿子郭晞都是忠于唐朝廷的，他从保持郭家功名勋业着眼，劝郭晞整肃军纪，马上为郭晞所接受，而且称“恩甚大”，事实也确是如此。由此充分显示了段秀实的胆识和才略。

宋太祖驭将出奇招

宋太祖命大将曹彬攻取江南的南唐，以潘美为副帅。大军将出发时，太祖在讲武殿赐宴饯行。曹彬等人请太祖当面授予处理违犯军纪者的权限。太祖从怀中取出一个密封的信袋交给曹彬说："权限已申明在内，自副帅潘美以下，违反军纪的，可打开信袋，直接斩首，不须奏闻。"曹、潘二人不敢多问，带着惊疑，颤抖着退下。

陈国被灭，江南平定，全军竟无人敢违犯军令。曹彬等班师回朝，皇帝又摆宴庆功。曹彬将未开的信袋交还皇帝，宋太祖打开信封，大家看时，里面竟是一张白纸。原来是皇帝用这个秘密申明军纪，谁不遵军纪，打开信袋就可斩首，谁不害怕，但真要有人违反军纪，打开信封竟是白纸一张，并无如何处分的上谕，作为统帅，还得请示皇上，又可防止处置不当。大家对皇帝的用心和智慧佩服得五体投地。

简评

主将得专征伐而又纪律严明，为兵家取胜之道，而主将与副将不和或滥施威刑，又为致败之由。城破之日，滥杀无辜，屠城劫掠，为秉性宽仁的曹彬所不愿看到。宋太祖一纸"密诏"，授予了曹彬对副将以下的斩杀之权，自然震慑了包括潘美在内的全军将士，不敢违反军纪。而一张白纸，又限制了主将滥用职权，一举两得，运用之妙，足见赵匡胤的权谋智慧，人所难及。

张浚计使敌军怀疑叛将

宋高宗绍兴年间，刘光世驻兵淮南西路，军队漫无纪律，都督张浚上奏朝廷罢免他的职务，派参谋吕祉到淮西代替他。刘光世治军不严，吕祉到任以后，从严治军，部属怨恨，吕祉是个儒生，没有带兵经验，不知疏导，防止事端，统治郦琼发动兵变，把吕祉捆了起来，带了军士渡过淮河，去投降了刘豫。

消息报到张浚那里，张浚正在设宴饮酒，当人们听到淮西事变，都大惊失色，张浚却神色不变，照常饮酒，慢慢地说："这事还有别的缘故，只是怕被敌人发觉了！"于是照常饮酒，直到夜里才散。

张浚写了封密信，包在蜡丸内，派了一名不怕死的军士把信送给郦琼，上面说："我们约定的事能办好就办好，不能办好，你快带了军队回来。"敌军查获了这封密信，怀疑郦琼是假投降，作内应，很快把他带去的军队分散到各地，还让他们受苦。这一来，边境才得以安定。

简评

张浚（1097—1164），字德远，汉州绵竹（今属四川）人。南宋大臣，曾任知枢密院事、宰相，力主抗金，重用抗金名将岳飞、韩世忠，废黜庸懦的刘光世。秦桧执政后，被排斥近二十年，远贬永州，后被起用，封魏国公，因抗金失利，又被排斥去职。

在处理郦琼的叛变投敌事件中，充分反映了张浚的从容镇定，处变不惊，而又胸有成竹，举重若轻。他深知敌军对叛逃的敌国将领不会轻易相信，而是要多方考察，处处设防，以免中计。张浚利用敌人的这种心理，巧施反间计，信的内容像隐语，敌军大起疑心，又不好断然处置，只好把他带去的军队分散到条件很差的地方，这就减轻了对边境的威胁。

冯婉贞败英兵于谢庄

清代咸丰十年（1860），英法联军从海上入侵我国，北京城骚动不安。

距北京西郊圆明园十里，有个村子名叫谢庄，全村都住着猎户，当中有一位山东人叫冯三保的，精通武术。女儿冯婉贞，十九岁，容貌秀美，自幼爱好武术，样样精通。这一年，谢庄办团练，因为三保勇敢，又会多种武术，大家推他为首。在险要地方，用石、土构筑防御工事。树上旗帜，名叫“谢庄团练冯”。

一天中午，侦察的人报告说，敌人的骑兵到了。不久，看到一个白人侵略军的头目，驱使大约一百名印度兵，头目是英军的将领，骑着马快跑而来。三保提醒团内兵丁装好火药，上好子弹，可是不要乱放。他说：“这是强敌，估量不准而轻易发射，白白地耗费弹药，对我们的事情没什么好处，要谨慎对待。”

这时敌军已近寨边，只听到隆隆的枪声，寨中人蜷着身子埋伏在那里，不敢稍微动一动。不久敌人走得更近，三保根据敌军来势，认为有机可乘，急忙挥动旗帜，喊声：“开火!”开火，是军队中发枪的口令，于是所有的枪一齐发射，敌人就像落叶一样纷纷倒地，等到敌人的枪再射过来，寨中人又像鸭子那样伏着了，这是借寨墙来作掩护。敌兵攻了一些时候，就退走了，三保自己也很高兴。婉贞却一个人表现得很忧虑的样子，她说：“小股敌人去，大股敌人就会来了。假使取了大炮来，我们村子不会成为粉末吗?”三保吃惊地说：“那么该采取什么对策呢?”婉贞说：“西人擅长用枪炮而不善武术，枪炮利于袭击远处，武术长于巷战。我们村十里以内都是平原，而和他们比枪炮，那怎么能取胜？不如以我们的长处攻击敌人的短处，拿着刀，带着盾，像猿猴那样敏捷地进攻，像鸷鸟那样勇猛地搏击，也许能免掉这场灾难吧?”三保说：“尽我们这村所有的人，精通武术的不过百人，以很少的人去对付强大的敌人，和他们搏斗，那和拿一只羊投到一群狼中间有什么不同？小妹子不必多说了。”婉贞暗自叹息道：“我们村很快就要被毁灭了，我一定要尽我的力量拯救我们的村子。”于是召集谢庄少年中精通武术的人说：“与其坐着等待灭亡，哪如起来拯救它。如果各位不想这样做就罢了，如果各位有意，就看我的马头朝向哪里就砍往哪里吧。”众人都受到感动而振奋起来。

婉贞于是率领众少年整装而出，都穿着黑色衣服，带着雪亮的钢刀，敏捷得像猿猴一样。离村四里有一处森林，树荫浓密，遮住了太阳，就埋伏在那里。没有多久，敌兵果然抬着一门大炮来，大概有五六百人。婉贞拔刀奋起，率领众少年出击。敌兵事先没有意料到，大为吃惊，一片混乱，用枪装上刺刀来搏击，在轻捷勇猛方面到底比不上以婉贞为首的中国少年。婉贞挥刀奋力砍去，和她对战的敌人没有不被击败的。敌人于是纷纷退却。婉贞大声呼喊道：“各位！敌人远离我们，是想用枪炮来对付我们，赶快追击，不要让他们跑掉了。”于是大家竭力阻挡敌人后退，彼此混战在一起，互相搏击，敌人的枪始终没法发射。到天黑时，被击杀的敌兵大概有百多人。最后敌人只得弃了大炮慌忙逃跑，谢庄才保住了。

简评

冯婉贞，一位北京西郊的猎户少女，才十九岁，面对英法侵略军的长枪大炮，敢于率领村民用刀抗击，表现了中国人民不屈服于强敌，敢于顽强抗击的斗争精神。文中通过冯氏父女的对比，更加突出了冯婉贞多谋善断、智勇双全的英雄形象。她在对敌作战中，善于充分发挥自己的优势，以己之长，攻敌之短，终于取得胜利，保卫了自己的家园。

科技篇

李冰治都江堰

周代灭亡以后，秦孝文王委任李冰做蜀郡行政长官。李冰知天文地理，称汶山（即岷山）为天彭门。到湔氐县（治所在今四川松潘县北）境，见两旁山峰相对像城楼，因取名天彭阙。

李冰指挥民工堵江筑堤，疏通郫江、检江，别开岷江支流，双双流过汶山之下，用来通航。岷山多出产梓柏大竹，砍伐以后，顺水放排，两岸人民可以不费气力获得竹木材料，节省劳力而用度充足。江水又可灌溉蜀郡、广汉和犍为三郡，开辟稻田，从此蜀地沃野千里，称为陆海。干旱时可开渠浇灌，雨季则堵塞水闸。所以史书上记载说：成都平原不论水旱，都能听随人意，人们不知道饥馑，世代没有荒年，全国把这一带称作自然界富饶的府库。

外江埋了五头石犀牛，穿过石犀渠通到南江一段，命名犀牛里，又转到内江埋了两头石犀牛，一头在府市市桥门，即现在所说的石牛门；一头沉没在深渊中。又从都安大堤上，分别疏通羊摩江和灌江，向西直到玉女房下。大堤上的白沙邮附近刻制了三个石头人，分别站在三条江中，与“江神”约定：水位再低不能浅于双足，水位再高不能高过肩膀。

当时青衣县有条清水从蒙山下流出，暗行地底，汇合了岷江以南安触山腰的溷崖水脉，水流迅猛，损坏江船，历代都以为害。李冰指挥民工凿平溷崖，疏通和削直河道。传说李冰凿崖时，水神大怒，李冰挥刀跳入水中，与神搏斗，直到现在人们都蒙受福泽。僰道县（治所在今四川宜宾西南安边镇）有个古代蜀王兵阑，也有神在江中经常造成大祸患，那一带山崖险峻，无法开凿，李冰便指挥民工堆柴猛烧，使石爆裂。所以至今悬岩留有赤白五色。李冰又架设竹索桥，疏通汶井江，直奔临邛县，与蒙溪分引白水江中水，到武阳天社山下汇合流入岷江。李冰又疏浚洛水，凿开洛通山，洛水有一股从瀑口流出，流经什邡市（汉置县，在成都平原北部）、郫县后，汇入新都大渡。又有发源于紫岩山的绵水，经绵竹县汇入洛水。洛水东流，穿过资中（即今四川资阳市），到江阳（古县名，治所在今四川泸州市）汇入长江。都灌溉稻田，滋润庄稼。因此蜀川人民称颂郫县、繁县一带的成都平原是肥沃的地区，绵水洛水流域是常年不知干旱的地带。李冰极善于勘察整治水脉，他指挥人们挖穿了广都盐井的许多池沼，蜀地人民从此又有了富饶的生活资源。

简评

李冰是战国时期杰出的水利专家，曾在秦昭王（本文称在秦孝文王）时任蜀郡守，以修筑都江堰水利工程著称于世。都江堰位于成都平原西部都江堰市附近的岷江上，两千多年来，在灌溉、防洪和航运上都继续发挥着重要作用，李冰被蜀人尊为“李王”，受到历代人民的尊敬。

岷江源出岷山南麓，于宜宾入长江，上游谷深水急，都江堰市以下进入成都平原，水势陡缓，带来的泥沙石块沉积下来，淤塞河道，涨水时泛滥成灾，缺水时又出现干旱。李冰于岷江出山流向平原的都江堰市，修筑了都江堰。

为了减轻水势，李冰首先堵江筑堤，筑成都江鱼咀，以下又修筑了金刚堤，把岷江分成外江和内江，外江在西，是岷江正流，流量大，下边开了许多灌溉渠道。内江在东，后又称都江。李冰在都江堰市城西南的玉垒山开凿了宝瓶口，控制内江流量，内江水通过宝瓶口后，分成了五百多条支流和渠道，组成一个纵横交错的扇形水网，合外江灌溉面积达三百余万亩。为了观测水位，在水边凿了三个石头人，在本文中则有了神话色彩："与江神约，水竭不至足，盛不没肩。"在金刚堤至宝瓶口西的离堆，李冰又修筑了内江的分洪工程飞沙堰，使过量洪水能溢入外江，使宝瓶口以下免受水灾。

张衡造候风地动仪

东汉顺帝阳嘉元年（132），张衡又制造了候风地动仪，用优质铜料铸成，直径八尺（189.44 厘米），上面的盖子突起，形状像酒樽，绘有篆文、山峰、爬龟、飞鸟、走兽等图案。当中有一根粗大的铜柱，向四周伸出八根横杆，装置着枢纽用来拨动机关。外面装着八条龙，龙头口里含着铜珠，下面装有蛤蟆，张着口承接铜珠。它的发动机械制作巧妙，都藏在"酒樽"里面，盖得非常周密，没有缝隙。如有地震发生，酒樽形仪器就振动龙形机械，龙嘴里枢纽打开，吐出铜珠，蛤蟆正好接着放置于口中，铜珠落下时发出激越的响声，守候在旁边的观测人员因此得以察觉。虽然有一条龙的机关发动，但其余的七个龙头依然不动。寻找铜珠掉落的方向（因为八条龙对准东、南、西、北和东南、东北、西南、西北八个方向），就可以知道地震发生的方位。拿实际发生的地震情况检验，完全符合，灵验如神。自从有典籍记载以来，还没有过这样灵验的仪器。有一次，仪器的一个龙头机关发动了而没有感觉到地震，京城的一些学者怪仪器发动而没有征验，几天后，驿站上传递文书的人来到，果然陇西（现甘肃兰州市、陇西县、临洮县一带）发生过地震，于是大家都信服地动仪的精妙。从此以后，朝廷就命令史官记载地震发生在什么地方。

简评

张衡（78—139），字平子，南阳西鄂（今河南省南阳市北）人，东汉著名科学家和文学家，精通天文历算。安、顺二帝时任太史令，在西汉天文学家落下闳、耿寿昌等人所造浑天仪的基础上，设计制造了一种新的浑天仪，以漏水转动，仪器所显示的星宿出没与实际观察完全相符。以后又创制了候风地动仪，能准确测验地震并指出地震发生的方向，是世界上第一台测报地震的仪器，比欧洲第一台地震仪的产生早一千六百年。是世界科技史上的一项重大发明，李约瑟称张衡是“地震仪的鼻祖”。张衡除著有历法书《灵宪》、数学书《算网论》外，他还是一位文学家，以十年时间写作了一篇《二京赋》。

蔡伦造纸

蔡伦字敬仲，桂阳（治所在今湖南郴州市）人。东汉明帝永平末年（75）开始在皇室当差，章帝建初年间，担任小宦官，到和帝即位，升任负责侍从、传达诏令、掌管文书的中常侍，参预国家机密。

蔡伦有才干学识，做事尽心尽职，为人敦厚谨慎，多次冒犯皇帝威严，帮助纠正朝政失误。每到休假时，他便关门谢客，跑到田野间去进行日光浴。后来加封为尚方令。和帝永元九年(97)，监造专用刀剑和各种器械，都很精致工巧，坚韧细密，为后世所取法。

自古以来，书籍契据多用竹简或丝帛书写，丝帛太贵，竹简太重，使用不便。蔡伦自出主意，用树皮、麻头、破布、渔网制成浆，再造为纸。和帝元兴元年（105），蔡伦把纸奏献上去，和帝认为他很有才能，从此以后没有不使用的，所以天下都称所造纸张为“蔡侯纸”。

简评

蔡伦是今湖南省耒阳县人，后被封为龙亭侯，故所造纸称“蔡侯纸”。造纸术是我国四大发明之一，早在公元前2世纪，我国就已经有了植物纤维造纸法，西安市郊灞桥出土的西汉古纸，已证明制于西汉武帝时，比本文所记蔡伦发明造纸术要早两百年。蔡伦吸取前人的经验，利用管理皇室工场之便，和工匠们一起，利用树皮、麻头、破布、渔网等物，经过切碎、煮烂、捶打等工序，再用细帘捞出摇平，然后晾干，即成为纸，这是世界上最初经过一定工序制造出来的纸张，直到今天，造纸工艺的基本原理也与此大体相同。

马钧巧思绝世

三国时的马钧先生，是天下有名的机械制造家。

他当博士时家贫，想改造丝织品的提花机，虽然自己没有宣扬，当时人们已经知道他的技法高妙。旧提花机五十个综就有五十块踏板，六十个综就有六十块踏板，先生认为这样妨害功效，浪费时间，便都改成十二块踏板。这种经过改造的丝绫机织成的丝织品，上面奇妙的花纹和变化可依据自己的心意制作，就像天然生成，阴阳相互作用产生无穷无尽的变化。

先生担任给事中时，谈到指南车，曾与散骑常侍高堂隆、骁骑将军秦朗在朝廷上争论，高、秦二人说古代没有指南车，文献上的记载是虚妄的。先生说："古代有指南车，只是人们没有去研究它，有什么深远难测的？"两人笑着说："先生名叫钧，字叫德衡。钧是制造陶器的转轮，衡是测定轻重的器具，轻重没个标准，就没有什么东西不可做模型了！"先生说："徒然争论一些空话，不如实地试验一下容易得到验证。"于是高、秦二人把马钧的话报告了魏明帝，明帝命先生制作，指南车终于制成了。这是当时一件奇事，又是难以用言语来说明的。自从经过这事以后，天下的人都佩服马钧的技巧高超。

他住在京城，城内有片地可以用作菜园，愁着没有水来浇灌，先生制作了一种翻车，叫小孩子摇转，灌注在车中的水自己倒了出来，一边进，一边出，其灵巧比平常汲水工具高出百倍，这是当时第二件奇事。

后来有人献上表演歌舞百戏的木偶，只能供摆设，不能活动。明帝问马先生："能让木偶动起来吗？"他回答说："可以动。"明帝又问："制作技巧还能改进吗？"他回答说："可以更巧妙一些。”于是受命制作。他用大木头雕刻成车轮形状，平放在地面上，设置机关用水发动，让木偶在上扮作女子歌舞姿态，甚至可使木人击鼓吹箫，表演叠罗汉；又使木人抛球、掷剑、走绳、倒立，进退自如；还可扮作坐堂听政、舂谷磨粉、斗鸡游乐；等等，变化巧妙，花样百出，这是第三件奇事。

先生看到诸葛亮发明的连续发射铁箭的武器后说：“精巧确实是精巧，但还不完善。”说如果自己制作，可使效率提高五倍。又担心攻城的发石车，如果敌人在城楼边挂上湿牛皮，石头射到牛皮上就会掉下来，石头又不能连续发射，他想制一个转轮，挂上几十个大石头，用机械鼓动车轮不停地转动，然后截断悬石的绳索，使石头飞射敌城，接连不断地像闪电一样射入，他曾试着用车轮悬挂着几十个砖头瓦片，结果飞出几百米外。

简评

马钧，字德衡，三国时魏国扶风（今陕西省兴平市）人，古代杰出的机械发明家。本文记述他改进丝绫机，再制指南车，创制了提水上坡的翻车，即现在仍使用于农村的龙骨水车的前身，创制了一套活动木偶，还发明了一种攻城用的转轮式发石机，在当时的生产力发展水平下，能创制出这么多的先进器械，无怪裴松之誉之为“巧思绝世”。

神医华佗

华佗字元化，沛国谯县（今安徽亳州）人，又名旉。通晓养生的方法，又精于开方配药。他治病，配方用药不过几味，熟悉药物的分量和比例，配药用不着称量。药煮好了便喝，告诉病人服药的注意事项和方法，吃完药病就好了。如果要用灸，取穴也不过一两处，每处不过七八次，病也立时就好。如果应当用针，取穴也不过一两处，下针时对病人说明“扎针后胀麻的感觉应当传导到身体某处，到了就告诉我”，病人说“已到”，随即拔针，病也就好了。倘若病毒聚结在体内针药达不到的地方，须要剖开割除的，就喝他制的麻沸散，一会儿就像醉死一样没有了知觉，破开患处取去病毒。如果病在肠中，就切开肠子洗涤后，把它缝好，敷上药膏，四五日就愈合，病人自己也不觉得。一月之内，就完全康复。

故甘陵（城址在今山东临清县东）相的夫人怀孕六月，腹痛不舒服，华佗诊脉后说：“胎已经死了。”使他人去摸胎在什么地方，在左是男，在右则是女，摸的人说“在左”，于是用汤药把胎打下，果然下来的是男胎，病也就好了。

郡府中的吏员倪寻、李延一同到华佗处诊疗，都是头痛身上发热，一样的病症。华佗说：“倪寻要服泄下通导的药，李延要服发汗解表的药。”有人询问为什么同病而服不同的药，华佗说：“倪寻外面邪气重，李延里面邪气重，所以治疗的方法应该不同。”随即各给予药，次日早晨都痊愈了。

一次华佗在路途上，看到一个人患了咽喉阻塞的病，想吃东西却吃不下去，家里人用车子载着他去请医生诊视。华佗听到他低声哼着，停车去看，对他说：“刚才路旁有家卖饼的店子，有捣碎的蒜泥和醋，去向店里要三升喝下去，病就会好。”病人照着做了，立即吐出寄生虫一条，挂在车边，要去拜访华佗。华佗还没有回家，有孩子在门前游戏，迎面看见，自言自语道：“这客似乎碰到了我家公，那车边挂着生病的东西呢。”病人进屋人座，只见华佗家北边壁上挂着类似的虫有几十条。

又有一个郡太守病了，华佗认为这人大怒就可痊愈，于是受了他很多财物，却不予治疗，不久又抛开他自己走了，还留下一封信骂他。郡太守果然大怒，命人追赶华佗，捉住他杀掉。郡守的儿子知道这件事，嘱咐不要去追，太守愤怒到极点，吐出黑血几升，果然就好了。

又有一个士大夫身体不舒服，华佗说："你的病根很深，应剖腹治疗。然而根据你的健康状况，也不过再活十年，这个病不会伤害你的生命。忍着病痛十年，寿命也到了，不必特地去为此剖腹。"这位士大夫受不了痛痒折磨，一定要除去这病，华佗于是给他剖腹治病，不多时病愈，十年后竟真的就死了。

广陵（今扬州市）太守陈登得病，胸中烦躁郁闷，面色发红不吃东西，华佗看脉后说："你的胃中有虫数升，将在腹内成为肿烂的毒疮，这是吃多了鱼腥等物造成的。"即时熬药二升，先服下一升，一会儿全部服完，服药后不久，吐出三升左右的虫，头呈红色，还能动，下半身像切细的生鱼片，吐出后感到不舒服的地方便好了。华佗说："这病三年又会发，遇到好医生才可治好。"到预计的时间果然病又复发，时华佗不在，不治而死。

曹操听说后召来华佗，让他常在身边，曹操患类似神经性头痛病，每次发病，心慌眼花，华佗在膈俞穴下针，针下去病就好了。

又有一位李将军的妻子病得很重，请华佗看脉，他说："怀孕伤了胎，而胎儿没有去掉。"将军说："听说确实伤了胎，但胎已经去掉。"华佗说："根据脉象，胎没有去。"将军以为不是这样。华佗即离开，妇人的病逐渐好了些。百多天后胎又动，再请华佗，华佗说："这脉象本是有胎，以前应当生两个小孩，一个小儿先出，因出血很多，后面的胎儿来不及出生。做母亲的自己没觉察，旁人也不了解，没有再去接生，于是没生下来。胎儿已死，血脉不再营养胎儿，使胎儿枯死贴连母脊，因而使母亲多脊痛。现在喝下这药，并针刺一处，这死胎儿必会出来。”喝了药和针刺后，妇人急痛像要临产。华佗说：“死胎久已枯了，不能自己出来，宜使人探取。”果然取得一死男婴，手足都完备，颜色黑，长约一尺左右。

华佗的医术精湛高超，大都如此。

简评

华佗（约141—208），东汉末年杰出的医学家，长期在民间行医，精通内科、妇科、儿科，尤擅长外科，被誉为“外科鼻祖”。他用麻沸散进行全身麻醉而后进行腹腔手术，把我国古代医疗技术推进到一个新的高水平。

祖冲之巧思独绝

南北朝时，南朝刘宋时的祖冲之心思机敏，宋孝武帝刘骏派他到华林园担任华林学省讲学的职务，赐给他住宅和车子服饰。

当初，在宋文帝元嘉年间，用的是何承天所制定的历法，比古代的《颛顼历》《太初历》《四分历》《乾象历》《黄初历》《太和历》《景初历》《正历》《永和历》《三纪甲子元历》等十一家历更为精密，可祖冲之认为还较粗疏，于是又编制新的历法，向皇帝上表说明。宋武帝命朝臣中懂历法的提出疑问辩驳，但没能驳倒他。可惜碰上宋孝武帝去世，新历没能施行。

以后祖冲之历任娄县（治所在今江苏昆山东北）县令，掌管引见臣下、传达诏命的谒者仆射。起初，宋孝武帝平定函谷关以西的关中，得到后秦国君姚兴的指南车，仅有车壳而车中无旋转的机械，行动时，要人在车内转动机械。宋顺帝升明年间，萧道成当政，命祖冲之按照古制作方法改装，祖冲之改造一种铜质机械，成圆形，转动不停，而且始终指着一个方向。这是自三国时的马钧以来所没有的。当时有个北魏人叫索驭驎的，也说能造指南车，齐高帝命他与祖冲之各造一辆，并要他们在乐游苑一起较量比试，结果索驭驎所造颇有偏差，于是被毁掉烧了。晋朝的杜预心思精巧，仿造古代的一种巧器，改制了三次都未成功。齐武帝永明年间，其次子竟陵王萧子良爱好古物，祖冲之制造了这种古代巧器献给他。

祖冲之懂音律学和一种名叫博塞的娱乐游戏，当时他的技艺独一无二，没有谁能比得上。因诸葛亮制造过木牛流马，祖冲之于是也制造了一台机器，不必借助风力水力，开动了机械，便能自行运转，不须劳费人力。又制造了一种千里船，在新亭江试航，一天能航行百多里。在乐游苑造了一种水力带动的磨子，齐武帝曾亲自前往观看。他还特别擅长数学。齐东昏侯永元二年去世，终年七十二岁。

简评

祖冲之（429—500），字文远，原籍是范阳郡遒县（今河北省涞水县），祖先因战乱迁居江南，他是中国古代杰出的科学家，在中国和世界科学史上都占有重要的地位，特别是在天文历法和数学上有突出成就。他在继承前人历法研制成果的基础上，经过他自己的辛勤劳动和反复实验，终于制定了当时最科学的历法——《大明历》，但直到他死后十年，即梁高祖萧衍天监九年（510），才被正式采用。

他在数学研究方面，特别在圆周率的研究上，做出了在世界数学史上都有重大影响的贡献，他经过精密测算，算出圆周率值在3.1415926和3.1415927之间，并用22/7和355/113作为用分数表示圆周率的疏率和密率，这是世界上最精密的圆周率。

曹绍夔巧绝佛寺怪事

唐代乐工曹绍夔，天下没有谁能够用乐声欺骗他的。他和卫道弼共同掌管音乐方面的事务。

唐代洛阳有很多佛寺，有座佛寺僧房中的磬，常夜间自动响起来，和尚住在里面，把它看成是怪物，因害怕而成病。佛寺求有道术的人止住它，却始终没有止住。乐工曹绍夔与和尚关系好，来探望病情，和尚把情况全都告诉了他。一会儿，寺中敲吃饭钟，磬又发出声响，和尚害怕，绍夔笑着说："明天请你办一顿好饭菜，我一定给你消除这响声。"和尚虽然不大相信绍夔的话，但又希望或许有效，于是第二天办下饭菜款待他，心下还是将信将疑。只见绍夔吃完后，拿出身上的锉刀，把磬锉磨了几处，那声响就消失了。和尚苦苦求问其中的奥妙，绍夔说："这是磬与斋钟的音律（即频率）相同，敲击那座钟，这面磬便发出回声（即共鸣）。"和尚一听非常高兴，病也就好了。

简评

曹绍夔是唐代著名的乐工，是声乐方面的专家。这则故事记述他懂得声波的频率和声音的共鸣，因而把磬锉磨几处，就使磬不再产生共振，声音也自然随之消失。远在千多年前的唐代，就有这样高的声学造诣，实为难得。

喻皓使摇动的木塔不动

吴越国王钱氏据有两浙的时候，在杭州梵天寺修建一座木塔，刚建造两三层，钱俶元帅登上去，因塔身摇动，感到不安，建造木塔的匠师说：“还没有盖瓦，上面轻，所以这样。”可是把瓦盖上以后，还和开始一样摇动，人走在塔上，怪可怕的。建塔的匠师没办法了，秘密要他的妻子去见都料匠喻皓的妻子，还送上金钗，要她问其丈夫塔动的原因。喻皓的妻子答应了，就去问丈夫，喻皓笑道：“这很容易，只要每层都安装上木板，牢牢钉住，就不会动了。”匠师照他说的做了，塔果然就稳定了。因为钉上木板，木塔上下更为互相约束，上下左右前后六面相连像个空箱子，人踩在板子上，六个方面互相牵制，自然就不会动了。人们都佩服喻皓的精明干练。

简评

喻皓，北宋时为都料匠，掌管土木工程施工设计。杭州梵天寺木塔创建于五代后梁末帝贞明二年（916），共九层，高三十七丈，宋太祖乾德二年（964）重建，本文所记是重建时事。喻皓认为只要“逐层木板讫，便实钉之，则不动矣”，果如他所言。这是因为铺板、钉牢后，建筑物成了一个整体，互相牵制，共同受力，虽受外力，不再摇动，说明喻皓确实是一位了不起的建筑师。

侯叔献分洪堵决口

宋神宗熙宁年间，濉阳地方（在今河南省商丘东）挖开汴河的河堤引水灌田，忽然汴河发大水，河堤塌方很严重，眼看就要毁掉，人力无法控制。当时担任都水丞的侯叔献到现场督修河堤，他察看到在上游几十里远的地方，有一座废弃了的古城，就急忙指挥人们在那里挖开河堤，让汴水流入古城中，这样下游就干涸了，他迅速派人筑好河堤塌陷的地方。到第二天，古城中的水满了，汴河的水又往下流，但原来塌陷的堤已修好了。他命人从容地把古城边开的决口堵好，这时古城内外的水位是相同的，不再流动，很快就把决口堵好了，人们都很佩服侯叔献的机敏。

简评

侯叔献，字景仁，北宋宜黄人。宋仁宗庆历时进士，曾任两浙常平使兼都水监，他因地制宜，引水灌田四十万顷。后任河北水陆转运判都水监。都水监的职责是管理水利，都水丞是负责水利的主管官员。侯叔献的方法使汴水分洪，流入古城，抢时间堵修下游决口。等决口修好，使汴水再沿河下流。由于这一决策的正确，有效防止了一场由于汴河决口而造成的严重水灾。

沈括预测石油

鄜延路（辖境在今陕西延安、富县一带）境内有石油，过去人们所说的“高奴县出脂水”，就是指的这种东西。它们产于水边，从沙石和泉水相杂的地方，缓缓地流出。当地的人用野鸡尾毛把油沾起来，采集到瓦盆中，很像清漆，燃烧起来火光如麻秆，只是烟焰很浓，往往把帐幕都熏黑了。沈括猜想它的烟灰可以利用，试着扫集烟灰制成墨，写出来的字又黑又亮，像漆一般，松墨也不如它。于是大量制造，那种标名为“延州石液”的，就是这种墨。

石油极多，地下的蕴藏无穷无尽，不像松木那样有时会用光。当时在齐、鲁一带，松林已经砍光，渐渐延伸到太行山区及京西、江南一带，原来的松木林也大半砍伐成光山了，用松木制造碳墨的人还不知道石油烟灰的好处。石油的烟尘也很容易沾黑人们的衣服。沈括写了一首《延州诗》说：

二郎山下雪纷纷，
旋卓穹庐学塞人。
化尽素衣冬未老，
石烟多似洛阳尘。

简评

沈括（1031—1095），字存中，浙江钱塘（今杭州市）人，北宋时著名科学家、政治家。晚年居润州（今江苏镇江市）梦溪园，写下了综合性科学著作《梦溪笔谈》。在政治上他积极参与王安石的变法，所在都有出色政绩。如他主持盐钞、户部、度支三司时，就改革了盐钞法。任鄜延路经略安抚使时，加强了对西夏的防御。任安抚使时，他对民间采集利用石油的情况进行了详细考察。第一次提出了“石油”这个名称，亲自用石油烟尘制作了“延州石液”这种名墨。他还对石油的贮量和功用作了“生于地中无穷”、“后必大行于世”的科学预测，由于他的预测建立在扎实的观察调查和实事求是的分析基础上，因而成了科学的预见。在今天对资源、产品的未来进行预测，无疑更加必要，谁的预测高明，谁就可以掌握主动权，正确开发产品，获得长期效益。

毕昇创活字版

用雕版印刷书籍，唐朝人还没有大力推行。自从五代时冯道开始刊印五经，以后书籍就都是雕版印刷的版本。宋仁宗庆历年间，有平民毕昇，又创制活字版，他的做法是用胶泥刻字，字体薄得好像铜钱的边缘，每个字刻一个印模，用火烧烤使它坚硬。事先准备一块铁板，上面涂着松脂、蜡和纸灰之类，到印刷时，用一个铁框放铁板上，把字模紧排在上面，排满铁框为一版，拿到火上去烘烤，上面涂的松脂等物稍稍熔化以后，就用一块平板压在字模上面，使字模平整如质地细密的磨刀石。如果只印三两本，还不算简易，如果印上数十百千本，就极其神速了。通常制作两块铁板，一块印刷时，一块已在排字，这块刚印完，另一块又准备好了。互相调换使用，很快就印完了。每个字都有几个印模。比如“之”、“也”等字，每个字都有二十多个印模，因一版内有重复使用的。不用时则用纸条贴上标签，每个韵部归为一处，用木格贮藏起来，平时没有准备的生僻字，随时雕刻，用草火烧烤，顷刻可以制成。其所以不用木头刻活字的原因，是因木材的纹理疏密不同，沾上水便会高低不平，加上木材与药相粘，不易取去，不如烧烤过的胶泥，用完再用火烤使药熔化，用手一抹，印模即自落下，不会弄脏。毕昇死后，他的活字印版至今还保存着。

简评

毕昇，北宋时人。他的发明在北宋仁宗庆历年间，比最先用活字印《圣经》的德国人谷登堡还要早四百年。活字印刷术的发明，是印刷史上一次伟大的技术革命，可惜这位大发明家，历史书上竟未记载他的生平，幸而与他同时的科学家沈括在其所著《梦溪笔谈》中，对这一技术有详细记载，这对以后我国印刷技术的发展，无疑有重大影响。后来的铅活字印刷，铸字、拣字、排版和使用字架、字盘等，其基本原理与毕昇所发明的活字印刷术相同。从毕昇用胶泥刻成一个个单字，到元朝初年，又出现把烧好的瓦字排在泥框里，再烧成陶版印书。后又出现锡活字，明清时又出现铜活字、铅活字印书，清代康熙时山东人徐志定又创制了磁活字，都是毕昇活字印刷术的衍生创造。

高超三埽合龙门

北宋仁宗庆历年间，黄河在北郡（大名府，在今河北省大名县南）所属商胡地方（在今河南省濮阳县东）决口，很久没有堵住。负责管理全国财政收支的三司度支副使郭申锡亲自前往监督施工。通常堵塞决口，是在堤坝将要合口的时候，中间沉下一个堵决口的埽（sào），人称“合龙门”，堵决口成功与否，全在这一着。当时多次堵塞不能合口，那时合龙门用的埽长六十步（合三百尺）。有个水工高超建议，认为埽身太长，用人力压不到水底，埽没有压到水底，河流没有被塞断，绳缆都断了。现在应当将六十步长的埽分为三节，每节埽长二十步，中间用绳索连接起来，先放下第一节，等它到了河底，再压放第二、第三节。一些原来的老河工认为这样做不行，他们说："二十步长的埽断不了决口漏水，徒然用掉三节埽，所费人力、物力、财力要增加一倍，却堵不了决口。"高超对他们说："第一埽压下去，水流确实没有截断，然而水势一定要减弱一半，压第二埽，就只要用一半的气力；水流纵然没有截断，不过是小小漏流，到压第三节，就像在平地上施工，可以充分发挥人力的作用。三节都固定下来后，前两节自然已被淤塞的浊泥堵住漏洞，不要多费人力了。"郭申锡赞成前一种意见，不听高超的建议。这时贾魏公任判大名府兼河北安抚使，独认为高超的建议是正确的，暗中派了几千人到决口下游去打捞收集冲走的埽。郭申锡定了用旧法堵口，实施结果埽果然都被冲走，黄河决口更大了，郭申锡因而受到贬谪，最后采用高超的办法，商胡决口才堵住了。

简评

贾昌朝，字子明，庆历中做过宰相，后封魏国公。本文记载了水工高超创造的"三埽合龙门法"。郭申锡不支持这一建议，采纳错误的意见，使合龙失败，自己也受到降职处分。贾昌朝的高明之处在于能肯定高超的正确意见，使之付诸实施，因而取得成功。高超的"三埽合龙门法"，不仅为后世治河所仿效，对做其他事情也可使人们受到启发。

庞安时用针灸助产

宋代有位名医庞安时，他为人治病，大致十个人中能治好八九个。对上门求诊的人，庞氏为他们安置房舍住宿，亲自为他们煮粥熬药，一定要等他们病好后，才打发回家。对没法子治好的病人，一定如实地告诉他，不让他白费钱财。他治好病人无数，有些病家拿金银绸缎来感谢，他也不收。

他有次到舒州桐城县（今安徽桐城），那里有个孕妇临产七天而小孩生不下来，用尽各种办法都没有效果。庞安时的学生李百全恰好住在附近的客舍，便请他前去为产妇诊视，他一看到产妇，就连声说“不会死”，要病家用热水暖产妇的腰腹部，自己为她上下按摩，孕妇感到肠胃轻微作痛，呻吟之间，产下一个男孩。孕妇家人感到惊奇欢喜，却不知道孩子为什么能产下来，安时说：“胎儿已经出了胞衣，但有一只手误抓住母亲的肠子，不能再松开。所以这不是符术用药所能治好。我隔着肚皮抚摸胎儿的手所在部位，在胎儿的大指和食指间的合谷穴扎了一针，使胎儿感觉疼痛缩回了手，因此立即生了下来，没有什么其他妙术。”产妇家抱来小儿一看，他的右手虎口处针痕还在呢！他的妙术就是这样。

有人问他华佗的医术到底怎样，他说：“医术如此神奇，这不是通常人所能做到的，难道是史书上记载不实吗?”安时五十八岁发了病，他的学生请他为自己看脉，他笑着说：“我已仔细观察过了，而且呼吸也是脉象，现在我的胃气已绝，快要死了。”于是摒弃药物，几天后，在和客人坐着谈话时就去世了。

简评

庞安时，字安常，蕲州蕲水（今湖北省浠水县）人，宋代著名医学家。世代以医为业，他父亲把祖传的《脉诀》一书传授给他，他不受这本书的局限，专取《黄帝内经》和扁鹊《难经》中有关脉学的理论认真学习钻研，通晓他们的学说，后来不幸耳聋，更加刻苦阅读《灵枢》《太素》《甲乙经》等书，以及经传和诸子百家中涉及的医学道理，使他的医学知识更加全面。他自幼聪明，加以刻苦，擅长内科，尤精针灸。本文记述他用针灸助产，十分神奇，不过限于当时的科学水平，认为胎儿已出胞衣，一手误执母肠，则不科学。

怀丙舟浮铁牛

宋代河中府（治所在今山西省永济市蒲州镇）的浮桥，是用八条铁牛系住的，一条铁牛差不多有几万斤。后来河水暴涨，冲断浮桥，带起铁牛沉到河底。官府招募能捞起铁牛的人。家住真定县的怀丙和尚，派人用两只大船装满泥土，把铁牛夹在两船之间，两船之间横放着大木头，作为秤杆，把铁牛用绳绑在木头上，就像秤钩一样，把牛钩住，然后慢慢去掉船上的土，船往上浮，牛也被打捞上来。转运使张焘把这件事报告朝廷，特颁怀丙一件三品以上官员才穿的紫色官服，以示奖励。

简评

僧怀丙，真定人，《宋史·方技下》有传。说他“巧思出天性”。真定府有座十三级的木塔，耸立云霄，中间一根大柱坏了，将向西北倾倒，木工毫无办法。怀丙测量大柱的大小长度后，另做了一根大柱，要工匠吊上去，然后要他们下来，他带着一个从人，关上门户，把坏了的柱子换下来，没有听到斧子凿子的声音。

本文记述了他舟浮铁牛的故事，在没有起重设备和打捞技术的宋代，要把几万斤的铁牛从水深流急的河里打捞上来，确非易事，怀丙利用水的浮力，终于将沉牛打捞上来。

魏胜制战车

南宋抗金将领魏胜，自己创制战车数百辆，炮车数十辆，车上装着兽面木牌，有大枪数十支，垂挂着毡幕软牌，每辆车用两人推动车轮，可以掩护五十个人。行军时用以装载物资、器械、铠甲，休息时则作为营帐，挂搭起来像一座堡垒，人马不能靠近；遇到敌兵，可以遮挡箭矢。列阵时将如意车摆在外面，用旗帜遮挡着，装弓箭的车摆在阵门前，车上放置床子弩，箭头大得像一把凿子，一箭能射杀好几个人，发射三箭射程可达几百步。炮车放在阵中，施放火石炮，射程也有两百步。两阵接近时，阵间发射弓弩箭炮；靠近阵门，刀斧枪手突然出击。两阵交锋则派出奇兵，两面掩击，得胜时就拔阵追击，稍有退却，则进入阵间休息。士兵不感到疲劳，进退都有利。乘有利时机出击，考虑到有阻挡，预先设想出解脱的办法，夜间演习，不让外人看见。他将自己设计制造的战车、炮车的式样、制法献上朝廷，朝廷颁发诏令要各军按照他提供的式样进行制造，大大增强了军队的战斗力。

简评

魏胜字彦威，淮阳军宿迁县（今安徽宿迁市）人，善用大刀，能左右射，金人南侵，兴义兵抗击，多次大败金兵，金人望见他的旗帜就退走。后为楚州知州，金兵乘和议未决发动进攻，都统制刘宝坐视不救，魏胜中箭坠马而死，年才四十五岁。《宋史》称他“多智勇，善骑射”。他创制的战车、炮车，兼运输、防御、宿营等多种功能，说明他善于将优良的战略战术与先进的武器装备结合起来，而这种先进的武器装备是由于掌握了先进的科学技术，才能创制出来，而一经创制，就使作战的力量大大加强，充分说明了科学技术对于提高战斗力的重要性。

黄道婆改进纺织工艺

福建、广东多种棉花，纺织成布，名叫“吉贝”。从松江府东走约五十里，叫乌泥泾，那一带土地贫瘠，人民吃用不足，因而想法种植作物，用以资助生计。居民到福建、广东一带去找棉花种子。开始没有轧车、弹花之类的工具，一般要用手剖去棉籽，拿着用弦线和竹弧做成的弹弓，放在桌上皮棉堆中来回弹动，一上一下弹成成品，那劳作是非常艰苦的。

元代初年，有一位老婆婆名叫黄道婆，从海南岛崖县回来，教人们制造轧棉、弹花、纺纱、织布的工具。至于编纱配色、织线提花，也各有方法，因此，织成的被、褥、带、巾上的各种花卉、圆形凤凰、棋局、文字等，都鲜艳灿烂，好像画出来的一样。人们受了指教以后，就争着织造，产品转运销售到其他郡县，各家也就走向富裕。

简评

黄道婆，宋末元初松江府乌泥泾镇（治所在今上海市徐汇区东湾村）人，因家贫流落到海南岛的崖州（治所在今海南三亚西北崖城），向黎族人学得纺织技术，三十年后回到松江，教会家乡人制造“扞、弹、纺、织之具”，掌握编纱、配色、织线、提花等工艺，改手剥棉籽为用搅车轧棉籽，改一尺五寸长的线弦竹弧小弓棉花为四尺的绳弦大弓棉花，改一部纺纱车只能纺一根纱为同时能纺三根纱，使当时的手工纺织从轧棉籽到织成布，有了一个完整的系统，劳动效率和产品质量迅速提高，使乌泥泾一带成为江南棉织中心，赢得“衣被天下”的美誉，当地人民的生活，也由“家食不给”变得富裕起来。

张景岳巧解蘑菇毒

明代有位吴参军煮新鲜蘑菇，多吃了一些，大吐大泻。医生说应当火速解毒，给他开方服用黄连、桔梗、黑豆、甘草、枳实一类中药。连续服了不少，还是胸腹部大胀，口干，呼吸急促，汤水都不能喝了，病情危急，已十分严重。医家张景岳看了他的病后，说：“毒素各有不同，难道一定要用黄连、甘草、桔梗一类药物才可解除吗？蘑菇这种东西，必定是产在深坑废井，或极其幽深寒冷的地方，它受阴气最重最多，所以又肥又白，极其鲜嫩。您中了这种阴凉寒冷的毒素，却又用黄连这类凉性药物来解毒，病情能不更加重吗？”于是改用人参、白术、炙草、干姜、附子、茯苓等药。一剂之后，呕吐就止住了一点；服第二剂以后，腹胀又消除了一些。随即加大了熟地的剂量，用来滋补病人因呕吐亏损造成的虚弱。前后共服了二十多剂，便恢复了健康。

简评

张景岳（1563—1640），名介宾，字会卿，号景岳，明代山阴（今浙江绍兴）人。著名医学家，著有《类经》和《景岳全书》六十四卷，均为后世所推重。本文说明医生对病人必须观察细微，辨证施治，根据不同的病因、病情施以不同的药物。食物中毒，通常用泻的办法解毒，但要根据毒性寒温、病人体质等情况施治，吴参军本来是中了阴凉寒冷的毒素，又用凉性药物去解毒，凉上加凉，自然导致病情加重。

文艺篇

范晔撰《后汉书》既有继承又有创新

在正史中，《史记》《汉书》《后汉书》和《三国志》合称“前四史”，历来受到推崇。其中《后汉书》为南北朝刘宋时范晔所著，上起东汉光武帝刘秀建武元年（25），下讫汉献帝建安二十五年（220），记录了东汉朝196年的史事。范书在体例上继承了《史记》《汉书》的传统，但有很多创新，在八十卷列传中，不按时代先后为序，而是以类相从。如列传第三十九，将东汉初的王充和东汉末的王符、仲长统合在一起。三人都擅长著述，不乐仕进。王充有《论衡》，王符有《潜夫论》，仲长统有《昌言》，前二种至今仍为学者所崇，视为名著。范书列传又在单传、合传之后，新增了《党锢》《宦者》《文苑》《独行》《方术》《逸民》《列女》等七类，清代王鸣盛在《十七史商榷》中说：“范书贵德义，抑势利，进处士，黜奸雄，论儒学则深美康成，褒党锢则推崇李杜。宰相无多述，而特表逸民；公卿不见采，而特尊独行。”如《汉阴老父传》写桓帝出巡，百姓仰视，而老父独耕不辍，还面对尚书郎痛斥昏君：“昔圣王宰世，茅茨采椽，而万人以宁。今子之君，劳人自纵，逸游无忌，吾为子羞之，子何忍欲人观之乎？”真是掷地有声。《列女传》宣扬了东汉一代十七位受人赞扬传诵的杰出妇女，如孝女曹娥、才女蔡文姬等，在史书中为妇女争得一席之地。这些在史书上都是可贵的突破和创新。

范书于纪、传之后，常以论、赞形式评价人物，议论得失，气势磅礴，爱憎分明。如在《狱中与诸甥侄书》中说："吾杂传论皆有精意深旨，既有裁味（剪裁与体味），故约其词句。至于循吏以下及六夷诸序论，笔势纵放，实天下之奇作，其中合者往往不减《过秦论》。"其自许如此，也确实富有文采，颇具特色，如在《宦者传论》中称当时的宦官的气焰是"举动回山海，呼吸变霜露。阿旨曲求，则光宠三族；直情忤意，则参夷五宗"。生杀予夺，气焰熏天，把宦官的权势形容得淋漓尽致。

书中精彩独到之处很多，后人比之《史》《汉》，当之无愧。

简评

范晔（398—445），字蔚宗，顺阳（今河南省淅川县）人。生长于一个显赫的官宦世家，自幼好学，博涉经史，擅文章，能隶书，精通音律，善弹琵琶，曾任宣城太守等职，官至左卫将军、太子詹事。

在他之前，记载东汉朝的史籍已有《东观汉纪》《后汉书》《续汉书》等约十一家共一千多卷，他在此基础上，经过删补重写，完成了这部有特色的新著，成为公认的后汉一代的正史。范书文辞优美，爱憎分明，磅礴豪放，议论风生，其智为人所不及，成为我国历史上一位著名的历史学家。可惜书未成而陷入谋废文帝而立义康的逆案中，且祸及其子，同被杀，计划编写的十志来不及编写，到梁代刘昭为此书作注时，取晋司马彪《续汉书》八志加以诠释，以补其不足，到宋真宗时，纪、传、八志合刻为一百二十卷的皇皇巨著，流传至今。

周兴嗣一夜编成《千字文》

中国传统语文教育的一个重点是识字教育，主要教材是《三字经》《百家姓》《千字文》。其中周兴嗣编写的《千字文》，是一本和《三字经》一样，公认为编得非常好的识字书，从南北朝直到清末，流行了一千四百多年，成为世界上现存出书最早、使用时间最久、影响最大的识字课本，可称世界教育史上的一个奇迹。

作者周兴嗣，字思纂，生活在南北朝时南朝的齐梁时期，梁武帝时任员外散骑侍郎，员外者，常员之外，又设此官，比于正员，是个员外。散骑侍郎，是个官名，任务是在皇帝所乘车的左右，无常职。周兴嗣是个文学侍从之臣，皇帝派他担任了这个闲职。

根据《梁史》和《太平广记》的记载，梁武帝为了教王子们读书识字，练习书法，命殷铁石从内府所藏王羲之墨迹中，挑出一千个不同的字，供王子们临摹学习，但这一千个字杂乱无序，不便学习，武帝素知兴嗣能文，就对他说："你有才思，替我编成韵语。"

一千个凌乱的字，要编成既押韵又能表达一定意义的句子，真是难题，可周兴嗣经过一个晚上的思索就编写好了，等他次日将文稿呈送给文帝时，鬓发皆白，得到皇帝嘉奖，赏赐甚厚。

《千字文》大体分为四个部分。第一部分讲宇宙的生成，日月星辰，时光变换，资源物产，自然催生创造人类，远古和上古时期的历史，人类社会的出现，古人的追求。试看开篇几句：

天地玄黄，宇宙洪荒。日月盈昃，辰宿列张。

译成现代语言是：

天空青黑，大地色黄。无边无际，宇宙茫茫。日出日落，月缺月圆。日月星辰，布满天上。

开篇就气势不凡，展现出茫茫宇宙，深远神秘，接着说：

寒来暑往，秋收冬藏。闰余成岁，律吕调阳。云腾致雨，雾结为霜。

说的是气候的变化，四季的推移，设闰的方法，用律吕调协阴阳的乐章，自然的变化，都是诗一般的语言。

以后相继说到了中华大地的资源、物产，人类的产生演进，国家文字的出现，和谐协调的追求，环环相扣，层层递进，我们不能不佩服作者宽广的观察力和高超的写作手法。

第二部分是全文的中心所在，主要是讲如何做人，从身体发肤，受之父母，不敢毁伤说起，到知过必改，不背后议论别人，洁身自好，克制私欲，养成好的道德，树立好的名声，说了很多道理和具体要求：

祸因恶积，福缘善庆。尺璧非宝，寸阴是竞。

资父事君，曰严与敬。孝当竭力，忠则尽命。

这些话都很好理解，告诫人们“不以善小而不为，不以恶小而为之。一尺之璧可再得，光阴一去不回来。供养父母，侍奉君主，必须认真恭敬。尽孝当竭尽全力，尽忠应不惜生命。封建社会，君主代表国家，尽忠尽孝，有其合理因素。

接着还说了很多立身行事、做官做人的准则，如行为要端正安详，言辞要从容沉静，创造良好的开端，追求完美的结局，上下和睦相处，夫妻和谐相随，常怀仁慈恻隐之心，常守节义廉退之德，总之以好的节操、心性、意志来塑造自己，完善自我。

第三部分讲国家、政权、政令、疆域、都城。行文流畅，气势磅礴，仿佛身历其境，看到都城壮美，楼阁入云，宫殿重叠，曲折盘旋，还能欣赏到宴会中的音乐歌舞，试看那：

都邑华夏，东西二京。背邙面洛，浮渭据泾。

华夏京城，东京西京，洛阳背靠北邙山，前临洛水，长安左跨渭河，右傍泾水，前者号称九朝古都，后者更是十一朝古都，在都城见到的是：

宫殿盘郁，楼观飞惊。图写禽兽，画彩仙灵。

译成现代汉语是宫殿重叠，曲折盘旋，楼阁高耸欲飞，让人心惊，上面绘着飞禽走兽，画着仙人神灵。

接着又说了很多历史典故，如：

起翦颇牧，用军最精。宣威沙漠，驰誉丹青。

说这些名将用兵如神，声威远播，英名永存。

第四部分是其最后也是文字最多的一部分，讲述交际人情，田园生活。

治本于农，务资稼穑。俶载南亩，我艺黍稷。

治国之本在于农，必须做好种植收割，到田里去劳作，播种百谷。

索居闲处，沉默寂寥。求古寻论，散虑逍遥。

离群索居，闲暇自处，心境沉默寂静，去探求古书中的高论，消散思虑，求得自在逍遥。

以上是举出文中一些例子，说明字只一千，而表达的内容宏富，思虑周密，具有高超的写作技巧，说他是千古一奇书，并不为过。

简评

作者用一千个字，基本上不重复，四字一句，每句成文，前后连贯，还要押韵，诚如清代褚人获所说："如舞霓裳于寸木，抽长绪于乱丝。"难度极大，然而经过作者一番巧思，竟编写出了一本行文流畅，韵律优美，内容丰富，易读易记的儿童课本，真是巧夺天工。

再看这些句子，多数都是普通的文言语法结构，尽量避免了生僻字和艰涩难懂的句子，适合儿童识字造句教育的需要，这又是一奇。明代以诗古文名家、独主文坛二十年的王世贞称之为绝妙文章，绝非偶然。问世后不但用作儿童识字课本，在成人中也广泛流行。不但在汉民族中流传，还出现了满汉、蒙汉对照本。不只在中国流传，还传到了朝鲜、日本，现在韩国首尔的旧皇宫思政殿前还有天字库、地字库、玄字库等实物，可见其影响之大。

王勃作《滕王阁序》

唐代初年，洪州刺史阎伯屿在南昌滕王阁大宴宾客，要他的女婿事先做好了序文，以便届时出示宾客，恰逢王勃往交趾探望父亲，路过洪州，也被邀参加。阎伯屿假意请众宾客作序，大家都谦逊推辞，轮到王勃时，他却没有推辞，欣然执笔。阎伯屿见他如此，很不高兴，命人站在他身旁看着，写一句就报一句。看了开始几句，阎说这都是平常语句，不足为奇，越看下去，越感到精彩，及至读到“落霞与孤鹜齐飞，秋水共长天一色”时，不禁拍案叫绝，连呼“这是奇才！”要他写完，宾主极欢而罢。

简评

王勃（649—676），字子安，唐代绛州龙门（今山西河津）人。六岁就擅长文辞，九岁得颜师古注《汉书》读之，作《指瑕》一文，指出书中差错，年未二十，对策高第，授朝散郎，后因事除名，往交趾省父，渡海溺水，惊悸而死，年才二十七岁。

《滕王阁序》是骈文中的名作，熔对偶、声韵、典故、辞藻于一炉，是严格的骈体文，而又合描写、议论、抒情、叙述为一体，由地及人，由人及景，由境生情，游目八方，思接万里，使读者对眼前景物有具体的感受，又能展开想象，还抒发了一片报国热情和高尚情操，广为后人传诵。

李观改文

北宋时，著名政治家、文学家范仲淹出任严州知州，严州即现在的浙江桐庐县，县内有个富春山，东汉时期，光武帝刘秀的好友严子陵辞官不做，来到这里隐居耕钓，受到后代敬仰。范仲淹来这个州做官，特地建造了一所严先生祠堂，还写了一篇著名的《严先生祠堂记》，被后人推崇为千古杰作。

范仲淹在写作这篇名文时，恰逢他的好友李观（字泰白）的来访，范公拿给他看，请他评论评论。李观读后，深为佩服，对范仲淹说："公此文一出，必能传世。只是其中一个字还不够妥当。"范仲淹知道李观也是文章大家，古文家曾巩还是他的弟子，就连忙问道："是何字，快请指教。"

李观说："文章收束处的四句歌辞：云山苍苍，江水泱泱；先生之德，山高水长。其中'德'字固然也好，但公的文章中，有'使贪夫廉，懦夫立'的话，这是古人闻伯夷之风后而兴起的，如将'德'字改为'风'字，岂不更好。"

范仲淹听了，连忙说："改得好，改得好！"随即拿起笔来，高兴地将"德"字改为"风"字。

李观的意见是很有见地的，原文中的“德”字虽然也无不可，但一经换上“风”字，便使人觉得用“德”字承接上文的“云山”、“江水”，有些板滞，不很协调，而“风”字则既虚又活，与上文非常协调，使歌辞显得意境更为开阔，旨趣更为深远，音调铿锵，韵味无穷。一字之差，效果大不一样。也使我们看到，有时一篇文章，一两个字的改动，竟能使文章生色不少，甚至能起到画龙点睛的作用，只要我们细心去领略欣赏，可以从中得到启发，提高自己的写作能力。

简评

《严先生祠堂记》文字不长，从介绍严子陵的身份起笔，“先生，光武之故人也”。以赞颂子陵的高风亮节作收束，全文的核心是“相尚以道”，具体体现在“以节高之”、“以礼下之”，其社会影响是“大有功于名教”，结尾的歌辞，大为文章增色。以范公的身份地位和工诗词散文大家的造诣，竟能听取李观的意见，修改自己的文章，其虚怀若谷、择善而从的高尚品德，足与此文同垂不朽。而李观的直抒己见，为此一字之师，成为文坛佳话，也彰显了他的相尚以道，不失大家本色。

夏完淳少年诗文成大家

明末反清爱国志士夏完淳，六七岁时就能写诗，人们怀疑是故意夸大，多不相信。江苏常熟钱谦益，号牧斋，是明代万历年间的进士，做过礼部侍郎，又是一位著名诗人。他听说夏完淳七岁能写诗，也不大相信，一天完淳的父亲夏允彝带他去见钱谦益，钱老笑着对他说："听说你小小年纪就会作诗，现在就以窗外春色为题，写一首五言绝句，好吗？"

"我正要向老伯请教，试试吧！"说完就在早已准备纸笔的旁座沉思起来，不一会，就见他奋笔疾书，很快就写完了，他离座把诗呈上，钱谦益见他写得这样快，有些惊奇，连忙接过来一看，只见字迹端秀，上面写着：

千条拂翠微，雨后碧新肥。
却忆灵和殿，杨花满地飞。

这四句诗的大意是：无数支柳条，在翠绿的山色中轻轻地摇曳，碧绿的柳叶，雨后显得格外丰满新鲜。想起齐武帝灵和殿前柔美如丝的蜀柳，那杨花正随风遍地纷飞。

诗中说的灵和殿，是小诗人用的一个典故。灵和殿是南齐武帝萧赜（zé）的宫殿，有人将柔美如丝的蜀柳献给齐武帝，武帝叫人种在灵和殿前，常来观赏，称赞蜀柳像朝中的张绪，张绪精通《易经》，风姿优美，品德高尚，后人就把灵和殿作为柳树的美称。

这典故知道的人不多，八岁的小完淳不但知道，还能巧妙地用到咏杨柳的诗中，使大诗人惊叹不已。

后来他在太湖一带从事抗清活动，太湖的迷人景色和心中固有的报国雄心，常使他诗兴大发。一天，他听到号角高扬，就写下了一首题名《即事》的诗：

复楚情何极，亡秦气未平。
雄风清角劲，落日大旗明。
缟素酬家国，戈船决死生。
胡笳千古恨，一片月临城。

这八句诗的大意是：想光复楚国（隐指光复明朝）的心情何

等急切，想灭亡秦国（隐指灭亡清朝）的意气没有平息，军威雄壮的义军，清越的号角声是那样悲壮激越；义军的旗帜，在夕阳的照耀下分外鲜明。为死者挂孝，誓报国仇家恨；乘着战船，和侵略者作你死我活的斗争。听侵略者吹起的胡笳，顿生千古兴亡之恨；夜深了，一片月色又悄悄照临城头。

多么激越悲壮，今天读来，仍凛凛有生气。他的文章也很有名，有《夏完淳集》传世。

简评

夏完淳的生平，见《智童篇》骂洪承畴一文。他还是一个少有的文学天才，从他八岁时作的咏柳看，乳臭未干，竟能用僻典化腐朽为神奇。从后一首看，一个十五岁的孩子，经历了国破家亡的苦痛，亲身投入到反清复明的战斗，《即事》诗中描写了义军的声威，战斗的悲壮，是那样深沉有力，谁能想象，这样老到的诗句，竟出自一个十五岁的少年之手。

陶澍幼年会作对子

清代名臣陶澍的家乡湖南安化，流传陶澍在童年时代对对联的故事。

陶澍十二岁时，附近一家油榨坊开业，想请陶澍的父亲陶必铨做副对联，恰逢陶必铨外出，有人提议说：“他儿子不是神童吗，何不让他试试。”老板觉得有理，就转请陶澍。陶澍想了想，写出一副短联：“赚钱要紧；发财靠尖。”“紧”、“尖”二字突出了榨油的特点，又语意双关，不过略带调侃戏谑。老板笑着说："要'紧'不错，'靠尖'则不一定，请再写一副行吗?"陶澍说："好!"略一思索，又挥笔大书："榨响如雷，惊动满天星斗；油光似月，照亮万里乾坤。"同样突出了榨油的特定情景，却气势不凡。老板大喜，立即挂上。

十三岁时，陶澍随父往梅城学宫，梅城是当时安化的县城，陶必铨到常安乡肤胜里巨绅刘心地家讲课，刘和他的五个儿子都是秀才，其第三子听说陶澍会做诗对，就出句云："父子五人六秀才，数世间百姓万家，刘门为盛。"陶澍一笑，觉得这上联确也新奇有趣，思索片刻，即对道："山林千载一高士，藐天下八官九品，陶氏独尊。"高士指东晋大诗人陶渊明，"八官"指各种官员，"九品"是官员的级别，如称七品县令即是。"五人六秀才"怎比得"千载一高士"，众人听了，都大笑叹服。

县令余肇锡很看重陶澍，对他说："听说你会作对子，你把'安化'二字嵌到对子中如何?"陶澍不慌不忙，笑答道："安邦定国，此所志也；化雨催春，愿普及之。"对仗工稳，气势不凡，县令大喜。

乾隆末年，陶必铨到益阳县舒塘（今属桃江县）曾家教书，十四岁的陶澍随父前往，父子乘船至修山，只见三峰并立，峻峰如削，挺拔秀丽，婀娜多姿，宛如一个仰卧江边的美女。《史记·五帝本纪》有黄帝"南至于江，登熊湘"的记载，相传熊湘即修山，也名羞女山，又名熊湘山、湘山。因洞庭湖也有一个湘山，唐代末年才改称修山，据说是取《史记·五帝本纪》中论述"轩辕修德振兵"之意。这里还有一个凄美的传说，很久以前，桃花江边住着一个美女，因生性温柔腼腆，人们亲昵地称为羞女。她的如意郎君被征赴战场，她日日在江边守望，一官员路见，要强迫她为妾，她跳入了桃花江，顷刻间雷鸣电闪，暴雨倾盆，待云收雨散，羞女化成一座青山仰卧江滨，而欲行非礼的官员则被冲到下游，变成了一块蝦蟆石。

陶澍是否听到了这个传说，不得而知。但行船至此，见其风光秀丽，便要求上岸一游，陶必铨笑着说："游山可以，但要对上一联。"陶澍问他上联，必铨说："修山山高，不落无名鸟雀。"陶澍知道父亲在鞭策自己，便答道："舒塘塘浅，难藏有志蛟龙。"陶必铨欣然应允游山。

这些对对子的故事，陈蒲清著岳麓版《陶澍传》有详细记载，说明陶澍幼年聪明好学，为后来的功业打下了基础。

简评

对联这种特殊的文学形式植根于汉语汉字的特点，要求上下联字数相等，对仗工整，平仄协调。所谓对仗工整，是指一般要求词性相对，如实词中名词对名词，动词对动词，形容词对形容词，虚词中副词对副词，介词对介词，连词对连词等等。上下联内容要有一定关联而又不重复。所谓平仄协调是一般要求上下联位次相当的字平仄相对，末字要求仄起平落，即上联仄声，下联平声。根据这些要求，再看看陶澍的对子，一般都是符合这些要求的，对于一个几岁、十几岁的孩子，能做出这样的对子，是十分不容易的。

释敬安牧童苦学成诗人

释敬安，字寄禅，因曾烧残二指供佛，又号"八指头陀"。俗姓黄，名读山，湖南湘潭人，世代务农。他七岁丧母，十一岁丧父，因无衣食，去为别人家牧牛。后听说有个富豪家要找个书童去伴小少爷读书，欣然前往，主人只准他执仆役之事，不准他识字读书，有时还加打骂，他愤而辞去。又去投师学手艺，以求得一技之长，免于饥寒。不想主人性情暴烈，动辄鞭打，甚至几次绝而复苏。一天，他见篱间白桃花骤被风雨摧败，不觉失声大哭，因而起了出家的念头，终于在十八岁时，投湘阴法华寺为僧。他之出家，既不是好逸恶劳，也不是仕途或情场失意，又不是崇信佛教，向往清净无为，而是因为“孤苦无依，归命正觉。岂唯玩道，亦以资生”，一句话，为环境生活所迫。他在衡阳仁瑞寺专司苦役五年，到江浙一带当行脚僧十年，过着“树皮盖屋，仅避风雨，野蔬充肠，微接气息”的清苦生活，中、晚期诗名大震，当了许多名寺的住持，仍常常是“破衲常披不问年”、“紫芋黄精饱我饥”的苦行僧生活。

他的大智慧突出表现在诗歌创作上，由一个穷孩子、穷和尚，通过自学苦吟成就为一个大诗人。他因家贫，十一岁“始就塾师授论语”，由于父亲去世没有读完。后为人放牛，成了牧童，他把书带在身边。主动为塾师烧火洒扫，求其指点。他自称“搬柴运水个愚夫，文墨胸中一点无”，是个半文盲，后从别人处得《唐诗三百首》，他读得废寝忘食。以后又博览汉魏六朝至唐宋的名人诗集，终生好学，至老不倦。他还广交诗友，有疑必问，“为求一字友，踏破万山云”，“老去犹求一字师，敢云得失寸心知”。他二十三岁正式开始写诗，以后即毕生坚持。“四山寒雪里，半世苦吟中。须易根根断，诗难字字工”，是其真实写照。

敬安写了大量赞美祖国壮丽河山的诗篇，他一生足迹遍及大江南北，游踪所至，辄付之吟咏。其咏太湖云：“万顷汪洋色，遥知是太湖。风帆连两浙，形胜控三吴。岛屿浮空起，波涛涌雪粗。四围天作界，一望水平铺。”太湖的汪洋万顷，波涛涌雪，如在目前。湖南的岳麓山和南岳衡山更是他的留连忘返之处，也是他赋诗最多的地方。“红叶满天飞，疑是秋魂影”，是咏岳麓山的秋景，“洞庭皎素练，沧海跃红丸”，是记祝融峰观日出的壮观，读来如身历其境，倍感亲切。

敬安心萦家园，他的诗充满了强烈的爱国主义精神。诗人虽为佛门中人，面对当时深重的民族灾难，他却难以保持清静寂寞的心境，八国联军进犯北京，他愤怒地控诉侵略者：“强邻何太酷，涂炭我生灵；北地嗟成赤，西山惨不青。”甲午战争爆发之明年，清军左宗棠旧部胡志学守卫牛庄，与日军作殊死搏斗，他热情歌颂：“折足将军勇且豪，牛庄一战阵云高。前军已报元戎死，犹自单刀越贼濠。”歌颂了英勇杀敌的英雄。其《边将》云：“白首尚谈兵，恩深任死生。大旗翻乱雪，归马怯空城。汉将日寥落，匈奴未扫平。黄云连朔漠，辛苦且长征!”对久战沙场的老将，发出由衷的赞颂。而另方面他对清政府与侵略者签订丧权辱国的《辛丑条约》，又以歌当哭，表示了极大的愤慨。“天上玉楼传诏夜，人间金币议和年。哀时哭友无穷泪，夜雨江南应未眠。”一字一泪，感人至深。

关心民生疾苦，是敬安诗的又一特色。他自言“我虽学佛未忘世”，“感旧哀时益苦吟”。一九〇六年，湖南、江淮一带发生特大洪水，毁灭村落，浮尸蔽江，百姓流离道路，卖儿鬻女，诗人有《江北水灾》长句纪其事。“饥来欲乞食，四顾无人炊”，“冻饿死路隅，无人收其尸。伤心那忍见，人瘦狗独肥”。他目击心伤，喊出了“我不愿成佛，亦不乐升天”，只望“大众尽温饱，俱登仁寿筵”，真是一片慈悲为怀、悲天悯人的佛心。

简评

这位由牧童、半文盲成长起来的大诗人，由于其人生道路曲折和特有的艺术禀赋，他的诗歌有着独特的艺术风格。一些学者称，他早期诗多呈自然、质朴，而中晚期多呈高淡、隽永，清新自然，明白如话，对仗工整，精密传神。如“水清鱼嚼月，山静鸟眠云”，“天痕青作笠，云气白为衣”。又如其《观瀑布》诗：“瀑布长千丈，迢遥挂碧天。何当剪一片，缝作衲衣穿。”寻常景物，通过诗人的想象，别具意境，十分难得。

他的诗在艺术技巧上也达到了很高的成就。他游天台，得句“袖底白生知海色，眉端青压是天痕”，为时人所传诵。后主宁波天童寺方丈，作《白梅诗》，其中如：“人间春似海，寂寞爱山家。孤屿淡相倚，高枝寒更花。本来无色相，何处着横斜？不识东风意，寻春路转差。”春光如海，白梅却爱山家，尘世繁华，却与孤岭相对。疏影横斜，暗香浮动，千古传诵，这里都说无处着横斜，是另有一番境界，无怪人称“白梅和尚”了。

师旷辨音

卫灵公时，有一次将到晋国去，到了濮水（今安徽茨河上游）边的客舍，半夜时听到弹琴的声音，问左右的侍从人员，都回答说“没听到”。于是召来乐官师涓，对他说：“我听到弹琴的声音，问左右的人，都说没听见。看样子好像鬼神在奏乐，你替我仔细听听，把乐曲记下来。”师涓说：“是。”于是端端正正坐好，手抚琴弦，一边听一边写下来。第二天，师涓对卫灵公说：“臣已记下了，还没有试弹，请多留一宿，让我练习一下。”灵公说：“可以。”因此又宿了一晚。第二天师涓报告灵公说：“已经练习好了。”于是去到晋国，见到了晋平公。平公（在绛州西四十里汾水边的）施惠之台设宴招待，喝到尽兴时，卫灵公说：“这次来，路上听到一种新的乐曲，演奏出来大家听听如何？”平公说：“好呀。”就命师涓坐在晋国乐官师旷的旁边，抚琴弹奏起来，还没弹完，师旷按住琴，不让再弹下去，他说：“这是一种亡国之音，不要再弹奏下去了。”平公说：“这支乐曲出自何处？”师旷说：“这是（商代）师延所作，把这种靡靡之音献给纣王寻欢作乐，武王讨伐纣王，师延向东逃走，自己投入濮水之中而死，所以听到这支歌曲，一定是在濮水之上，而且先听到这种乐曲的，国家会被削弱。”晋平公说：“我最喜欢的就是音乐，希望能听完。”于是师涓继续弹到曲终。

平公说：“还有比这支乐曲更为动人心弦的吗？”师旷说：“有。”平公说：“可以听一听吗？”师旷说：“你在道德仁义方面的修养根基还不深厚，（不容易把持自己，会受不好的影响，）不能听这种音乐。”平公说：“我最喜欢的就是音乐，希望听听。”师旷不得已，只好抚琴弹奏起来。才弹一遍，有十六只黑鹤聚集在回廊门前，再弹一遍，黑鹤伸长头颈鸣叫，展开双翅飞舞。

平公大为高兴，特地站起来为师旷敬酒。

简评

师旷，春秋时代晋国乐师，字子野，目盲，会弹琴，辨音能力很强。认为音乐能反映国家的兴衰，影响人的性格，本文中就有生动的记述。他听到师涓所记的乐曲，就知道来自濮上，乃亡国之音，后世因以桑间濮上之音为亡国之音。据说有次晋国听到楚国将兴师入侵，师旷说：“没关系。我歌北方的民歌，又唱南方的民歌，南方的声音不高，楚国出师必然没有战功。”后果然如此。从一个国家的音乐竟能看出一个国家的国力兴衰，岂非乐神？

蔡邕听琴

有位家居吴地（今苏州市一带）的人在烧着桐木煮饭，蔡邕听到清脆的爆裂声，知道是很好的木材，就要他赶快把火熄灭，要了来制成琴，果然弹奏起来，声音十分美妙，一看琴尾被烧焦的痕迹犹在，人们称之为“焦尾琴”。

当初，蔡邕家在陈留，他的邻居备了酒食宴请他，等他去时，人们已在畅饮。有个客人在屏风后弹琴，蔡邕到了门口，偷偷地站在门外边细听，不觉失声说：“呀！见我来，弹着琴，而又暗藏杀心，这可是为什么？”于是又往回走。

奉命去敦请的人告诉主人说：“蔡君刚才来过，到了门口又走了。”蔡邕一向为乡里所景仰，主人一听，赶紧追上去，问他为什么到门不入，蔡邕把刚才遇到的情况说了，人们无不感到纳闷。弹琴的人说：“我在弹琴时，看到一只螳螂正在窥伺着一只鸣叫的蝉，蝉将要飞走，又还未飞，螳螂因此一时向前，一时又退后。我心里很紧张，唯恐螳螂会让蝉飞走，这难道就是杀心反映在琴音上吗？”蔡邕微笑着说：“这就足够说明了。”

简评

蔡邕（133—192），字伯喈，陈留圉（今河南杞县西南）人。博学多才，爱好辞章，擅长音律。董卓专权时，曾任左中郎将，封高阳乡侯，因此人们又称他为蔡中郎。今存《蔡中郎集》十卷。他不仅是位文学家，还是一位经学家、书法家、音乐学家、画家，且通晓医理。本文所记焦尾琴的故事和听琴音而知抚琴者的精神状态，可知他是对音律的造诣已臻化境的大艺术家。

顾恺之以形写神

东晋时的顾恺之极擅长绘画艺术，谢安非常赞赏他，认为是有人类以来所没有的。顾恺之每次画成一个人物，或几年不点眼珠的中心，别人问他为什么不点，他回答说："人体四肢的美丑，本来就没有什么特别巧妙之处，摹写人物的形貌神采，全在这里，所以不能轻易动笔。"他很欣赏嵇康的四言诗，因就诗意作图，常说："描画'手挥五弦'较为容易，描画'目送归鸿'的意境就难了。"他画人物妙绝，在时人之上。曾经画有玉人之称的裴楷像，在画颊上加上三根毛，看画的人觉得其精神风貌尤其好。又画爱好山水的谢鲲像，背景是岩石，说："这个人应该放在山水幽深之处。"又要画殷仲堪，仲堪有一目不明，坚持不肯。顾恺之说："明府君正因为有眼疾，如明点画出瞳仁，上加薄薄的一层白色，使眼如一层薄薄的云遮了月亮，难道不很美吗？"殷仲堪于是同意给他画像，果然完全看不出眼病。

简评

顾恺之（约345—409），字长康，晋陵无锡（今江苏无锡市）人，博学有才气，长于诗赋、书法，尤其精于绘画，有"才绝、画绝、痴绝"之称。在建康瓦官寺绘《维摩诘像》壁画，闭户一百余日，绘成后光耀夺目，参观者施钱百万。存世的有《女史箴图》，八国联军入侵，被英军劫去，现藏英国伦敦不列颠博物馆。著有《论画》《魏晋胜流画赞》《画云台山记》。他力主"以形写神"，对中国画的发展有很大影响，也使他的人物画有妙绝于时的独特光彩，他的"传神写照，正在阿堵中"，成为千古传诵的名言。

戴颙巧改佛像

从汉朝开始才有佛像，但造型还不工丽。南朝宋世子铸了一尊一丈六高的大佛像，立于瓦官寺，制成后，为佛像的面部瘦了些而感到遗憾。工匠没法改，于是把戴颙迎来看了一番。戴颙说：“这不是面瘦，而是两臂和肩胛肥了。”命工匠削减臂胛后，面部就不觉得瘦了，大家无不叹服。

简评

戴颙，字仲若，南朝宋人。隐士戴逵之子，戴勃之弟，以隐逸终。著有《逍遥篇》，又注《礼记·中庸》篇，为时人所重。本文中所记修改佛像的故事很有名。

戴颙能辩证地思考问题，而不是被常规思维所束缚，这也正是他的才智超人之处。许多问题，既可用某一种方法来谋划，也可通过另一种途径去思考，寻求其解决的方法，而不要被一种思维方式所束缚，否则有些问题无法解决。

宋徽宗以诗为题考画

北宋政和年间，宋徽宗设立了一所画博士院。每次找来著名画家，必摘录唐人诗句为题考试一番。有次以“竹锁桥边卖酒家”为题，众人都在描绘酒家上下功夫，惟有李唐画着在桥头一片翠绿的竹林外面，挂着一面酒家标帜的旗子，宋徽宗赏识他的画表现了“锁”字的意境。一次又以“踏花归去马蹄香”为题考画，众人都去画马画花，有个人只画了几只蝴蝶，飞着在马后追逐，宋徽宗也很喜欢。又有一天，以“万绿丛中一点红”为题作画，众人有画杨柳掩映的亭台上有一个美人的，有画桑园内站着一个女子的，有画满林苍松中一只白鹤的。只有刘松年画了万顷碧绿的海水，海中正升起一轮红日，宋徽宗见了大为高兴，喜欢他的境界辽阔，规模宏大，立意高超，独树一帜。凡得到徽宗赞赏喜爱的，都获得第一名的奖赏。

简评

中国画追求诗的境界，苏轼称王维：“味摩诘之诗，诗中有画；观摩诘之画，画中有诗。”清代沈宗骞在《芥舟学画编》卷二中说：“画与诗，皆士人陶写性情之事。故凡可以入诗者，均可以入画。”本文所记李唐与刘松年以诗为题作画，因其立意高超，从最能表现诗的意境处着笔，因而受到称赞。宋徽宗是个亡国昏君，却是书画名家，鉴赏水平之高由此可见一斑。

王叔远桃核刻舟

明朝有个手艺奇妙精巧的人，名叫王叔远，能在直径一寸的木头上，雕成宫室、器具、人物、鸟兽这些东西，无不根据原来的姿态模拟东西的形状，各有其独自的情致、神态。他曾送给魏学洢一只用桃核刻成的小船，刻的是苏东坡游赤壁。

小船从头到尾大约八分多长，高约两粒黄米，中间宽敞明亮的地方是船舱，上面覆盖着箬竹叶的船篷。旁边开着小窗，左右各四扇，共八扇。开窗观看，有雕花栏杆，两边相对。关上窗户，可以看见右边刻着“山高月小，水落石出”，左边刻着“清风徐来，水波不兴”，用青绿色颜料石青涂在上面。

船头坐着三个人，中间那个戴着高帽、长满络腮胡子的人是苏东坡，佛印和尚在右，诗人黄鲁直（庭坚）在左，苏、黄一起看一幅书画卷子。东坡右手拿着卷的一头，左手抚着鲁直的背脊；鲁直左手拿着卷的末端，右手指着卷子，好像在说着什么。东坡露出了右脚，鲁直露出了左脚，都各略侧着身子，他们的另外两膝互相靠近，藏在画幅下面的衣服褶纹中。佛印的模样极像弥勒佛，裸露着胸部，抬头仰望，神情似与苏、黄两人无关。他的右腿直伸着，右臂撑在船舷上，左腿屈起，膝盖朝天，左臂上挂着一串念珠，靠着左膝盖上，那些念珠可以清清楚楚地数出来。

船尾横放着一把船桨，桨的两边各有一个船夫。在右边的那个梳着椎形发髻，仰起脸，左手靠在一根横木上，右手摸着右脚趾，好像在张口说话。靠左的那个，右手拿着一把蒲葵扇，左手摸着火炉，炉上放着一把水壶，那人眼睛正视，神情宁静，好像在烧茶。

船底比较平，上面题着名，题词是“天启（明熹宗年号）壬戌（1622）秋日，虞山王毅叔远甫刻”，纤细得像蚊子脚，勾画得清清楚楚，颜色是黑的。还有一颗篆文图章，上刻“初平山人”，涂的是红色。

总计在这个小桃核舟上，刻有五个人，八扇窗，竹篷、木桨、火炉、水壶、画幅、念珠各一件；对联、题名和图章，共有三十四个字。而量船的长度，还不满一寸，这是挑选狭长形的桃核雕刻而成。魏学洢仔细观察以后，不由得惊奇地说：“这技巧真是太灵巧奇异了啊!”

简评

王毅，字叔远，江苏省常熟市人。本文原名《核舟记》，明代散文家魏学洢作。王叔远在不满一寸长的桃核上，雕刻出了众多的人物、器皿、字迹，而且“各具情态”，反映了明代微雕工艺的高水平和王叔远卓越的艺术才能。

柳敬亭说书

明代末年，南京有个柳麻子，面色黄又黑，满脸瘢疤疙瘩，为人悠闲自在，随随便便，样子像泥塑木雕，呆板没有风度。他擅长说书，一天说一个回目，要一两银子。约他说书，十天前就得把书目和定钱送去，还常没得空时间，请不到。那时南京有两个红极一时的人物，就是歌伎王月生和说大书的柳敬亭。

有人听他说不带唱的《景阳冈武松打虎》大书，与原来《水浒传》上描述的大不相同。他说时描写刻画人物，细腻得像毫毛和头发一样；在补述、停顿之处，又很干净利落，一点也不啰嗦。说时声音高亢如大钟轰鸣，说到关键的地方，呼喝叫嚷，那声响几乎要使房屋倒塌。说到武松到店买酒，店内无人，武松突然大吼一声，店里的空缸空坛都被震得嗡嗡发出声响，在情节平常的地方加以渲染，使听众如闻其声。

他说书时，听客必须一声不响，静静地坐着，集中注意力听着，他才开口。只要稍许听到下边低声絮语，或听众打呵欠，面有倦色，就不再说下去。

每到深夜，他抹干净桌子，挑亮灯烛，轻轻传递白色瓷杯，才缓缓地说起书来。快慢轻重，一呼一吸，高低抑扬，合情合理，深入筋骨，就是让世上说书人的耳朵都来仔细听，不怕他们不咬舌惊叹，惭愧佩服。

柳麻子的长相出奇的丑陋，但他口齿伶俐，眉目传神，衣服洁净，使人倾服。

简评

柳敬亭，本姓曹，因得罪逃亡在外，改姓柳。明末泰州（今属江苏省）人。说书艺术造诣很高，明亡后更借说书抒发胸中愤恨。本文记述了他说书的精湛技艺，绘声绘色，使人如闻其声，如见其人。

讼狱篇

赵广汉善为钩距

西汉昭帝、宣帝时，赵广汉任颍川太守、京兆尹，他为人精明强干，有勇力，擅长处理政事。接待下级和老百姓，有时通宵都不睡，直到次日早晨。尤其善于用“钩距法”了解情况。所谓“钩距法”是假使你想了解马的价格，可先问狗的价格，然后问羊的，又问牛的，再问马的。参照这些价格，各类加以比较，这样就会知道马的价格而不会失实。对郡中盗贼和乡里所谓仗义滋生事端的人，他们的根子和巢穴在什么地方，以及差役小吏收受极小的贿赂，他都一清二楚。

长安城里有几个少年，在一条僻巷的空屋里合谋行劫，坐着话还没有说完，广汉派人将他们逮捕审讯，全部服罪。又有富人苏回为郎官，有两人劫持了他，不一会儿，广汉就带吏役到了劫持者的家门口，自己站在院子里，命长安丞龚奢去敲堂屋门告诉贼人说：“京兆尹赵君奉告二位，不准杀害人质，他是皇宫里的侍卫官。如你们释放人质，束手就擒，将得到良好的待遇，有幸逢到赦令，还可免罪得解脱。”两人十分惊慌，又向来知道赵广汉的威名，即开门出来，下阶叩头请罪，广汉也下跪称谢说：“幸亏你们还让郎官活着，感谢你们的厚情。”把二人送到监狱，要狱吏优待他们，给予酒肉，到冬天将判斩，预为调来棺材，拨给安葬用具，并将情况告诉他们，两个犯人都说："我们判死罪没有什么遗恨。"

简评

赵广汉，字子都，西汉涿郡蠡吾（今河北博野西南）人，曾任颍川太守、京兆尹。《汉书》称他"为京兆尹廉明，威制豪强，小民得职，百姓追思，歌之至今"，是一位尽忠职守、敢于碰硬的地方大员。他"善为钩距，以得事情"，就是长于从各种事物的关系中辗转推问，参照比较，弄清事实真相。他常深入调查研究，又善于分析问题，因而办案如神，宽严得体。

张敞以盗治盗

长安市上的偷盗多，商人们大受其苦。汉宣帝问张敞有没有办法，张敞认为可以禁止。他任京兆尹，到职以后，去请教那些年长有德的人，了解到几个偷盗头目，家中都很富足，出门有童仆骑马相从，乡里误认为他们是有地位的好人。张敞召见了他们，责问他们的偷盗行径，表示宽恕他们过去的罪行，抓住他们所犯的旧罪为把柄，命他们捉拿其他偷盗犯赎罪。偷盗头目说："现在一下子把我们传到官府，恐怕众偷吃惊害怕，希望暂且委任我们为吏。"于是张敞全部任命他们为吏，让他们回去休息。头目回到家中，置办酒席，小偷们都来祝贺。等他们快要喝醉的时候，头目以土红涂在他们的衣襟上。捕吏坐在里巷的门口，查看出来的人，见到衣襟上涂有红色的，就逮捕捆起来，一天之内，就捕到几百人。经过审讯他们所犯的罪行，有的一个人就作案达一百多起。于是将他们全部依法惩办。从此长安市上很少再响起警鼓的声音，偷盗绝迹。

简评

张敞（？—前47），字子高，西汉河东平阳（今山西临汾）人。后随宣帝徙杜陵。初为太仆丞，以谏昌邑王知名，升为豫州刺史。宣帝亲政，拜胶东相、京兆尹，以收捕盗贼知名。《汉书》本传称他“为人敏疾，赏罚分明，见恶辄取，时时越法纵舍”，用法又不拘于法。又“往往表贤显善，不醇用诛罚”，因此成为一代能臣。张敞以盗治盗，擒贼先擒王，这种办法多为后来的治盗者所采用。

寒朗不屈明冤

东汉明帝永平年间，寒朗以谒者暂任侍御史事务的身份，和太尉、司徒、司空三府的属官一起，审理楚王英谋逆一案中的颜忠、王平等人。他们的供词牵连到隧乡侯耿健、朗陵侯臧信、护泽侯邓鲤、曲成侯刘建等人。刘建等否认说，从未与颜忠、王平见过面。当时明帝愤怒之极，官吏提心吊胆，凡是牵连到的人，一概陷之于罪，不敢按照实情宽恕。寒朗对刘建等受冤感到难过，特单独提讯颜忠、王平，以刘建等人的外形特点试探，颜、王二人仓卒不能回答，寒朗知道他们供词中有假，就上奏明帝说：刘建等人并未造反，而是被颜忠、王平诬告，恐怕天下遭不白之冤的人，大都类似这种情况。明帝于是召寒朗入殿问道：“刘建等如果是这样，颜忠、王平为什么要供出他们?”寒朗回答说：“颜忠、王平知道自己犯下了大逆不道的罪，所以假供出许多人，希图减轻自己罪责。”明帝又说：“既然是这样，四侯无罪，为什么案件早审完了，不及早上奏，还将他们一直拘押到现在呢?”寒朗回答说：“我虽然已查清他们没有事，又怕还有别人揭发他们什么阴谋活动，所以没敢及时上奏。”明帝怒骂道：“你这是说着模棱两可的话。”命人将寒朗拖下去。左右的人正要将寒朗带走，寒朗说：“希望让我说完一句话后再死。我不敢欺骗皇上，是想对国家有所匡助啊!”明帝问：“还有谁和你一起写这份奏章?”回答说：“我自知违背您的意思要灭族，不敢多连累人，实在是希望陛下能够一下子觉悟而已。我见那些审讯囚犯的人，都说过造反这样的妖恶大事，做臣子的都应该痛恨，现在宁肯无罪判刑，轻罪重判，不能放纵罪人，以免事后追究责任。因此，考问一个，牵连十个，考问十个，牵连百个。公卿百官上朝议事，皇上问及政事得失，都长跪着说：照旧的制度，犯大罪连累九族遭祸，现在陛下大恩，处置止于本人，真是天下之大幸。等到他们回到家里，口里不说，却望着屋子私下叹息，没有人不知道楚王一案已使很多人蒙受冤屈，但没有人敢违背陛下的意志。我今天所陈述的话，即使死了也不后悔。”明帝已开始觉悟，命寒朗出去。过了两天，皇帝亲自去洛阳诏狱审理囚犯，释放了一千多人。

简评

寒朗，字伯奇，鲁国薛（今山东滕州东南）人，据《后汉书》本传记载，他生下才三日，因遭兵乱，被抛弃到荆棘丛中，三天后他母亲去看，还留有气息，才又收养起来。长大后爱好经学，博通书传，教授《尚书》，举孝廉。东汉明帝刘庄永平年间，他担任掌管朝见、礼宾方面事务的谒者，而又兼有掌管纠察公卿百官的侍御史的部分职权，因而参与了审理楚王英谋反案中的颜忠、王平等。寒朗官位不高，却不顾身家性命，敢于上书说真话，在发怒的皇帝面前也坚持讲真话，讲得有理有据，使千百人免于冤死狱中，实为难得。

高洴察盗

南北朝时，北齐的皇族高洴出任沧州刺史，处理政务严肃认真，明察秋毫，内部约束非常谨严，郡守县令和协助守令的人员，下至在衙门办理文书的小吏，往来州县之间，都自带粮食。高洴对民间细小的事情都知道。一次，湿沃县主簿张达到州办事，夜间在别人家投宿，喝了鸡汤未给钱，这事被高洴知道了，将郡守县令聚到一起，对众人说："喝了别人的鸡汤为什么不给人家钱?"张达当即认罪，全州称为神明。

又一次，有个人从幽州到沧州来，用驴驮了干鹿肉，行到沧州地界，因脚痛行走迟缓，偶尔碰到一个人结伴同行，驴和鹿肉都被盗去。次日告到州里，高洴命左右办事人员和官府中的僚佐吏员，分散到市上去买干鹿肉，不限价，果然失主识出了他被盗的干肉，从而捕获了盗贼。后来高洴又转任定州刺史，定州有个人的黑牛被盗，牛背上有白毛，州长史韦道建对中从事魏道胜说："使君在沧州任刺史的日子，捉拿奸人就像神明一样，如果捉得这个贼人，那就真是神人了。"高洴假意造了一张上级发下来的符牒，到市上买牛皮，比平常加倍付给价款，市上纷纷出售牛皮，牛主认出一张是他的牛身上的，因而拿获了盗牛贼。道建等人无不叹服。

又有一位姓王的老婆婆，孤单一人，种菜三亩，多次被偷。高湝命人在菜叶上写字，次日到市上去看谁的菜叶上有字，因而拿获了盗贼。从以此后，境内未再发生盗窃案件，政事教化为当时全国第一。

简评

高湝，字子深，北齐高祖高欢第五子。东魏静帝武定六年(548)，出任沧州刺史，后其兄高洋受东魏禅为皇帝，封彭城王。当他从定州回朝时，“人吏悲号”，父老称他五年中“唯饮此乡水，未食百姓食”，献上酒食，湝“重其意，为食一口”。又称他“明练世务，果于断决，事无大小，咸悉以情”。本文中几起盗案的处理，表明他对世态人情有极深刻的领悟力。盗窃的目的是为了获利，一旦有利可图，就会不计利害。赃物除自用，必然要出手转成货币，查到赃物，往往可因物及人。从查赃物入手，自然手到擒来。

苻融验盗

前秦时，苻融担任冀州（前秦州名，治所在邺县，地在今河北临漳西南）牧时，有位老妈妈在路上被人抢劫，老妈妈大声呼喊有强盗，一个过路人追上去，抓到抢劫者以后，抢劫者反诬过路人是贼，当时天快黑了，老妈妈和路人都不知究竟谁是贼，于是一并送到官府。苻融见了，笑着说："这容易知道嘛，可让他们二人赛跑，先跑出凤阳门的不是强盗。"不久，两人跑完回来，苻融严厉地对后出凤阳门的说："你是真正的强盗，为什么还诬赖别人？"苻融的揭发奸邪和隐蔽的罪行，都属于这种情况。

简评

苻融（？—383），字博休，前秦王苻坚的小弟。《晋书》说他"聪辩明慧，下笔成章"、"耳闻则诵，过目不忘"、"尤善断狱，奸无所容"，是一位聪明过人的人物。他曾多次劝阻苻坚不要攻打东晋，苻坚不听，结果大败，苻融也死于乱军之中。他处理本案，说来也很简单，因为抢劫者如果善跑，过路人是没法抓到他的，所以后出凤阳门的是盗。但他能迅速想到并运用之，岂非急智？

高柔察盗辨冤

三国时，魏国护军所领的营兵窦礼，外出到附近不回，军营以为他逃亡了，于是追捕他，并将他的妻子盈和家中奴婢罚没为官府奴婢。盈接连跑到州府衙门诉冤，没有受理者。于是诉讼到廷尉高柔处，高柔问她道："你怎么知道丈夫不会逃亡？"盈流泪回答说："我丈夫自小孤独无亲，奉养一位老婆婆作母亲，小心侍奉，非常恭敬。又怜惜儿女，抚养看顾，不曾离开他们。他决不是那种轻浮狡猾不顾家室的人。"高柔又问道："你丈夫和别人有过冤仇吗？"她回答说："我丈夫生性良善，和别人没有仇。"高柔再又问道："你丈夫和别人有过钱财交往吗？"她答道："曾经借钱给同营军士焦子文，要求归还未果。”当时焦子文正因小事关在狱中，高柔于是去找焦子文，问他为什么事坐牢，接着又问：“你曾借过别人的钱吗?”焦子文说：“自感孤单贫穷，不敢借别人的钱物。”高柔察觉他脸色有变化，于是说：“以前你借过窦礼的钱，为什么说不敢借别人钱物?”焦子文一听感到奇怪，知道事情已暴露，回答时语无伦次，前后矛盾。高柔说：“你已经把窦礼杀害，要及早交代服罪。”焦子文于是叩头不迭，具体交代了杀害窦礼的过程和掩埋的地点，高柔派了吏卒，根据焦子文的交代去挖掘，随即得到了窦礼的尸体。于是皇帝发出文书，恢复盈母子的平民身份，并把这事通报全国，以窦礼这件事为戒。

简评

高柔，字文惠，三国曹魏陈留郡圉县（故城在今河南省杞县南）人，官至太尉，以“明于法理”著称。高柔所以能平反这个冤案并且查出凶手，是因为他认真听取了窦妻的申诉。当时士兵逃跑，要累及家属没为官奴婢，由平民成为奴隶，这是很重的刑罚，一个顾家室的人自然不会轻易外逃。窦妻举出例子，说明丈夫是个良善顾家的人，就从另一方面证明丈夫不会外逃。那么哪里去了呢？高柔联想到是否会被人谋害。因而从仇杀、谋财等多方面逐一询问，果然就发现曾借钱给同营军士焦子文，且追讨未果，这就有了杀人赖债的可能。再询问焦子文，他讳言借债的事，说明他有顾虑，当直接点出这件事时，他就前言不对后语，说明他做贼心虚，进一步审问终于供认杀人的事实，又挖出了尸体，证据确凿，案情大白，窦礼的名誉得以恢复，妻子得以平反。

司马悦视刀获真盗

北魏大臣司马楚之的孙子司马悦，担任过豫州刺史等官职。当时豫州所属汝南郡上蔡县有个名叫董毛奴的人，携带五千钱外出，死在路上。上蔡县人怀疑是当地一个名叫张堤的人抢劫杀人，又在张堤家搜得钱五千。张堤害怕拷打，假称是他行劫杀人。案子到了州里，司马悦在审问中察言观色，怀疑案情不实，找了董毛奴的哥哥董灵之来问道：“杀人抢劫钱财，当时是非常紧张窘迫的。现场应该遗落有物品，你们发现拾得了什么东西？”灵之回答说：“仅仅拾得一个刀套。”司马悦取来细看，说道：“这不是街坊上随意制作的。”便召集州里的刀匠们来，把刀鞘交给他们看，有个名叫郭门的刀匠上前禀告说：“这个刀鞘是我亲手做的，去年卖给了董及祖。”司马悦随即拘来董及祖进行审问，董及祖吐出实情，承认了罪责。董灵之又在董及祖身上得到了董毛奴所穿的黑色短衣，董及祖被依法处死。司马悦处理案件，多是这样细致。

简评

司马悦，字庆宗，北魏时河内温（今河南温县西）人。曾任郢州刺史，后改豫州刺史，封渔阳子，以善于处理案件闻名于时。他对于一个县里已认定、被告也承认的杀人案犯，能以高度负责的精神，认真审理，提出疑问，是难能可贵的。接着又从现场上遗留的一个刀鞘，从查刀鞘的来历顺藤摸瓜，终于找到真凶。曾经有人认为司马悦能破此案，虽有智算，纯属偶然，如果罪犯作案时没有遗落刀鞘，或者刀鞘不是州内工匠制作，又何从查到董及祖呢？其实任何罪犯作案，都离不开一定的时间和空间，也一定会留下痕迹，这正是侦破案件的重要根据。善于从现场留下的蛛丝马迹去查清案情，正显示出办案者的智慧和才略。

李惠拷羊皮

南北朝时，北魏的李惠担任雍州（治所在长安，今陕西西安市西北）刺史时，有一个背盐和背柴的人，同时放下重担，在树荫下歇息。二人起身走时，争夺一张放在地上的羊皮，各说是自己垫背的东西，互相拉扯。这事闹到了李惠那里，李惠打发两个争羊皮的人出去，回头对州主簿说："从这张羊皮身上能否拷问出它的主人?"手下都没有人回答。李惠随即命人把羊皮放在席上，用杖着力敲打，见有少许盐屑落下，笑着说："得到真实情况了。"让两个争羊皮的人来看，背柴的人见到从羊皮上敲下来的盐屑，就拜伏认罪。凡为李惠所查察的案件，多如此类，因此吏民都不敢欺骗违反法令。

简评

李惠，北魏中山（今河北定州市）人，北魏孝文帝的外祖父。历任侍中、征西大将军、秦益二州刺史，封中山王，史书上称他"历政有美绩"。因功勋和权力大，为冯太后所忌，他本人、两弟和儿子们都被横加叛乱罪名杀害。

李惠拷羊皮，通过亦庄亦谐的手段，迅速取得物证，使冒认一方在事实面前认输，因而传为佳话。

李崇巧断争子、失弟案

南北朝时代，北魏时的寿春县人苟泰，携带三岁的儿子外出，路上遇到贼人，丢失了儿子，寻找了几年，不知去向。苟泰四处寻找，后来看见儿子在同县人赵奉伯家，但儿子已经不认识父亲，而赵奉伯坚持说儿子是自己的，双方争执不下。苟泰将情况告到官府，双方都说是自己的儿子，并有邻居证明，郡县决断不了，告到扬州刺史李崇那里。李崇命两个父亲和儿子各住一处，软禁几十天，然后对他们说："二位的儿子不幸患了急症，已经突然死去，可以出去一表悲痛之情。"苟泰听了这话，立即号啕痛哭，悲痛到了极点；而赵奉伯只是叹息而已，没有什么悲痛的表现。李崇看到这些，心中有数，于是把儿子还给了苟泰，并盘问赵奉伯骗取别人儿子的情况。他说自己先死了一个儿子，后来妻子没有生育，有次看到一个三岁孩子在路边啼哭，就带回家养育，没想到又有人来要孩子，因此说了谎话。

又有定州流亡在外的解庆宾兄弟，因犯了事都被迁徙到扬州，其弟解思安避开差役逃跑回来，解庆宾怕以后的差役追责，计划着让他弟弟的名姓住址都消失。他认城外一具死尸为他弟弟，谎称其弟为人所杀，把尸体迎回安葬。死尸颇像思安，见到的人也分辨不清。加上一个女巫阳氏自称看到了思安的鬼魂，说他诉说了被人谋害的苦楚，还时常苦于又饥又渴。解庆宾还说怀疑是同队军士苏星甫、李盖等所杀，告到州里，二人经不起酷刑，就各自承认了杀人。

案件将要判决，李崇感到怀疑，就停了下来，秘密派遣两个州内不认识的人，假说从外地来，跑去告诉解庆宾说："我们住在北州，有一人路过借宿，夜中交谈，怀疑他有异于常人，随即盘问，知他是流亡军士逃避差役而来，姓解字思安，当时我们要把他送官府查办，他苦苦相求，并说：‘有兄解庆宾，现住扬州相国城内，嫂姓徐，如果你们怜惜我，请前去告诉他们，申述其中情由，兄嫂必会重谢。如果去了没什么收获，再送到官府也不晚。’因此特来相访，申述这番意思，你打算相报多少，自当放了贤弟。如果你不相信，可以随我去看他。”解庆宾怅然失色，要求他们稍等一下。派去的人把这些报告李崇，找解庆宾盘问，只得供认了。再问李盖等人，说是受刑不过被迫自己诬陷自己。几天内，解思安也被人缚送来州。李崇又找了女巫，鞭打一百，开释了李盖等人，惩办了解庆宾兄弟。

简评

李崇字继长，顿丘人。北魏孝文帝拓跋宏时，初任荆州刺史，甚有政绩。继任兖州刺史，当地旧多抢劫盗贼，李崇命村置一楼，楼悬一鼓，遇有盗贼抢劫，村民以双棰乱击。四面村庄听到，都守住要路，很快声传百里，险要之处，都埋伏了人，贼人无处可逃。这一办法后在各州推行。

上述两案的处理，是他任扬州刺史时。前一个互争儿子案的处理办法，其他人也使用过，都是从对待儿子的态度判断其真假，《折狱龟鉴》载有《黄霸抱儿》一事，大体相同。西汉时，有两妯娌争一个儿子，争了三年决断不了，郡守黄霸使人把小孩抱到庭中，令二人竟取，“长妇持之甚猛，弟妇恐有所伤，情急凄怆”，黄霸把儿子判给了弟妇，长妇服罪。李崇对解庆宾案的处理，则是发现疑点后，利用解庆宾畏罪心虚的矛盾心理，用计使他露出破绽，终于查清案情，纠正了错案。

柳庆查案获真盗

南北朝时，北周有个商人携金二十斤到京城，借他人房屋居住，每次外出，常自己拿着钥匙，没过多久，房门锁闭如常，而金却全部丢失。商人说是房主人偷的，郡县官对房主进行拷掠审讯，房主被迫假称是他偷了。柳庆当时兼任雍州别驾，觉得本案可疑，找来商人问道："你的钥匙常放何处？"商人回答说："经常自己带着。"柳庆又问："你可曾和别人一同住宿过吗？"回答说："没有。"又问："可曾和别人一同饮过酒吗？"回答说："日前曾和一个和尚痛饮过两次，醉得白天就睡着了。"柳庆说："这和尚才是真正的盗窃犯。"当即派人去逮捕那个和尚，和尚已携金潜逃。后来捕获，全部查获了商人所失之金。

简评

柳庆，字更兴，北周河东解（今山西省运城市西南）人，《北史》卷六十四有传，附其兄柳虬传之后。《北史》称他"幼聪敏有器量，博涉群书"。在本文所叙的这个案件中，房门锁闭如故而金却丢失，房主确有很大的嫌疑，但不能因此就确定是他偷了。谁还有开门的钥匙呢？除了仿造外，就是商人的钥匙曾被人偷盗，因而有和谁住过、饮过的发问，当商人回答曾和一个和尚酣宴过两次，一个和尚无缘无故与这个商人一处痛饮，还不只一次，醉后商人又白天睡大觉，使和尚有作案的重大嫌疑，有充分的作案时间，柳庆据此追查，果然查获了真盗，平反了冤案。

韩褒以盗治盗

后周的韩褒由朝官去担任北雍州刺史，州内有北山，多盗贼，韩褒秘密查访，都是州中一些富豪人家所为。韩褒装作不知道，对他们特别以礼相待。对他们说："我这刺史原本是个书生，哪里知道督捕盗贼？靠的是各位共同来为我分担一些责任。"于是把州中狡猾不法危害乡里的少年都召集起来，让他们担任捕盗首领，划分地界，如当地发生盗案而没拿获罪犯，以故意放走盗贼论处。那些被任命为捕盗首领的无不害怕，众人都自己交代说："前次发生的盗案，都是某等所为。"对所有的徒弟和同伴，都列出他们的姓名，对一些逃跑躲藏起来的，也都说出他们的处所。韩褒把这些记载盗贼姓名的簿册藏了起来，在州衙门挂出榜文说："自己知道犯了盗窃罪的，赶快来自首，可免予治罪。到本月底还不来自首的，就将公开处以死刑，并将他的妻子儿女赏给先来自首的人。"不出十天，盗贼尽来自首，韩褒取盗贼名册来对照，丝毫不差，一概赦免了他们所犯的罪过，允许他们改过自新。从此盗贼销声匿迹，不敢再作案。

简评

韩褒（？—572），北朝颍川颍阳（在今河南许昌西南）人。历任州刺史，《北史》称他"深沉有远略"、"以忠厚见知"。在任西凉州刺史时，他采取一些优惠贫人的措施，使得那里"贫富渐均，户口殷实"。他担任北雍州刺史时所采取的消除盗贼的方法，是以盗为治盗的首领，而又责其辖区无盗，否则以包庇纵容盗贼论处。这就使得他们不得不供出盗贼姓名，以防自己辖区发生盗案。韩褒有了这本盗贼名册，又公告自首与不自首的两种处理办法，促使盗贼都来自首。没有以盗为首领，分其地界的办法，就不可能有盗之名簿，有了盗名之簿而不促使他们自首，就不能使他们畏威怀德，洗手不干。这样一步紧接一步，环环紧扣，加上奖罚严明，对自首者宽大处理，对逃跑者捕获后从重处罚，促使群盗自首，改过自新，终使“群盗屏息”。

顾宪之放牛断案

南北朝时，南朝齐朝的顾宪之，字士思，秉性清廉正直。南朝宋后废帝刘昱元徽年间，他担任建康县令。当时有个偷牛的贼，与牛的主人争牛，各人都说是自己的，两家所持的理由与证据相同，前任县令不能断定。宪之到任后，审核了他们的状词，就命把牛解开，让它随便去哪里，牛径自返回本主住宅，盗牛的人才承认了罪行，当时的人称他为“神明”。

简评

顾宪之，南齐吴（今江苏苏州市）人。初仕刘宋，曾为建康令，入齐，官至尚书吏部郎中、豫章太守，他虽历任郡县行政长官，家里却不免饥寒。

在处理案件时，争执不休的双方都各有理由，有的证人出于私心，或碍不过情面，不惜作伪证，官吏如果仅凭一面之辞，或轻信证言，势必不能作出正确判断。顾宪之了解牛的习性，重视物证，因而迅速查出了盗牛贼。和此案相类似的有《北史·于栗磾传》所载于仲文事。仲文字次武，北周时为安固郡（治所在安固，今甘肃临洮南）太守，有任、杜两家各失了一头牛，后来找到一头，两家都来认领，争持不决。于仲文要他们把各自家的牛群赶来，然后放开所争执的牛，结果牛跑向任氏的牛群中。于仲文又让人将牛稍许打伤，任氏嗟叹惋惜，杜氏表现无所谓，于是认定为任氏所有，杜氏也承认牛不是他的。

张允济巧断还牛

张允济在隋朝做官，担任武阳县令。相邻的元武县有个人，带了母牛在妻子娘家过活，过了很久，母牛生了十多条小牛，他准备回家时，妻子娘家却不让他将牛带走。这个人告到县里，县里决断不了，就告到张允济那里，允济说："你自己的县有县令，我怎么能参与办你的案件?"这个人哭泣着诉说，他受了冤屈没法申辩。张允济就要手下人把告状者缚起来，把他的头用布蒙住，去到他的岳丈家，说是捕到了一个偷牛贼，要他岳家把牛都牵出来，查问这些牛的来历，他岳丈家不知来由，赶紧申明说："这都是我女婿家的牛，和我们家没干系。"张允济就要手下人揭去蒙在那人头上的布，对他岳家的人说："可以把这些牛还给你的女婿。"岳家叩头表示服罪，元武县的官吏感到非常羞惭。

简评

张允济，唐代青州北海（今山东潍坊市）人。在隋朝曾担任武阳县令，到唐代任刑部侍郎，封武城县男，终幽州刺史。据《新唐书》本传，他所管辖的地方，有人夜行丢失一件袍子在路上，走了十余里才发觉，他想本境人道不拾遗，返回来袍子果然还在那里。本文所叙故事中，不是本县管辖之案，张允济不避嫌疑，以智断之，说明公道自在人心。

戴胄驳封德彝

大理少卿一职缺人，唐太宗说："掌管刑狱的大理寺，关系到人的生命，戴胄为人清廉正直，是适当的人选。"即日就任命了戴胄。长孙无忌被宣召进宫，不解佩刀便进入东上阁。尚书右仆射封德彝论罪说："监门校尉没有察觉，罪该处死；长孙无忌当处以赎刑。"戴胄说："监门校尉和长孙无忌所犯罪相等。作为臣子对于至尊的皇上不能称过失误犯。法律载明：凡是供应皇帝的汤药、饮食、舟船，虽属失误，也一律处以死刑。陛下顾念长孙无忌的功劳，可以赦免他的罪过；但是如果罚无忌赎铜，却杀死校尉，这就不可能说是用刑合理。"太宗说："法律是天下共同遵守的，我怎能袒护自己的亲戚。"下诏重新审议。封德彝固执己见，太宗将批准，戴胄坚持说："监门校尉是因为长孙无忌才犯罪的，依法应从轻处置；如果都属于误犯处死，就不应只处校尉死刑。"于是长孙无忌与校尉都被赦免。

简评

戴胄，字玄胤，唐代相州安阳（今河南安阳市）人。太宗时任大理少卿、谏议大夫、民部尚书，以检校吏部尚书参预朝政，进爵郡公。大理少卿是唐代大理寺副长官，掌管刑狱。长孙无忌为长孙皇后之兄，太宗即位，任吏部尚书，封齐国公。因他和太宗少年时是朋友，常出入卧内。后又进拜尚书右仆射。东上阁在唐宫城内太极殿东，与西上阁均通内宫，唐律规定，不得持寸刃入上阁，违者斩。戴胄说“臣子于尊极不称误”，是深责长孙无忌，监门校尉因长孙无忌而犯失察之罪，理应从轻处置，怎么能赦免了长孙无忌而校尉却反要处死，戴胄的力争是主持公道。封德彝一副不怕枉法拍马屁的嘴脸，面目可憎，世间不惜欺公枉法者，大抵是这类人物。

李元素辨冤

唐朝的李元素担任御史时，东都留守杜亚忌恨大将令狐运。恰巧盗贼在洛阳城北劫夺了输送国家的绢匹，而这时令狐运正和他的部下在洛阳近郊打猎，杜亚便怀疑令狐运与此案有关，将他交付审讯。留守府中的官吏经过调查审讯，没有发现罪状证据，杜亚改派亲信武金将令狐运等拷打，迫使承认，死的人很多。杜亚又请求将令狐运流放到远恶地区，唐德宗命监察御史杨宁复查，发现事都不实在。杜亚弹劾杨宁欺君罔上，杨宁被治罪。杜亚罗织罪名，加到令狐运身上，十分周密，似乎不可推翻。德宗深信不疑，宰相觉得有疑点难于肯定，德宗命李元素与刑部员外郎崔从质、大理司直卢士瞻前往查核，杜亚亲自迎接他们，以案情相告，李元素慢慢查明了令狐运的冤情，尽数释放了所关押的案犯，回朝复命。杜亚大惊，又弹劾李元素放走罪人。等到李元素返回朝廷，德宗已在发怒，案情还未禀告完毕，德宗就说：“出去!”李元素说：“臣下的话还没有讲完。”德宗说：“你且出去!”李元素说:“臣以御史身份去核查案件,明知道冤枉却不能把话说完,是不容许我再见陛下了。”德宗怒意渐渐缓解,元素当即讲述了令狐运被冤枉的情况,德宗受到感动,醒悟过来,他说:“要不是你,谁能辨清这桩冤案呢?”然而令狐运还是以擅自捕人的罪名流放归州,死于贬所。武金则被流放到建州。过了一年多,齐抗捕获了劫绢的真盗。由此天下都很器重李元素,唐德宗提升他为门下省属官给事中。

简评

李元素,字大朴,唐京兆长安(今陕西西安市)人。邢国公李密之裔孙,唐德宗时为御史,以平反令狐运案著名。累进户部尚书、判度支。后因长姐病殁,悲痛成疾,昏惑出妻,被免官。本来令狐运的冤案是不难审清的,一开始就没有审出罪状,杨宁复查又发现全不属实,宰相也有怀疑,问题出于刚愎自用、自作聪明的唐德宗,他轻信杜亚的诬告,李元素奉命查明案情回京,他也不让他把话说完,李元素却气不怯、辞不屈,坚持把令狐运的冤情说明,终于使唐德宗醒悟过来。敢于坚持真理,坚持实事求是,是正确处理案件的前提。有些人明知案件有疑点甚至明知有错,因私心杂念作怪,或涉及个人利益,不愿坚持或不敢坚持,因而发生错判。李元素的不顾个人得失,同情被冤屈的人,敢于在性情暴躁的唐德宗面前坚持把事实澄清,难能可贵,也使他因办此案而名留后世。

赵和判还庄券

唐懿宗李漼咸通初年,赵和担任江阴县令,当时淮阴县有两户农民田庄相邻，东邻农民以田庄证券抵押给西邻，赊欠西邻成串的钱百万，当时一千钱为一缗，即一千缗。到期东邻农民去赎回田庄证券，先交了八百缗，相约次日再交二百缗即收回田庄证券。因为时间只隔一晚，又是多年邻居，所以就没有要已交八百缗的收据。

到了第二天，东邻带上未交足的二百缗去西邻，西邻却说没有收先天交的八百缗，拒绝交还田庄证券。东邻告到县里，因为没有证据，县里没有判西邻归还证券。东邻不得已，只好过长江来找江阴县令赵和。

赵和召集几个能干的人带着公文来到淮阴，到淮阴的县衙门说："我县在江上捕获了几个抢劫犯，说有同伙在某处，讲的姓名形状都很详细，请你们帮助逮捕送过来。"当时法律规定，凡在江上持刀抢劫者，任何人不得藏匿，文书到后，淮阴县衙就将西邻送交赵和带了回来，赵和厉声问道："靠耕田织布尽可养活自己，为什么要在江上抢劫?"西邻说："我是个庄稼人，从未驾过船。"赵和说："你抢来的都是金钱绸缎，不是农家所有的东西，你要把家中财产说清楚，才能辨明你是否有罪。"于是西邻说，家中有稻谷若干斛，是庄客某人还来的；粗绸和绢若干匹，是家里的织机织出来的；钱若干千贯，是东邻为赎庄券送来的；银器若干，是某银匠造的。

赵和见他供出了钱的来历，大喜道："你虽不是在江上抢劫的人，为什么不承认东邻赎证券的八百缗钱呢?"于是命令他把田庄证券交还东邻，并予以法律处分。

简评

据《中国人名大辞典》载赵和"咸通中为江阴令，能以片言折狱"，后边也举了这个故事。所谓欠钱百万，实际是一千缗。他的这种办案方法，后世有仿效的，但恐怕不能用于今天。

钱若水访奴平冤

钱若水担任同州（治所在今陕西大荔县）推官时，知州为人偏激急躁，多次凭主观臆断办事不当，钱若水力争也未能使他改变主意，就说："只好陪着交铜赎罪了。"不久，所决定的事果然为朝廷和上司驳回，州官都罚纳铜赎罪，知州表示惭愧道歉，但是过不久又是这样，前后反复多次了。北宋时，同州有一户富民，家里的小女奴逃亡了，不知逃往何处。女奴的父母告到州里，知州命衙门里的录事参军审理此案。录事参军曾向这家富民借钱，没有借到，便断富民父子数人共同杀害了女奴，把尸体丢到河里，遂使尸体流失，其中有的是主谋，或随从作案为从犯，都应判处死刑。富民忍受不了毒刑拷打，被迫承认，案件报上去，州官经过复核，没有异议，都认为属实，独推官钱若水觉得案情可疑，把案卷留下，过了好几天还不确定。录事参军来到若水的办公地点，辱骂他说："你是受了富民的钱财，想开脱他的死罪吧？"若水笑着解释说："现在这几个人都被处以死刑，怎么能不稍加仔细看看他们的供词呢？"他把案卷留下近十天，知州多次催促，也不能得到，上下的人都责怪他。一天，钱若水跑到知州那里，摒退旁人，对知州说："若水所以留下案卷，是在暗中查访女奴下落，现在已经找到了。"知州吃惊地说："现在哪里？"若水便秘密派人把女奴送到知州衙门。知州放下帘子，传进女奴父母问道："你们现在见到女儿，认识吗？"回答："怎么会不认识呢？"知州即令从帘里把女奴推出给他们看，女奴父母涕泣着说："是我们的女儿啊。"于是传富民父子，都解开镣铐，予以释放。富民父子痛哭流涕，不肯离开，哭着说："不是知州大人的恩赐，我们被灭族了。"知州说："这是推官的赐予，不是我的赐予。”富民父子急忙去到若水办公地点，若水关门拒不接见，说：“这是知州自己把女奴找到的，与我有什么关系?”他们进不去，绕着屋墙哭泣，回家后倾家产施舍给僧人，为钱若水祈求福泽。知州因钱若水洗雪了几个被处死刑的冤案，要为他上奏请功，若水坚决推辞说：“若水但求案件审理公正，好人不被冤死，请功论赏不是我的本意，而且朝廷如果以此案为我的功劳，又把录事参军置于何地呢?”知州听后，叹服说：“这样就越发难得了。”录事参军跑到若水那里，叩头表示惭愧道歉，若水说：“案件不容易弄清，偶然发生差错，何必道歉!”于是远近的人都一致称颂他的风格，不久，宋太宗知道了这件事，立即加以晋升提拔，钱若水从一个幕职半年之中升为知制诰（负责起草诏书），两年之内升至枢密副使。

简评

推官是州的属官，职责是协助知州处理刑民案件。这位不知姓名的知州喜欢凭主观臆断处理案件，而且不接受教训，这次错了，下次又是这样，使掌管文书簿籍的录事参军得以逞其奸谋，借机报复。钱若水收到案卷后，不是马虎了事，而是认真查看，虽然犯人不翻供，他却看出了疑点，虽知州催办，录事辱骂，都不为所动。他积极地去查访女奴下落，在事实面前，州官叹服，录事愧谢，富民倾家资为之祈福，而他自己却不以为功，真是难得的操守。

向敏中为僧平冤

北宋时，向敏中丞相知河南府兼西京留守，有个和尚在傍晚时，路过一户村舍，要求借宿，主人不同意。又要求睡到门外的车箱里，主人答应了。当天夜里，有个盗贼潜入这户人家，携带一个妇人和一个包裹，跳墙出来。和尚还没睡着，正好看见，心想自己未被主人留宿，勉强借宿在车箱中，明天主人必定会因此事怀疑自己，把自己扭送县衙门，于是起身逃走。黑夜里奔走在荒草中，猛不防掉进了一口枯井。而那个跳墙出走的妇人，已经被人杀死，尸体正抛在井里，鲜血沾污了僧人的衣服。不久主家跟踪前来，捉住和尚，送到官府，因为不堪拷打，就假说："我与妇人通奸，引诱她一起逃走，因为害怕事情败露，就把他杀了，把尸体投到井里。我自己不觉失足，也掉入井中。赃物和刀都丢在井边上，不知被谁拿走了。"

案件审结后，参加审案的人都认为不会错，唯独向敏中考虑没有获得赃物和杀人凶器，有所怀疑。他盘问和尚几次，只是说："我前生欠了此人一命，没什么可说的。"向敏中坚持要问清楚，和尚才讲出了实情。向敏中于是秘密派人查访作案的盗贼。吏人来到一个村中小店吃饭，有个老妇人听说他是府城来的，不知道是吏人，问他道："那个和尚的案子怎么样了？"吏人骗她说："昨天已经鞭死在市上了。"老妇人叹息说："要是抓到了真贼，又会怎样？"吏人说："府里既已错判了此案，即使捕到真贼，也不敢再拿问了。"老妇人说："那么说出真贼，也没有什么妨害了。那妇人其实是被村中少年某甲杀死的。"吏人问："这个人现在何处？"老妇人指点少年的住屋，吏人便去逮捕了他，同时查获了赃物，和尚才得释放，河南府的人都认为向敏中断案如神。

简评

向敏中（949—1020），字常之，宋开封（今河南开封市）人，太平兴国五年进士，真宗时官至同平章事，加中书侍郎，进左仆射，故称丞相。本文所载事见司马光所撰《涑水记闻》。从这一案例中，说明审案必须重证据而不轻信口供。案犯不承认，不一定没有犯罪；承认了也不一定犯了罪，特别是如发现案情不实，即使犯人承认，也不可匆忙判决。关键是要找到可靠的证据，向敏中正是因没有找到赃物与凶器，也就是没有确凿证据而产生怀疑，当然要做到这点，必须是对办案高度负责，对无辜受害者有高度同情心，谨慎心细，明察是非，不然明摆着的疑点也会视而不见、听而不闻的。

桑怿智捕群盗

宋仁宗明道末年，京西干旱不雨，又有蝗灾，涌出恶贼二十三人。枢密院召桑怿到京城，把盗贼的名单交给他，要他前去拘捕。桑怿说：“盗贼畏惧我的声名，必然溃散，一经溃散就难捕获了。最好先装做胆怯的样子。”他一到京西便紧闭栅门，告诫军士官吏不得单独出门。住了几天，军吏不知该干什么，多次请求为捕盗效力，他总是不准。到了晚间，他和几个吏员换上盗贼服装出去，到群盗出没的地方访查。他们进入民家，居民都躲开了，只有一户有位老妇留在家，为他们准备酒菜。桑怿回来后，紧闭栅门三天，再去那里，他自己带了酒菜餐具到老妇家饮食，把剩余的酒菜留给老妇，老妇人以为他们是真正的强盗。于是稍稍接近老妇人并谈到群盗的事，她说：“他们听到桑殿直来了，都逃走了，近来又听说桑殿直闭营不出，知道他也没什么可怕的，现在又都回来了，某某在某处。”过了三天，桑怿又去，给她送了一份厚礼，并实告她说：“我就是桑殿直，烦您替我查明他们的实情，可千万不要泄漏。”又过了三日，桑怿再去，这时老妇人已弄清了群盗居住的确实地点，详细告诉了他。第二天桑怿部署军士出击，把二十三人全部捕获治罪。

简评

桑怿，北宋开封雍丘人，《宋史》称他“勇力过人，善用剑及铁简，有谋略”，曾任右班殿直等职，因而人称“桑殿直”，以善捕盗知名，后参加抗击西夏元昊兵，力战而死。在这则史实中，桑怿采取了欲擒故纵之计。纵，不是对群盗放任不管，而是先装做胆怯的样子，使之放松警惕，暗地里却紧紧跟踪贼人，作详细的调查研究，广搜情报，掌握情况，找出线索，然后聚而歼之。当然一些狡猾的盗贼他们也懂得，有时表面上的没有动静，是捕盗者设下的圈套，引鱼上钩，因此他们往往四处逃窜，不回老巢，这就得采取别的措施。

朱寿昌劝囚吐实获真凶

北宋时，朱寿昌担任阆州（治所在今四川阆中市）知州，当地一个出身大族的恶棍雍子良屡次杀人，却依仗财势，得脱死罪。这次，他又杀了人，用钱买通一个同里的平民，代他到官府受审。案件已经审结，朱寿昌经过查访，察觉其中有奸，便召来囚犯查问，对他说：“我听说雍子良给了你钱十万，答应娶你的女儿做媳妇，并招你的儿子做女婿，所以你愿意代他偿命，有没有这回事呀?”囚犯听了，开始默不作声，慢慢才变了脸色，朱寿昌启发他说：“你就要死了，那时雍子良写下契约，压你的女儿做奴婢，说给你的十万钱是佣金，不是聘金。又不招你儿子做女婿，你将怎么办呀?”囚犯一听，脸色大变，连滚带爬，泪流满面地说：“大人说得是，我这是受了雍子良的骗，几乎误死。”于是把实际情况讲了出来，原来他并没有杀人，是雍子良派人威胁他，又答应给他这些“好处”，才来替他偿命。朱寿昌立即逮捕雍子良，依法处决。全州的人都称他为神明，蜀地人民很久后还在传诵这件事。

简评

朱寿昌，字康叔，北宋扬州天长（今安徽省天长县）人，以孝母闻于天下。在处理雍子良这一案件中，能够察觉其中是买通愚民代他偿命。查清案情，置杀人凶犯于法，确是不容易的，说明他有摘奸发伏的才能。在讯问中，朱氏直接指出给钱、纳女为妇及以子为婿等，是为指名问供，在现在的审讯中是不允许的。而后面向囚犯指出他死去后，如果雍子良反口，又怎么办。这一提醒使囚犯终于觉悟，吐露真情，这一着确实高明，可供今天的办案人员参考。

吕居简智止发棺

宋仁宗庆历年间，吕居简任提点京东刑狱，时夏竦对石介怀恨在心，石介死后，夏竦对仁宗说：“石介并没有死，是向北走逃到相邻的国家去了。”于是由朝廷派出使者前去开棺验尸，居简对使者说："万一石介确实死了，朝廷就是无故发掘别人的坟墓，又怎么办？"朝廷派去的使者说："你说该怎么办？"居简说："石介死的时候，当时必然有内外亲族和门生会同安葬，问问他们就可以了。"于是使者就访问了当时会葬的亲族，并要他们写出证明，保证确实看到石介死了。使者回去报告皇上，石介的事就弄清了。吕居简是个忠厚长者，他做事大都类似这样。

简评

吕居简，宋时名相吕蒙正之第六子，后拜集贤院学士，知梓州、应天府，又进龙图阁直学士，知广州，以兵部侍郎判西京御史台。在本次事件中，他以正当理由阻止了无故发人坟墓，本来要证实这件事很容易，但乐善疾恶、遇事敢为的石介，得罪了时任副宰相的夏竦，又由皇帝派出中使，指言要开棺检查，要阻止就不那么容易了。因而《宋史》上还专门记载了这件事。

曹太后片言救苏轼

苏轼因为写诗得罪，被关在御史狱中，人们认为他一定会被处死。曹太后在病中听到这个消息，对宋神宗说："回想过去，仁宗从科举考试中得到苏轼兄弟，高兴地说：'我为子孙得了两个能做宰相的人才。'现在听说苏轼因为写诗被投进了监狱，莫非是仇人中伤他吧？搜集罪证竟涉及他的诗，其过错是微小的。我的病情已很严重，不可因冤枉好人、滥施刑罚而有损公正祥和的氛围，对他的问题宜深入考察一下。"神宗听后，哭了起来，苏轼因此得以免受刑罚。

简评

曹太后（1016—1079），宋仁宗皇后，曹彬孙女，英宗即位，尊为皇太后；神宗即位，尊为太皇太后。《宋史》本传称她“性慈俭，重稼穑，常于禁苑种谷，亲蚕”。苏轼是北宋著名文学家，“以诗得罪”是指当时的“乌台诗案”。苏轼反对王安石变法，宋神宗元丰二年（1079），他被指控写诗攻击新法，讥刺时政，被捕下狱，后被营救出狱，被贬为黄州团练副使。曹太后援引仁宗的话，指出苏轼兄弟是非常难得的人才，怎么因作诗就被捕下狱，是不是因仇人中伤，事实上苏轼的被捕，就是因政见不同，并非犯了什么罪。她又指出：搜集罪证竟涉及诗，说明即使有错也是微不足道的。因为大不了是作了几首诗吧，因此而下狱，自是冤滥无疑。作为一位封建时代的太后，能这样联系起来历史地看一个人，又能从“以作诗系狱”指出可能是“仇人中伤”，“捃至于诗，其过微矣”。其识见非常人可及。

杨一清利用矛盾除刘瑾

明武宗正德五年（1510）四月，宗室安化王寘鐇造反，明廷起用罢官居家的杨一清总制军务，与总兵官神英率师西征，武宗命宦官张永监军。大军未到，寘鐇已被边将仇钺捕获，杨一清到达后，除处理善后外，与张永深相接纳，相得甚欢。时宦官刘瑾当权，引用奸邪，陷害善类，流毒天下。张永与刘瑾之间，两人势同水火。杨一清这时与张永一起，一天，他流着眼泪对张永说：“宗室乱易除，国家内乱比这要严重得多，怎么办？”张永问道：“您这是指的什么？”一清说：“难道你忘记了别人对你的诬害？”说完，就近手书一个“瑾”字。张永说：“刘瑾日夜在皇上身边，皇上一天不见他，就不高兴。现今羽翼已成，耳目甚众，有什么办法？”一清说：“你也受到天子信任，今讨贼不付托别人，就可说明对你的信任。回京后，可送上寘鐇的檄文和说明刘瑾图谋不轨的情况，皇上必大怒诛杀刘瑾。”随后又告诉他应采取的策略。张永攘臂而起，表示死也在所不惜。

张永自宁夏回朝献俘，武宗在东华门接见赐宴。夜间，刘瑾先退，张永在怀中拿出奏疏，说刘瑾激使寘鐇造反，心不自安，阴谋不轨。武宗说：“算了，喝酒罢！”张永说：“离开这里一步，我就不能再见到陛下了。”武宗问：“刘瑾要干什么？”张永说：“他要取天下。”武宗说：“那就让他去取罢！”张永说：“那怎么安置陛下呢？”武宗这才醒悟，当夜即命禁兵逮捕刘瑾。张永等劝武宗亲去刘瑾住宅察看，当时已过午夜很久，刘瑾正在熟睡，禁兵直入，刘瑾惊问道：“皇上在什么地方？”禁兵道：“在豹房。”刘瑾披衣而起，出门被捕送监，在其家抄得黄金二十四万锭，又五万七千八百两。元宝五百万锭，又一百五十八万三千六百两。此外还有金牌、衮袍，盔甲三千，衣甲千余，弓弩五百。武宗大怒，凌迟处死刘瑾，被害诸家，争买其肉食之。

刘瑾被诛，成其事的是张永，而出谋画策的是杨一清。

简评

杨一清（1454—1530），字应宁，其先云南安宁人，父杨景携之居巴陵（今湖南岳阳市）。少能文章，以奇童荐为翰林秀才。宪宗朱见深命内阁择师教之。十四岁参加乡试中举，成化八年中进士。好谈经济大略，以副使督学陕西八年，公余探究边地情形，对边事非常熟悉。孝宗弘治十五年（1502），因刘大夏的推荐，升都察院左副都御史，督理陕西马政。西地产马，过去以蜀茶换取西番的马供军用，因商人私运茶出去图利，马换不回来。杨一清到任后，严禁茶叶私运出境，茶利入官，仍以茶换马，由此番马大量输入。不久朝廷命他巡抚陕西。世宗嘉靖时任为首辅，死后谥文襄。杨一清其貌不扬，但博学善权变，晓畅边事，才能一时无两，人比之为唐代贤相姚崇。

刘瑾得昏君明武宗信任，甚至认为取天下就让他去取，要扳倒这样一个权势赫赫的人，靠奏疏、面谏是无效的，很多人已因此被害，杨一清利用张永和刘瑾之间的矛盾，又以大义相责，使得张永同意除掉他。又利用回朝奏凯这一有利时机，抓住寘鐇曾和刘瑾暗通的事实，采取速战速决的办法，使刘瑾还蒙在鼓里，就被擒获，并被抄家，使其罪行激怒了昏庸的武宗，将其处死。在进行中，可谓间不容发，如果不是善于利用时机，就是打虎不成反被虎咬死。杨一清之善权变，也是一时无两。张永依计进行，善于抓住时机，使刘瑾无所用其奸，也是取得胜利的重要保证，杨一清也是熟悉张永的为人，才和他计议了这件大事。

人际篇

晋文公不计旧仇免新祸

春秋时，晋惠公的亲信旧臣吕甥、郤芮怕受到逼害，准备放火焚毁晋文公重耳的宫室，杀掉文公。有个名叫披的宦者求见，文公派人责备他，并且拒绝接见，对他说："那次我父亲派你进攻蒲城，来收捕我，君主限你第二天到达，你却当天便赶到了。后来我逃到狄国，随狄君在渭水边打猎，你替惠公（夷吾）来杀我，他命令你第三天到达，你却第二天就到了。虽然有国君的命令，为什么你的行动这样快速？在蒲城被你砍断的那只袖子，我还保存着呢，你还是走吧！"寺人披回答说："臣以为君主此次回国，已经懂得做国君的道理了。要是还没有懂得，恐怕又会遭受灾难。臣子对君主的命令不能怀二心，这是自古以来的传统。除掉国君的仇敌，要尽自己的最大力量。至于您当时是蒲人还是狄人，对于我有什么区别呢？现在你做了国君，难道就不会再发生在蒲、狄时那样的灾难吗？从前齐桓公把管仲射下自己带钩的事放下不问，反而任命他做了国相，国君要是对待伤害过自己的人，不同于齐桓公的做法，又何必劳您叫我走呢。现在要离开晋国的人很多，岂止我这个受了宫刑的小臣！"

文公听到后，立即召见了他，寺人披把吕甥、郤芮将要发动叛乱的阴谋告诉了晋文公。三月，文公暗地里在王城和秦穆公相会，三月二十九日，文公的宫室果然起火，吕甥、郤芮搜寻不到文公，就跑到黄河边上，秦穆公把他们诱去杀了。

简评

晋文公（前697或前671—前628），姬姓，名重耳，晋献公之子。晋国发生骊姬之乱，太子申生被杀，骊姬又谗重耳，重耳出守蒲城（在今山西隰县西北），献公使宦者履鞮（即寺人披）去杀重耳，重耳逾墙逃走，宦者追赶，斩了他的衣袖，重耳奔狄国。献公死后，晋人迎立重耳的弟弟夷吾为君，是为晋惠公。惠公怕重耳回国争位，又派履鞮与壮士去杀重耳，重耳逃到齐国。惠公死后，子圉立，这时重耳在秦国，秦穆公发兵帮重耳归晋，他在外十九年，回晋为国君时，已六十二岁。

晋文公放弃前怨，不究寺人披斩断衣袖之仇，接见了这个谁得势就依附谁的宦者，得到了晋惠公旧臣吕甥、郤芮计划纵火杀死文公这一重大密谋，避免了一场灾难。说明晋文公胸怀宽大，接受意见，因而能化敌为友，避免祸难。这个故事在历史上很有名，常与齐桓公不记管仲射钩之仇之事，并传为美谈，为后世所称道。

吴起为士卒吮疮

吴起担任将军，和最下级的士兵穿一样的衣服，吃一样的饭菜，睡觉不铺床席，行军不骑马乘车，亲自肩挑背运粮食，与士卒分担劳苦。士兵中有个背上长毒疮的，他亲口替这士兵吮吸毒液，士兵的母亲听到这件事后，哭了起来，有人劝她说："你的儿子不过是一个小兵，吴将军亲自替他吮毒疮，你还哭什么呢?"这位母亲回答道："不能这样讲，往年吴将军替他父亲吮毒疮，他父亲打仗没有多久，就死于敌手。吴将军现在又替他儿子吮疮，我不知道他将死在什么地方，就因为这伤心痛哭啊!"

简评

吴起（？—前381），战国前期卫国人。曾率领鲁国军队打退了齐国的进攻，后因受到鲁国贵族的忌恨攻击，又到魏国为大将，他和最下层的士兵同甘共苦，像对待亲人一样关心士兵的生活，甚至亲自去吮吸士兵身上毒疮的脓水，因而士兵都愿出死力，军队战斗力大大提高。在部队中，指挥员与战斗员的关系也是一种人际关系。官兵一致是取得胜利的重要保证。吴起的爱兵事迹充分说明了这一点。

田子方论富贵不可骄人

魏公子击外出，在路上遇见老师田子方，连忙下车拜伏致敬，田子方却不答礼。子击生气了，对子方说："究竟是富有和地位高的人可以傲视人呢，还是贫穷和地位低下的人能傲视人?"田子方答道："只有贫穷和地位低下的人能傲视人，富有和地位高的人怎敢傲视人呢？一国之君傲视人，必定亡国；大夫傲视人，必定亡家。亡国的人，没听说过别人还认为他是国王的；亡家的人，没听说过别人还认为他是大夫的。而又穷又贱的士人，如果建议不被采用，行事不合自己意愿，那么穿上鞋子就走，随到哪儿，还得不到个贫贱呢!”

子击听了，深深地感谢田子方的教诲。

简评

田子方，战国时人，魏文侯以为师。公成季曾对文侯说：“田子方虽贤人，并不是有土地的君主，你像对待国君一样对待他，假如有个人比子方还要贤能，你又如何加重礼遇的等级呢?”文侯说：“田子方是个仁德之人，而仁人是国家之宝。”子击是魏文侯的长子，文侯准备让他继位。田子方不为礼，是要他认识到富贵者绝不可傲视人，否则就会失去富贵，而贫贱者一无所有，不怕失去什么东西，尽可我行我素，大不了穿起鞋子走路。因为贫贱是随时随地都可得到的，这话说得很正确深刻。

陶朱公长子救弟酿悲剧

陶朱公范蠡住在陶地，生下了小儿子，小儿子到壮年的时候，朱公的二儿子杀了人，囚禁在楚国。朱公说：“杀人偿命，是罪有应得。但是我听说：富有千金之家的儿子，不死在市集上。”便告诉小儿子，要他到楚国去看看。于是包装黄金二万四千两，放在粗糙的褐色器皿里，用一辆牛车载着。朱公正要派他的小儿子启程，长子坚决请求让他去，朱公不同意。长子说：“家有长子，名曰家庭的总管，现在弟弟犯了罪，大人不派我，而要派小弟去，是我不好。”想要自杀。他母亲为他辩护说：

“现在派小儿子去，也未必能救活二儿子，而又先白白地死了一个大儿子，怎么好呢？”朱公不得已，只得派大儿子去，写了一封信要他送给老朋友庄先生。朱公对长子说：“到了那里，就把这千镒黄金送到庄先生的家里，随他怎么办，务必不要和他发生争论。”大儿子走的时候，又私自带了几百镒黄金，到了楚国。庄先生家住在郊外，门口到处是野草，生活贫困。大儿子遵照父亲嘱咐，把信打开，送上黄金千镒，庄先生说：“你可赶快离开了，千万不要停留，即使你的弟弟出狱，也不要打听是什么原因。”大儿子离开庄家后没有再去探访，却并没有走，悄悄停留下来。把私下带来的黄金，馈送给楚国当权的贵族。

庄先生找个适当时机去见楚王，说“天上某星宿位于某处了，对楚国不利，将要发生灾难”，楚王向来信任庄先生，问道：“那么该怎么办？”庄先生说：“只有做好事可以使之消失。”楚王说：“先生休息吧，寡人就去做。”楚王派遣使者封闭了国库。楚国贵族吃惊地告诉朱公的大儿子说：“王将实行大赦了。”朱公大儿子问道：“何以见得？”贵人说：“每次王将大赦，常先把国库封了，昨晚国王又派使者封了国库，是预防有人趁大赦去抢国库。”朱公大儿子认为：大赦，弟弟定将被释放，千镒黄金送给庄先生，没有什么作用。于是再去访问庄先生。庄先生吃惊地说：“你还没有走呀？”大儿子说：“确实没有走。早先原是为了弟弟的事情而来，如今听说要大赦了，弟弟自然会释放，特来向先生告辞回去。”庄先生知道他的意思是要取回金子，就说：“你自己进屋把金取回去吧！”大儿子就自己到室内取了金子带走，暗自高兴。

庄先生恼着被一个小子欺骗了，就入宫去见楚王说：“臣上次所说某星宿运行不在常轨那件事，大王说要通过做好事去消失它，现今臣外出，听到路人纷纷传说，陶地富人朱公的儿子杀了人，被囚禁在楚国，他家里拿了很多的钱贿赂大王身边的人，所以大王要实行大赦，并非为了体恤楚国人，而是为了朱公的儿子。”楚王大怒说：“寡人虽然没有什么德行，又何至于因朱公儿子的缘故而大赦！”下令判朱公的儿子死罪，杀了他，到第二天才颁布大赦令。

朱公的大儿子终于带着他弟弟的尸首回乡，到家，他母亲和当地人都很悲伤，只有朱公一个人笑道：“我早就料到他会送掉弟弟的性命。他不是不爱他的弟弟，但是他有忍耐不住的地方。他小时候和我在一起，亲尝劳动的艰苦，知道从事生产的艰难，所以对钱很看重。至于他的小弟弟，生下来就见我富有，乘好车，骑好马，出外打猎赶兔子，哪里知道钱财从何而来，所以不惜轻易用掉。原先我所以要派小儿子去，就是因为他能够舍得用钱，而大儿子不能做到，终于因此送了他弟弟的命，事物的道理就是这样，没有什么可悲痛的。我本来早就日日夜夜在等着二儿子的遗体运回来啦。”

简评

朱公即范蠡，他在帮助越王勾践灭吴称霸以后，辞去高官，涉江入湖浮海，到了齐国定陶，改姓名为“鸱夷子皮”，号朱公，在陶山下治产积居，资产巨万，世称陶朱公。他对人情世事的洞察力，由此故事可见一斑。

赵括母力言赵括不可为大将

秦赵两国军队在长平相持，赵王听信秦国的反间计，要以赵奢的儿子赵括为大将，取代廉颇。赵括熟读兵书，平日把行军作战看得很容易，及被任为大将，将要出征，他的母亲上书赵王说："不能让赵括担任大将。"赵王问道："为什么？"赵母回答说："当初我侍候他的父亲，当时他父为大将，亲自捧酒饭为人进食的数以十计，所交的朋友以百计，大王和宗室赏赐他的东西，都分给了军吏。受命为大将之日，不过问家事。现在赵括一旦做了大将，向东接见部属，军吏不敢仰视；大王赏赐给他的金帛，拿回藏在家中，而且每天在寻觅好的田宅，可买的就买了回来。父子志趣如此不同，希望大王不要派遣他。"赵王说："老母不要再说，我已经决定了。"赵括的母亲便说："大王一定要派他为将，如果将来不尽职，请不要连累我得罪。"赵王答应了。赵括担任大将后，尽改廉颇原来的军事约束，兵败身死，赵王因他母亲有言在先，没有杀她。

简评

赵括的母亲是赵国大将赵奢的妻子，秦国攻打韩国，向赵求救，赵王派赵奢为将，打破秦军，号马服君。儿子赵括少时学兵法，自以为天下无敌，曾经和赵奢谈论军事，赵奢不能辩驳他，但也不称赞，妻子问原因，赵奢说："行军作战，关系到生死存亡，而赵括说得很容易，如赵国不派他为将，就没什么事；如果一定派他为将，使赵军大败的必然是他。"赵括的母亲相信丈夫，自然也就相信丈夫的话。她把儿子和丈夫的行事加以对比，就更加断定儿子不能为将。赵奢身为大将，竟能对数以十计的人亲自为之捧饭进食，所交的朋友数以百计，说明他礼贤下士，广交宾朋，自然就能得到广泛的支持和帮助。所得赏赐，尽分给将士，必能得人死力；而且一旦受命，就不再过问家事，全力以赴，这样就使他能取得胜利。反观赵括所为，则恰恰相反，大摆架子，利归于己，重任在身，只顾买田置宅，不失败才怪。加上赵括一反廉颇所为，结果赵括被射死。(《史记》说他投降，《资治通鉴》则称“赵括自出锐卒搏战，秦人射杀之”。)赵军四十万人投降，又被秦军尽行坑杀，仅放二百四十人归赵。这是多么惨重的教训。

张耳劝陈馀忍小辱

张耳、陈馀都是魏国的名士，秦国灭了魏国以后，悬赏金购买两人的头颅，两人改变姓名，逃到陈国，靠当里中监门糊口。小吏曾因陈馀有过失而鞭打他，陈馀愤怒，想起来抗争，张耳暗中踩他的脚，要他任吏鞭打。吏人去后，张耳把陈馀引到一棵桑树下面，责备他说：“当初我和您说什么来着？现在受到一点小的侮辱，就要为一个小吏而抛掉性命吗？”

简评

张耳（？—前202)，大梁（今河南开封市）人。青年时代曾为魏国公子信陵君的食客，后任魏国外黄（今河南民权县西北）令。陈馀也是大梁人，好儒术，年少于张耳，二人为好友。项羽分封诸侯王时，张耳被封为常山王。张耳、陈馀后来成为仇敌，陈馀因背汉被杀。

这则史事原出《史记》《汉书》中的《张耳陈馀传》，冯梦龙为了使之成为一则独立的故事，稍有改动。中心意思是说明“小不忍则乱大谋”，为了将来能做一番事业，必须能忍受小的屈辱。

李夫人不以病容见汉武帝

汉武帝的宠姬李夫人，长得漂亮，又善歌舞，武帝很宠爱她。她的哥哥李延年，是宫廷乐师，有次侍候武帝跳舞，唱着歌道："北方有佳人，绝世而独立，一顾倾人城，再顾倾人国。宁不知倾城与倾国，佳人难再得。"武帝叹道："唱得好，世间难道真有这样的美人吗?"在旁边的武帝姐平阳公主说，延年有个妹妹，就是美女。武帝接着就召见了她，果然美丽善舞，由是得到宠幸，还生了一个儿子，就是后来在昭帝死后做了几天皇帝的昌邑王刘贺的父亲。

李夫人不幸得病，病重时，武帝亲自去看她，夫人盖着被子谢道："贱妾因病卧床很久，形貌已经毁坏，不可见帝，愿以儿子和兄弟托付皇帝照看。"武帝说："夫人病重，可能难以好起来，和我见见面，当面嘱托我照顾你的儿子和兄弟，难道不很好吗?"夫人回答说："妇人家不修饰容貌，不能见皇上，贱妾不敢以懒于修饰见皇上。"武帝见她推托，又鼓励她说："夫人只要见我一面，我将赐你千金，并给你的兄弟好的官职。"夫人回答说："给予好官职由皇上决定，不在一见。"武帝又说，一定要见见，夫人背转了身子，哭泣不止，不再回答。武帝讨了没趣，很不高兴，就起身走了。

武帝走后，李夫人的姐妹责备她说："贵人就不可一见皇上，把兄弟托付给皇上吗？为什么这么恨皇上呢?"夫人说："我所以不面见皇上，正是要深深地把兄弟托付给皇上。我因为容貌好，才得以出身微贱而得到皇上的宠幸。凡以美色事奉别人的，一旦颜色衰老恩爱就淡薄了，淡薄的结果是恩爱消失。皇上所以对我恋恋不舍还来看望照顾我，是因为我往日容貌姣好，现在如果看到我容貌毁坏，颜色不是从前的我，一定会因恶心而抛弃我，哪里还会愿意因思念我而照顾我的兄弟呢!”

不久，李夫人去世，武帝以皇后之礼安葬了她。后来，又以夫人的哥哥李广利为贰师将军，封海西侯，以李延年为协律都尉。

武帝思念李夫人不已，方术之士齐人少翁说能招致李夫人的魂魄，于是夜张灯烛，设帷帐，陈酒肉，要武帝坐在别的帐里，远远望见一个好女人就像李夫人一样，在帐里坐着走着，又不能跑上前去看，武帝更为思念悲感。作诗道：

“是耶，非耶？立而望之，偏何姗姗其来迟!”要宫廷乐队谱成歌曲歌唱。还作了一篇赋，以悼念李夫人。

简评

这是一个著名的故事，见于《汉书·李夫人传》。李夫人的高智商，在于她深深懂得“以色事人者，色衰而爱弛，爱弛则恩绝”，她不相信一个有着众多后妃的帝王，对她有什么真正的爱情。与其让他看到毁坏了的容貌，不如让他还留着美好的记忆，有着眷恋之情，再转移到兄弟和儿子身上。事实正如她所预计的，她死后兄弟都获得了官爵，儿子被封为昌邑王。

卓文君当垆

寡居的卓文君趁夜离家，私奔司马相如，相如带着她急忙奔回成都，文君进门一看，见相如家中穷得只剩下四面空墙。

卓王孙听说女儿私奔，大为震怒，说：“女儿太不成材，我不忍杀她，一个钱也不会分给她。”有的人去劝王孙，王孙不听。

日子过久了，文君心里不高兴，她说：“长卿，我们只要回到临邛县，就向兄弟借贷，也能维生，何必这样自己苦自己！”于是相如和文君回到临邛，把车马卖掉，买了一处酒舍卖酒，让文君亲自站到酒垆前，相如则身上围着三尺长的上面像牛鼻的短围裙，和酒保佣人在一起干活，在市面上洗涤杯盘。卓王孙听说后，觉得丢尽了面子，为之闭门不出。一些兄弟、长辈来劝王孙说：“你只有一男两女，家中所缺的不是钱财，现文君已自嫁司马长卿，长卿是自己不乐做官，虽然暂时贫困，其人才是可靠的，况且又是县令的朋友，何必这般看轻他呢！”卓王孙不得已，分给文君童仆百人，钱百万，以及文君出嫁时的衣被财物。于是文君和相如回到成都，买了田宅，成为富人。

简评

司马相如，字长卿，蜀郡成都（今四川成都市）人，西汉时著名文学家。年少时好读书、击剑。因慕战国时蔺相如的为人，改名相如。在汉景帝、武帝时充郎官（皇帝近侍），后武帝又任命他为中郎将，到四川招抚“西南夷”，去世前任孝文园令（管理汉文帝陵墓的官员）。

文君私奔相如，又在临邛当垆（垒土放酒瓮处）卖酒，促使卓王孙分与家财的故事，在历史上很有名，是两口子策划的激将法，逼着卓王孙分与钱财，这一招果然有效。她父亲觉得自己是当世富豪，女儿女婿却就在眼前开个小酒店，女儿还当着顾客坐在放酒瓮的土墩子上卖酒，何况那时文君才十七岁，“眉色如望远山，脸际常若芙蓉，肌肤柔滑如脂”，逼得做父亲的不敢出门见人，不得已分与家财。

疏广、疏受辞官

汉宣帝时，皇太子年方十二岁，已通晓《论语》《孝经》。辅导太子的太傅疏广对少傅疏受说：“我听说‘知道满足就不会受辱，知道止步就不会有危险。’现在你我做官至食禄二千石，业绩已成，名声已立，到这一地步还不离开，恐怕有后悔之事发生。”当天，叔侄二人就以有病为由，上书请求告老还乡。皇上都准许了。另外赐给黄金二十斤，皇太子又赐给五十斤。朝中大臣和故知旧交在东都门外设宴饯行，送行者车达数百辆，站在路边观看的人都说：“多高尚多光彩的两位大夫！”

疏广、疏受回到家乡，天天要家中卖金子供办酒食，邀请同族的人、老朋友、宾客，一同享受取乐。有人劝疏广用所得的金为子孙多置产业，疏广说：“我难道是老糊涂了不为子孙着想吗？只因考虑到自家原来就有旧置田地房屋，让子孙勤苦耕作，足以供给吃穿，和普通百姓一样过活。现在再增添许多成为富余的财物，会让子孙变得懒惰。子孙贤能而财富多，只会腐蚀他们的意志；子孙庸愚而财富多，只会增添他们的过失。况且财富多容易惹人怨恨，我既没有什么可以教化子孙，也不愿增加他们的过失而招来怨恨。何况这些金子是皇上的恩惠供我养老之用，所以乐意和乡邻、宗族共同享受这些恩赐，以度过我剩下的时日，这不是很好吗？”族人听了都心悦诚服。

简评

疏广，字仲翁，西汉东海郡兰陵县（今属山东）人。少年好学，精通《春秋》，家居教授。后汉朝廷征入长安为官，汉元帝刘奭被立为皇太子，他开始担任少傅，后为太傅，负责辅导太子。他哥哥的儿子疏受字公子，为人恭敬谨慎，聪明会说话，担任少傅，协助辅导太子。他们叔侄同为太子的老师，人们都很羡慕。

五年之后，太子已经十二岁，疏广就提出和疏受一同辞职归家，就是本文中所记述的事迹。《资治通鉴》所记，本于《汉书·疏广传》，历来为人所称颂，一是疏广能够知足、知止，功成身退，使自己和侄儿能始终保持荣誉和生命，“皆以寿终”。西汉王朝功臣被杀戮的比比皆是，疏广适可而止，说明他识时务。二是他不把皇帝所赐金留给子孙，他有两句名言：“贤而多财，则损其志；愚而多财，则益其过。”凡是为子孙计长远的人，都应该这样。

寇恂回避贾复

东汉光武帝时，寇恂任颍川太守，执金吾（掌管京师治安）贾复驻扎在汝南，他的部将在颍川郡内杀人，寇恂将他逮捕禁闭起来。当时，一切还在草创之中，军营中有人犯法，大都互相包容，寇恂却把贾复的部将杀了。贾复认为这是对自己的羞辱，叹息不已。当他路过颍川时，对左右的人说：“我与寇恂都是将帅，现在被他陷害，大丈夫哪有被欺凌侵犯而不和他决斗的呢？这次如果见到寇恂，我一定要亲自杀死他。”

寇恂听说贾复要报复他，就避着不会面。他的部属谷崇说：“我谷崇是一名武将，我可以带剑站在你身旁，如猝然发生变故，我足可以和他较量。”寇恂说：“不能这样办，从前蔺相如不怕秦王而甘愿屈服于廉颇，是为了国家。小小的赵国，还有人懂得这个道理，我怎么可以忘记国家呢！”于是命各属县准备好的酒菜，等执金吾的军队过境时，一个人供应两个人的酒食。寇恂自己到路上去迎接，很快又装做有病回去了。贾复想带兵去追赶，但官吏士兵都喝醉了，只得过境而去。

寇恂将经过情况派谷崇报告皇帝，光武帝召寇恂还朝，被接见时，贾复已先在座，想起身回避。光武帝说："现在全国还没有平定，你们二位虎将怎么能为私怨而自相争斗，今天我来替你们调解。"两人并排坐着，攀谈起来，谈得非常愉快，末了共坐一车出朝，成了好朋友。

简评

寇恂字子翼，从光武帝征伐，名重朝廷，是云台二十八将之一。他所得俸禄赏赐，多转赠朋友和相从的将士吏员，时人称赞他品德高尚。贾复的部将在他管辖的颍川郡内杀人，他不因当时法纪不严而宽纵犯罪，当贾复要报复他时，又主动回避，不与之争斗，说明他为国忘私，光明磊落，使蔺相如的风范，复见于当时。他及时报告皇上，使问题得到完满解决，说明他善于处理矛盾，也是见识高人一等。

刘睦不愿扬声誉

光武帝的侄孙刘睦，年少时就爱读书，光武帝及明帝都喜爱他。有次刘睦派中大夫到京师洛阳去朝贺，临行前召见中大夫，问他道："如果朝廷问到我的情况，你将用什么话回答？"使者说："大王忠孝仁慈，敬重接近有才德的人士，我怎敢不照实回答。”刘睦说：“吁！你这可是害我啦，这是我年幼时的表现。大夫可回答说，自我继承王位以来，意志衰退懒惰，爱好音乐女色，喜欢养狗骑马，这样说才是爱护我啊！”他的畏惧谨慎到了如此地步。

简评

刘睦，东汉光武帝之兄刘仲嗣子刘兴之子，袭父爵为北海敬王。《后汉书》本传称他“少好学，博通书传”、“性谦恭好士，千里交结，自名儒宿德，莫不造门，由是声价益广”，而当时“禁网尚阔”、“法宪颇峻”，于是“谢绝宾客，放心音乐”。本文所记他派中大夫去京朝贺的一番嘱咐，就是他怕遭朝廷忌惮的举动。历史上王国造反，总是先立名誉，广收人心，朝廷因此对声誉广、有作为的王国最不放心，要设法削夺以至除掉他们。刘睦深知朝廷与王国这种既相亲又猜忌的特殊关系，故意自己贬低自己，使朝廷不怀疑他而得到保全。居安思危，计及长远，使他没有因声誉高而受祸。

宋弘婉言拒婚

光武帝的长姐湖阳公主刘黄刚死了丈夫，光武帝和她一起谈论朝中大臣，以便细察她的意向。湖阳公主说：“宋公容貌威严，道德器识高超，大臣们都比不上。”光武帝说：“我将谋划谋划这件事。”

后来宋弘被光武帝接见，光武帝叫公主坐在屏风后面，因而对宋弘说：“俗话说地位高了就更换朋友，富裕了就更换妻子，这是人之常情吗?”宋弘说:“我听说贫贱时的知心朋友不能忘记，共过患难的妻子不可遗弃。”

光武帝回头对公主说:“事情办不成了。”

简评

宋弘，字仲子，京兆长安（今陕西省西安市）人，西汉时曾为官，光武帝即位后，官至大司空（与司徒、太尉并称三公），封栒邑侯，以荐贤、人品高尚著称。他的“不弃糟糠”，已成千古传诵的美谈。光武帝这位长姐湖阳公主，在《后汉书》上出现过两次，除了本文中说的外，在《董宣传》中，她的苍头（家奴）竟敢白日杀人，董宣命人一顿打死，她还逼着光武帝治董宣的罪，幸而光武没有听她的话，说明这位公主品性不佳。

这个故事显示了光武帝和宋弘的智慧。光武虽贵为天子，他没有直接提出湖阳公主的婚事，而是先设想了这样一个命题:“贵易交，富易妻”，还问是不是人之常情，以探询宋弘的态度。这种方法，通常称之为投石问路，看似离题，实际言外之意与话题紧密相关，听者心领神会，作出答复，表明态度。

宋弘的答复也很巧妙:“臣闻贫贱之知不可忘，糟糠之妻不下堂。”试想皇帝亲自代皇姐向臣下求婚，这面子多大，如果直接拒绝，会使双方难堪，他从人的修身处世应采取的态度来回答了光武的询问，就是转了个弯子，从另一角度、另一侧面含蓄婉转回答了皇帝的提问，既不冲撞皇帝，又态度明确。

夏侯氏斥夫

东汉时，朝中大臣地位相当丞相的司徒袁隗，要替侄女找郎君，见到名士黄允后，赞叹说："要是能得到这样的女婿，也就心满意足了。"黄允听到这消息后，大为惊喜，一心想攀附权贵的他，就想遗弃他的结发妻子夏侯氏，另娶袁氏。夏侯氏得知这事后，并不惊慌，只是对婆婆说："现在我很快就会被休弃了，从此将永远告别黄家，请求让我和亲属会一次面，借以叙叙诀别之情。"她婆婆答应了。

于是黄家邀集了宾客三百多人，夏侯氏坐在中间，向客人致意后，卷起袖子，揭露了黄允十五桩隐藏得很深的丑恶勾当，说完，登上车就走了。

黄允因此弄得身败名裂，人们都不理他。

简评

夏侯氏生平不详，但因此一事，使她名登史传，流芳百世。黄允字子艾，本以俊才知名，当时以善于识别人才著称的郭太（林宗）对他说："你有过人的才能，足以成为杰出人物，然而怕你不能保持优良的道德品质，又会失掉成为杰出人物的可能。"果然后来发生了本文所记的这件事，从此被时人唾弃。

夏侯氏听到丈夫为了攀附朝中贵官要休掉自己，深知丈夫性格的她，并不因此而惊慌失措，也不苦苦相求。只是创造一个适当的场合，当众把他的丑行揭露无遗，使他肮脏的灵魂暴露在三百多个宾客面前，一下子使这个被郭太称为"有绝人之才，足成伟器"的黄允，名誉扫地，成为不齿于人的废物。一个妇女有此胆识才略，是极不寻常的。

周瑜劝孙权拒送人质

曹操下书孙权，要求他派儿子到许昌做人质。孙权召集僚属开会，张昭、秦松等犹豫不决。孙权领周瑜到母亲吴夫人前决定大计。周瑜说：“从前楚国开始受封的时候，土地不过一百里，后代的国君贤能，扩充土地，开拓疆域，遂据有荆州、扬州，传授基业，延长国统，一共九百多年。现在将军继承了父兄功业，兼有六郡的人民，军队精良，粮食丰富，将士用命，开山冶铜，煮海成盐，境内富饶，人不思乱，有什么事情逼迫你而要送子为质呢？人质一送去，就不能不和曹操连成一体，和他连成一体，他来召唤就不得不去，这样一来，您就受到别人的控制。最多不过得到一个侯印，十几个仆从，车几辆，马几匹，哪能和南面称孤相比呢？不如不派人质，慢慢观察他的变化。如果曹操能够用道义匡正天下，那时将军事奉他还不算晚；如果是图谋为暴乱之事，他自己救亡图存还没有时间，怎么还能害人呢？”吴夫人说：“公瑾的意见是正确的，公瑾和伯符同年，小一个月罢了，我把他当做儿子看待，你要像对待兄长一样侍奉他。”于是不送人质。

简评

周瑜（175—210），字公瑾，庐江舒县（今安徽庐江西南）人。三国时吴国名将，少年时和孙策为友，帮助孙策在江东创立孙吴政权，是孙吴政权的重要决策人物，赤壁之战中的主帅。汉献帝建安七年（202），曹操下书孙权，要他送儿子去许昌做人质，张昭、秦松打不定主意，主要是害怕曹操，而周瑜则坚决反对送人质，认为一送去就将受制于曹操，这自然是正确的。有了人质，不仅大国可任意制裁小国，有时小国也能玩弄大国于股掌之上，历代已有不少这类事例。当时曹操打败了袁绍，势力更加强大，周瑜敢于顶住他的压力，曹操也无可如何。这里也可看到周瑜有过人的谋略，后来赤壁之战中力主抗曹，亲临前线指挥，赢得巨大胜利，决不是偶然的。张昭、秦松则又扮演了投降派的角色，也由来已久，人物从这里分出了高下。

李衡自囚免祸

三国时，吴国丹阳太守李衡，多次为一些事冒犯琅邪王孙休，他的妻子习氏一再劝告他，李衡不听。琅邪王为此上书，请求把封地移到他郡，吴王诏令移到会稽。琅邪王即位为皇帝后，李衡忧虑惧怕，对妻子说："以前不听你的劝告，才落到今天这样担惊受怕，我想投奔到魏国去，你以为如何?"妻子说："不行，你原是个平民百姓，先帝过去提拔你，既多次对琅邪王无礼，又这样自己猜忌疑心，想叛逃求得活命，为这事回到北方，有什么脸面去见中原人士呢？琅邪王素来就爱做善事，追求好的名声，当前正要在天下人面前显扬名声，最终不会因私怨杀死你，这是明摆着的事情！可自己以囚犯的身份投案，上书承认以前的过失，明白表示承担罪责，这样做，预料将会受到优待，不仅是能保全生命。"李衡照妻子的话做了，吴主果然在赐给他的诏书中写道："丹阳太守李衡，为了往事自生嫌疑，自己拘囚到管刑狱的衙门。在历史上管仲想射杀桓公，误中带钩，寺人披想刺死重耳，斩断了重耳的衣袖。可是君主都没有加罪他们。既然做了君主，就要有君主的气度。现在李衡仍回原郡任职，不要自生疑心。”还加赠威远将军的官衔，赐予仪仗一副。

简评

李衡字叔平，东汉末年为武昌庶民，孙权引见，大为赏识，后任丹阳太守。时孙权第六子孙休在丹阳郡，李衡数以法纠察他。后孙休当了皇帝，李衡的妻子习氏要丈夫自己投案，果然孙休没有加罪他，这里既表现了李衡的敢于依法对待皇亲，又表现了李妻习氏的胆识过人，也表现了孙休不计私怨的宽宏大度。

温峤巧脱牢笼

东晋时，温峤有担负国家重任的才干，晋明帝亲近信任他，为驻守武昌的大将军王敦所忌，因而请朝廷派温峤担任他军中的左司马，以便控制他。王敦拥兵自重，轻视朝廷，骄横跋扈，温峤劝告王敦尊重朝廷，像周公对待成王一样，小心事奉明帝，王敦不接受。温峤知道他不可能醒悟悔改，于是假装投靠王敦，尽力为他处理军府事务，秘密为他出谋划策，以满足他的欲望。又深交王敦的党羽钱凤，为钱凤提高声誉。温峤素有会识别人才的名声，钱凤听说温峤称赞他，非常高兴，也就和温峤很要好。

恰逢丹阳府尹一职缺人，温峤对王敦说：“丹阳尹是京城的喉舌，位置非常重要。得有一个文武兼全的人，您应该自己选择合适的人，如果由朝廷派人，有可能不恰当。”王敦赞成他的看法，问温峤派谁去好。温峤说：“我认为钱凤可以。”钱凤也推举温峤，温峤假意推辞，王敦不依，就上奏朝廷以温峤为丹阳尹。

温峤还怕钱凤又出来阻挠，趁王敦为他饯别，温峤站起来劝酒。到钱凤面前，趁钱凤还没来得及干杯，温峤假装酒醉，拿起手里的记事版把钱凤的帽子打在地上，脸色一变说："你钱凤是什么人，我温太真敬酒，竟敢不喝!"王敦以为他醉了，两边代为解释化解。

温峤临去，和王敦等人告别，显得十分难舍，眼泪长流，走到门口，又回转进去，三番五次之后，才上路而去。等到温峤走后，钱凤进去对王敦说："温峤和朝廷关系密切，又和朝中大臣庾亮有深交，我看此人未必可信。"王敦说："温太真昨天喝醉了，言谈举止小有冒犯，怎么能因这点小事就互相猜疑。"因此，钱凤想追回温峤的图谋没能实行，而温峤得以回到都城建康，向朝廷报告了王敦企图叛乱的阴谋，请朝廷先做好对付王敦叛乱的准备工作。

简评

温峤，字太真，东晋太原祁县（今山西祁县东南）人。《晋书》本传称他"性聪敏，有识量，博学能属文，少以孝悌称于邦族。风仪秀整，美于谈论，见者皆爱悦之"。曾为平北大将军刘琨的部将，领兵讨伐石勒，屡有战功。明帝时任侍中、中书令，参与朝廷大政的谋议。王敦举兵反叛，他被任命为抗击叛军的指挥官，王敦上表要杀的"奸臣"，以温峤为首，他募人活捉温峤，要"自拔其舌"，结果王敦兵败身死，温峤被封为开国公。后来他又和陶侃等一同平定了苏峻之乱，可惜只有42岁就因病去世，"江州士庶闻之，莫不相顾而泣"，其得人心如此。

他担任王敦的左司马，先是劝说王敦尊重朝廷，见他始终不悟，就反转来假装投靠他，为他出谋划策，还结交他的党羽，取得信任，这就是通常采取的将欲取之、必先与之的办法。为了打败他，故意先亲近他，使他放松警惕，视为同党。温峤终于找机会获准回到建康，把王敦将叛乱的信息报告朝廷，使之早做准备。当他快离开王敦军营时，又故意装醉戏侮钱凤，使钱凤去向王敦进言中途截留他时，王敦以为是钱凤因私恨而进谗言，听不进去。这一行动充分表明了温峤深知钱凤的为人，预料到出发后可能发生的情况，事先设下圈套，使王敦、钱凤自己投进去，王敦到最后才知道受了骗。王敦为人凶残，机警过人，却被温峤骗了，说明温峤的识量智谋远在王敦之上，非常人所能及。

石勒不记布衣之恨

后赵王石勒把家乡武乡地方的年老亲朋都召集到都城襄国（今河北邢台），和他们坐到一起，高高兴兴地饮酒畅谈。从前，当石勒还是个平民百姓的时候，和一个叫李阳的人作邻居，多次为争一个浸泡麻的池塘，互相殴打，因此独有李阳不敢前来。石勒说：“李阳是条好汉，当年我和他争池塘浸麻，以至互相殴打，那是小老百姓之间的怨恨，而今我要容纳天下，怎么还会记恨一个平民男子！”立即把他召来一道喝酒，还拉着他的手臂说：“往日我给够了你的老拳，你也让我尝够了你的毒手。”接着又任他为参军都尉。

简评

石勒（274—333），字世龙，上党武乡（今山西榆社北）人，羯族，十六国时期后赵的建立者。幼年曾做小贩、佣工，青年时又被卖到山东做奴隶，聚众起义，后投刘渊为大将，晋元帝大兴二年(319) 自称赵王，十年后灭刘曜建立的前赵，取得中国北方的大部分地区，建都襄国，三年后称帝。

石勒从“兼容天下”着眼，不记“布衣之恨”，对往日冒犯过自己的人不但不报复，反而封以官职，这种大度容人的君子之风，也许正是他取得成功的一个重要原因。过去的事情已经过去了，聪明的人总是着眼于现实和未来，何况双方都是为了浸麻而争夺池塘，也都是双方都因利己自私而发生争斗，说不上谁对谁错，因为做了皇帝而去报复别人，就是以势压人，还谈得上什么“兼容天下”。石勒有见于此，自是他的高明之处。

郗超遗计使父节哀

东晋时，郗超与桓温结党，因他父亲郗愔忠于东晋王朝，就不让父亲知道这件事。后来郗超患病，到他病情严重的时候，拿出一箱信件交给门生说：“老人家年岁大了，我死了以后，如果因为过度悲伤，以至影响到睡眠饮食，你就把这个箱子呈上去；如果不是这样，就把它烧掉。”

郗超死了以后，郗愔果然因为丧子悲痛致病，于是门生把箱子呈交给他，郗愔打开一看，都是郗超与桓温往来密谋的信件，郗愔大怒骂道：“这小子死得太迟了。”于是不再悲哭。

简评

郗超字景兴，一字嘉宾，东晋大臣郗鉴之孙，郗愔之子。与东晋朝掌握军政大权谋废东晋皇帝自立的桓温为一党。官至中书侍郎。性好施与，他父亲郗愔喜欢聚敛资财，有次打开库门，让郗超爱什么拿什么，他在一天内就把库中财物尽数给了亲朋故旧。又多谋略，四十二岁就去世了。

本文记述郗超知道父亲忠于朝廷，而自己与桓温结党，一旦父亲知道这件事，就会因政治观点的不同而引起感情的巨大变化，事实证明了他的预见。

姚崇不庇护儿子

唐代大臣姚崇的两个儿子在洛阳任御史分司，仗着父亲提拔过魏知古（当时以宰相分管东都洛阳选举人才的事），干了些弄权请托的事；知古回京后，报告了玄宗。有一天，玄宗从容地问姚崇道："你的儿子才干品行怎么样，现在担任什么官职？"姚崇揣度到皇上的意思，答道："我有三个儿子，两个在东都，他俩贪欲多，行为又不检点；必定是有什么事请托魏知古，我还没有来得及问他们。"玄宗先以为姚崇必定要为儿子掩护，及至听了姚崇的话，高兴地问："你是怎么知道的？"姚崇回答说："魏知古做小吏员的时候，我爱护培养过他，我的儿子愚蠢，以为知古会感激我，容许他们干非法的事，所以敢于去请托他。"玄宗于是认为姚崇没有私心，反嫌魏知古有负于姚崇，要斥退他。姚崇坚决请求说："我儿子不成样子，扰乱了陛下的国法，陛下赦免他们的罪，已经是很幸运了。倘若因我而罢斥魏知古，天下人必定以为陛下对我偏心，这就有伤圣明的政治了。"玄宗等了很久才同意。

简评

魏知古起于小吏，因姚崇的引荐，以至同为宰相，姚崇有点轻视他，要他分管东都洛阳选举人才的事，又派吏部尚书宋璟在门下省审定官员的录用，魏知古因此恨他，趁着姚崇二子有所请托，在皇帝面前说出，借此中伤姚崇。姚崇听玄宗一问，就知道皇帝的用意，并不隐讳，让玄宗认为他没有私心，对负恩打小报告的魏知古，反而感到讨厌，姚崇这时又替他说好话，更使玄宗觉得他毫无私心。后来魏知古还是由宰相罢为工部尚书。姚崇为一代名相，始终得到玄宗的信任，善于处理君臣左右之间的关系，也是一个原因。

郭子仪大度

郭子仪为大将，曾报请委任州县官一人，没有得到批复，其下属官佐属吏互相议论道："以郭令公的功勋德望，报一个属下官吏也不批准，宰相为什么这样不识大体。"郭子仪听到后，对他们说："自从国家用兵以来，各方镇的武将多专横暴虐，凡有什么要求，朝廷常常不得不委曲照办；这没有别的，是怀疑他们出事。现在我郭子仪所呈报的事，皇上认为不可行而搁置起来，这是不以方镇武臣相待，对我特别亲厚，各位正当祝贺我，又有什么可奇怪的呢！"听到的人都很佩服。

简评

郭子仪（697—781），华州郑县（今陕西华县）人，平"安史之乱"功勋卓著，封汾阳郡王。他一生对朝廷忠心耿耿，对部下仁厚宽大，赏罚分明。他多次遭到宦官程元振、鱼朝恩的诽谤，引起朝廷猜忌，而他虽然手握重兵，又驻在外地，诏书一到，立即上路，毫无怨言，使谗言离间不能得逞。

本文所记，说明郭子仪能从朝廷不疑这个大处着眼，因小见大，对委任一个州县官朝廷不批这件小事，不但不生气，反而觉得是朝廷信任自己的表现，值得祝贺。因角度不同，对一件事情的看法，得出了完全不同的结论。特别是当时局动荡不安的时候，朝廷对拥重兵的将帅往往非常猜忌，事事掣肘，一些名将如韩信、檀道济等甚至被杀，因此朝廷对他们的“委曲从之”只不过是为了笼络他们，并非真的亲重他们。当时安史之乱未平，朝廷对郭子仪敢于这样，是相信他不会因此生变，这种信任比什么都重要，郭子仪能看到这一点，说明他洞悉君臣关系，见识高超。当然不计小得小失，也自有令公的胸襟气度。

唐代宗善处婿女纠纷

郭子仪的儿子郭暖娶了升平公主，郭暖有次和升平公主斗嘴，郭暖说：“你仗着你父亲是皇帝吗？我父亲因不屑于做皇帝而不做呢！”公主一听，气愤极了，急忙驱车回宫报告父亲。代宗说：“这不是你所能知道的。他父亲确实是这样，如果他父亲想做皇帝，这个天下怎么能还是你家的呢？”安慰劝导了一番，要她回婆家去。郭子仪听到这件事，把郭暖禁闭起来，自己进宫去听候处分。代宗说：“俗话说：‘不装痴呆，不装聋子，不要做阿爷阿公。’小儿女闺房中说的气话，有什么值得听的！”郭子仪回到家，拿棍棒打了郭暖几十下。

简评

唐代宗李豫，唐肃宗长子，唐玄宗的嫡皇孙，《新唐书》称他“聪明宽厚，喜愠不形于色”。肃宗时，代宗曾以广平王的名号为天下兵马元帅，郭子仪为副元帅，率军讨伐安禄山、史思明，收复两京，对郭子仪的忠诚是比较了解的，但因宦官程元振的离间，曾一度免去郭子仪副元帅的职务，但不久就醒悟了。郭子仪“以身为天下安危者二十年”，连续任中书令二十四年，他想要取代李家做皇帝，确实非常容易，但他没有这样做，代宗以此教育他的女儿，使他这位骄傲的公主有所收敛。当郭子仪上朝听候处分时，他又以亲家翁的身份劝郭公不必如此认真，从而轻易地平息了这场小风波。说他“聪明宽厚”，确是如此。

郭进使诬己者立功赎罪

宋太祖时，郭进任西山巡检，有人告他私自与河东的割据势力刘继元通谋，有背叛朝廷的打算。宋太祖因他诬害忠臣，大为生气，下令将诬告的人捆了起来，交郭进自己处置。郭进得到这个人后，没有杀他，对他说：“你如果能够为我取得刘继元的一座城或一座营寨，不仅能赎免你的死罪，还可请求朝廷赏你一个官职。”过了一年多，这个人劝诱刘继元的一座城来降服，郭进详细列举这件事，上报朝廷，请求赏以官职。宋太祖说：“你诬告陷害我的忠良之臣，这件功劳仅可赎你的死罪。赏官的事不可能得到。”命将这个人送还郭进，郭进又请求说：“如果使臣失信于人，则不能用人了。”宋太祖于是赏授这个人一个官职，君臣之间，互相看得很清楚。

简评

郭进，深州博野（今属河北）人，少时贫贱，为富家佣工，倜傥任气，结交豪侠，先在五代后汉高祖刘暠（知远）下为州刺史，后归宋太祖。刘继元是刘知远之弟刘崇的外孙，本姓何，刘崇之子刘钧养继元为子，改姓刘。刘崇后即皇帝位，国仍号汉，史称“北汉”。刘钧死后，继元袭位。因此诬告者说郭进阴通刘继元。

本则故事说明郭进善于处理人际关系，能变不利为有利，化消极因素为积极因素。使一个因怀恨而至诬陷自己犯通敌罪的人，能踊跃杀敌立功。关键是能抛开自己的恩怨，以国家利益为重。这类事例历史上还有很多。

王旦宽容寇准

北宋时，枢密使寇准多次在宋真宗面前说宰相王旦的是非，而王旦却专在真宗前称道寇准。真宗对王旦说：“你虽说他好，他可专说你的坏话。”王旦说：“按理本来也是这样。我担任宰相的时间长，政事上的失误必然多，寇准对陛下无所隐瞒，更加可以看出他的忠诚正直。这就是我所以敬重他的原因。”真宗因此更加觉得王旦是位贤臣。有一次，中书省因事发文到枢密院，违反了文书规定的格式，寇准在枢密院，便把这事报告了皇上，王旦受到批评，上朝谢罪，中书省的值班官吏都受到了处分。不到一个月，枢密院有事行文到中书省，也违反了规定的格式，值班官吏可高兴了，忙呈送给王旦，王旦命他退还枢密院。寇准深感惭愧，见到王旦后说："同年，你怎么能有这么大的度量啊？"王旦未加说明，点头微笑而已。

寇准被免去枢密使以后，托人向王旦请求作使相（外官兼宰相名号），王旦惊讶地说："将相的任命，难道是可以私人求请的吗？我不接受私人的请托。"寇准因此非常怨恨他。不久，寇准被授以武胜军节度使、同中书门下平章事。寇准入朝拜谢说："要不是陛下了解我，怎么能到这种地步。"真宗说明是王旦推荐的。寇准又惭愧又赞叹，自以为赶不上他。

简评

王旦（957—1017），字子明，大名莘（今属山东）人，北宋名臣王祐的儿子。太平兴国时进士及第，与寇准同榜，因互称"同年"。王旦任宰相十二年，不置田宅，为北宋有名纯臣。

王旦在处理和寇准的关系上，既体现了他的宽容大度，品德高尚，也说明他善于处理人际关系。当寇准故意给他难堪时，他不借机报复，形成朝臣互相倾轧，抵销力量。当寇准向他求官时，他表示拒绝，而私下却又推荐了他，使寇准心服口服。后来当王旦临终时，真宗问他谁可继任宰相，他不记前嫌，唯才是举，又推荐了寇准，使寇准得为宰相，得以发挥这个有缺点的人才的才能。这些都是有过人之量，过人之才，因而宋仁宗称颂他为"全德元老"。

徐达以恭谨保身

明太祖朱元璋以忌刻寡恩、杀戮功臣著称于世。很多开国元勋如李善长等都不得善终，而位高权重、推为功业第一的魏国公徐达却不但得保全首领，死后朱元璋还为他停止上朝，深表悲恸，追封为中山王。这又是为什么呢？原来徐达深悉朱元璋的性格，处处表现得谦逊恭谨，不敢有半点非分越礼的地方，使得小心眼时刻防备功臣造反的朱元璋放心，《明史·徐达传》记载了他的几个故事。

徐达常常被朱元璋派遣率大军出征，一般是春天派出，冬天召还，回朝就交上将军印，休假，开宴会，以布衣兄弟相称。徐达心知肚明，朱元璋越是热情慰劳，他却越是恭敬谨慎，半点不敢放肆。一次朱元璋对他说："徐兄功大，没有一所好的住宅，我把那所旧宅子送给你老兄如何？"徐达听了，立刻辞谢说："那可不行，臣坚决不能接受。"原来这所宅子是朱元璋为吴王时所居，徐达要真的接受了，可就犯了大忌。

一天，朱元璋与徐达到了徐达的官邸。朱元璋强迫他喝酒，以致大醉，朱元璋把一床大被盖在他身上，把他搬到正卧室，旧谓之正房，现称主卧。徐达醒后，发现自己睡到了不该睡的地方，连忙走下台阶，伏在地上，连呼该死该死。朱元璋看了，大为高兴，命有关部门在旧邸前建大宅，作为徐达的新居。

徐达说话不多，而思虑精密，在军中，令出不二，威信极高，下边的将领既敬他又怕他，但在皇帝朱元璋面前，恭敬谨慎，好像话都说不好。他与士卒同艰苦，纪律严明，民不苦兵。出征回朝，单车归家，延礼读书人，谈论终日，朱元璋称赞他说："受命而出，成功而回，不骄傲，不自吹。妇女无所爱，财宝无所取。光明正大，没有瑕疵，像太阳月亮一样发光发亮，满朝中只有徐大将军一人。”这是极高的评价。死时才五十四岁，追封中山王。

简评

太平原是将军定，不许将军见太平。功高震主，兔死狗烹，韩信彭越，助刘邦兴汉业，定天下，结果因疑其造反，身死族灭。徐达深知这个道理，朱元璋多次试探他，他心知肚明，未中他的圈套，反而加倍小心谨慎，使得朱元璋放心。相反大将蓝玉因侍宴傲慢，在军进止自专，心怀怨望，被人告发谋反，族诛者一万五千人。于是在朱元璋晚年，元勋老将相继尽死，至靖难之变，建文无将可用，终明之世，没有再见到战功赫赫的大将，土木堡之变，几至亡国，幸有一个于谦，也功成身死。

胡林翼交欢官文

清代咸丰五年（1855）三月，湖北布政使胡林翼署湖北巡抚，负责长江南岸军事。但是清廷对汉人一向是不放心的，为了镇压太平军，他们不得不重用汉人，但又不能使他们权力过大，于是派了原荆州将军官文任湖广总督，驻军襄阳，以后又加命官文为钦差大臣督办湖北军务，以便监督胡林翼。

官文字秀峰，辽阳人，满洲正白旗，以后还担任过直隶总督，内大臣。死后谥文恭，虽终其一生，官高爵显，却是个平庸贪鄙的人。他做官的诀窍是避难就易，因人成事，不费力气，收已成之功。他到湖北后，很快官、胡两人的矛盾就显露出来，胡林翼要参劾的官员，有的官文反而要向朝廷推荐，使居要职。总督府财用不节省，不足则提军粮，耗费达十余万金。胡林翼积不能平，对下属阎敬铭说：“现在筹粮如此艰难，而他用之如泥沙。进贤退不肖，是大臣的职责，而他却动辄乖谬，如果不据实呈报朝廷，劾奏他的错误和不法情事，恐怕会误湖北的大事。”

阎敬铭听了，却大不以为然，对胡林翼说：“胡公你错了，本朝两百年中，不轻以汉人专掌兵权，现在官文以钦差大臣督办湖北军务，又是旗人，为朝廷所倚仗，每有大事，可借重他的话以求得您所要求的。这样大事才有希望办好，即使每年捐十多万金供给他，也无不可。至于他安排一两个私人，可容纳的就容纳下来，不能容纳的设法调开。这样他没意见，办起事来就不会为难我们。和这种人共事，可是求之不得，为什么您反而要让他离开呢？而且总督、巡抚互相劾奏，且不说未必能胜，即使能胜，能保证后来者必定胜过前任吗？”

一席话，把胡林翼说得连连点头称是，拍案叫绝。这阎敬铭真是见识高超，难怪其后来官运亨通。

胡林翼从此刻意交欢官文，该奏劾的也不奏劾了。湘军悍将李续宾败死三河，官文坐视不救，胡林翼当时因母丧在家守制，回任后没有追究官文的责任，反而说他能顾大局。官文唆使樊燮京控左宗棠，使左几遭不测，胡是陶澍的女婿，左宗棠之女为陶澍儿媳，二人是姻亲又是好友，胡林翼为了不得罪官文，也只得由在北京的郭嵩焘、王闿运等通过潘祖荫、肃顺等搭救，同时疏荐左宗棠才堪大用，又致函官文，说明他们是私亲，自幼相处，希望他这位中堂老兄格外垂念，他是烧香拜佛，一意诚求，最后因各方疏通，左案得解，以四品京堂随同曾国藩襄办军务，由幕僚转为正式官员，不数年还升了浙江巡抚。

为了交欢官文，官文有宠妾，拜胡林翼母为义母，两家关系又进了一层。

《清史稿》上说：“林翼威望日起，官文自知不及，思假以为重，林翼益推诚相结纳，于是吏治、财政、军事悉听林翼主持，官文画诺而已。不数年，足食足兵，东南大局，隐然以湖北为之枢。”

官文更从两家交欢捞得了好处，他依靠胡林翼指挥作战，筹划一切，自己坐收其功，“累晋大学士，授为钦差大臣，眷宠隆洽”。二人交欢，可称双赢。

简评

历史上因得罪权贵而致倾家杀身的所在多有，东汉名将马援有疾，光武帝婿梁松来拜望，马援以松是晚辈不以礼回答，梁松恨之，后马援出征五溪失利，病卒，梁松为监军，诬陷马援，光武帝大怒，家属受到迫害。西晋稽康也因不礼钟会被诬陷致死。

将帅不和，为兵家大忌，窝里斗，常是两败俱伤，待人处事和为贵。当然，官官相护，狼狈为奸，甚至助桀为恶，则是同恶相济，又当别论。

烛之武退秦师

晋文公和秦穆公围攻郑都，因为晋文公出亡经过郑国时，郑文公对他无礼，并且有了二心，暗地里和楚国亲近。晋军驻扎在郑国的函陵（在今河南新郑县北），秦军驻在郑的汜南（在今河南中牟县南）。

郑国大夫佚之狐对郑文公说："国家很危险了，如果派烛之武去见秦君，他们的军队一定会撤走。"郑文公听从了他的建议。

晚上，烛之武用绳子缚住身体，从城墙上放下去。他见了秦穆公，说："秦、晋两军围攻郑都，郑国已经知道要灭亡了。假如灭了郑国而对您有益，岂敢来麻烦您的办事人员。不过越过一个国家，而以远处地方做自己的边邑，要管辖它，您知道那是很困难的。那么，您又何必灭亡郑国去扩大邻邦晋国的土地呢？邻国的力量雄厚了，就等于您的力量被削弱了。假如留下郑国，把它作为通向东方道路上的主人，秦国使者来往经过，郑国可以供给他们缺乏的物资，这对您秦国也没有什么害处啊！况且您曾对晋君有恩惠，晋惠公答应给您焦、瑕（在今河南省三门峡市一带），可是他早晨渡河回国，晚间就在筑城备战了，这是您所知道的。晋国哪里还有满足的时候。晋既然灭了郑作为它东边的疆界，就会又想极力扩展西边的疆界，若不损害秦国，还能从哪里取得土地呢？这种损害秦国而有利于晋国的事情，该怎么处理，只有请您好好考虑了。”

秦穆公听了很高兴，便和郑国订立了盟约，撤兵回去了。

简评

烛之武，郑国大夫，郑文公原来没有重用他，周襄王二十二年(前630)，秦、晋围郑，大军压境，不得已而去求他。开始烛之武提出“今老矣，无能为也”，郑文公向他作了检讨，他才答应去见秦穆公。烛之武利用秦晋之间的矛盾，从历史到现实，分析灭亡郑国对于秦国的损害，对晋国的好处。秦晋都是当时的强国，秦穆公、晋文公均为春秋五霸之一，烛之武的进言，使秦穆公认识到保留东边的一个郑国对牵制晋国的重大作用，决定撤兵，晋国见秦国撤走，随着也撤走了，郑国转危为安。烛之武的谋略是利用敌人之间的矛盾予以强调扩大，达到瓦解敌军保全自己的目的。

弦高犒军退敌

鲁僖公三十三年春天，秦国军队经过成周王城北门，战车两旁的兵士都脱下头盔跳下车，然后又跳上车，共过去了三百辆。

当秦军开到滑国时，恰巧郑国商人弦高要去成周王城做买卖，遇到秦军，他先向秦军献上四张熟牛皮，又送去十二头牛慰劳秦军，并对他们说：“敝国君主听说贵君将率领军队经过我国，特以微薄之物慰劳贵军将士。敝国虽穷，但因为贵军将士长久滞留在外，如果住下来就准备一天的供应，如果只是经过，则负责一夜的保卫。”与此同时，弦高要驿站立即报告郑国国君。

郑穆公接到这项情报后，立即派人到宾馆去探听在郑国协防的杞子等秦将的动静，看到他们已经捆扎东西，备好战车，磨利了兵刃，喂好马匹，等待秦国大军的到来。于是郑穆公派皇武子去宾馆辞谢杞子等秦国派来的武将说：“你们在郑国已经协防很久，现在我们的干肉、粮食、牲畜都用完了，听说你们就要离开，我们郑国有个原圃，各位可去猎取些麋鹿，也使我们国家能安静下来，你们看怎么样？”

秦国派驻郑国的将领听到这番话，知道他们的行动计划已经泄露，杞子慌忙逃奔到齐国，逢孙、扬孙逃到宋国。秦将孟明说：“郑国已经有准备了，不能再指望取胜。攻又攻不下，包围又没有后续部队，还是回去吧！”秦军灭掉滑国之后，就回国了。

简评

弦高是郑国一位有高度爱国心又足智多谋、颇有资产的商人。他在获悉秦军将要袭击郑国的消息后，立即代表郑国去犒劳秦军，制造郑国已知道秦军要来袭击的假情报，又立即告诉国内，使郑国清除敌军内应，进一步让秦国确信郑国已作准备，不能再通过里应外合取得成功，因而不战而退。弦高通过一项军事信息，经过巧妙的安排，拯救了一个国家。

弦高对秦军的话，含蓄而又强硬，他故意把“袭击”说成“经过”，为秦军留下退步。又说“居则具一日之积，行则备一夕之卫”，则是警告秦军，不要妄想在郑国久留。消息传到郑国，郑穆公派皇武子去下逐客令，也是委婉而坚定，先说秦军住久了，干肉、粮食、牲畜都被用光，自然是逐客的意思，但不直接说出，却说听说你们都要离开，又给秦国间谍一个退步，末后还说可以去猎取些麋鹿，也就是打发上路的意思。这些古时的外交辞令，惟妙惟肖，恰到好处。

晏子使楚

晏子出使到楚国，由于他身材矮小，楚国人在大门边另开一扇小门接待他。晏子停步不入，对接待人员说："出使到狗国的人，从狗门进去，现今我是出使到楚国，不应当从这小门进去。"接待国宾的官员只得改变路线，请他从大门进去。

见了楚王，楚王问道："齐国没有人吗?"晏子答道："齐国首都临淄有三百条街坊，市民张开衣袖可以成荫，擦擦汗水就像下雨，肩挨肩脚跟脚的到处是人，怎说没有人呢?"楚王说："那怎么把你派作使者到楚国来呢?"晏子回答说："齐国派遣使者，各有对象：贤者被派到贤明的国王那里，不成材的派到不成材的国王那里。我晏婴最不成材，所以只可出使到楚国来。"

晏子将要到达楚国，楚王听说后，对他身边的人说："晏婴是齐国擅长言辞的人，现正将到这儿来，我要羞辱他一番，你们看用什么办法?"楚王身边的人回答说："当他来时，臣请缚一个人在大王面前走过去，大王问：'这是个什么人?'我们就回答：'是个齐国人。'大王问：'犯了什么罪?'我们就说：'犯了盗窃罪。'"

晏子到了，楚王请晏子喝酒。正当喝得很畅快时，两个差役缚着一个人到楚王面前，楚王问道："那个被缚的人是为着什么事?"身边的人回答说："是个齐国人，犯了盗窃罪。"楚王望着晏子说："齐国人原就会盗窃吗?"晏子离座回答说："晏婴曾听说过，橘长在淮南的成为橘，移植到淮北就变为枳，只是叶子相似，而果实的味道不同。为什么会这样呢？水土不一样啊！现在老百姓生长在齐国不偷盗，到了楚国就偷盗，莫非是楚国的水土使老百姓会偷盗吗?"楚王笑着说："圣智的人是开不得玩笑的，我倒反而是自讨苦吃啊!"

简评

晏子，即晏婴，字平仲，夷维（今山东高密）人，齐国大夫。齐灵公二十六年（前556）其父死后，继任齐卿。他出使楚国，楚王一再策划侮辱他，想以此彰显楚国在外交中的优势，但由于他的机智和思维敏捷，针锋相对地予以回击，反而使楚王受到羞辱，狼狈不堪。

墨子救宋

公输般（鲁班）为楚国设计制造器械，准备用它攻打宋国，墨子听说后，步行数千里，脚底磨出了厚茧，赶去见公输般，对他说："我在宋国就闻到你的大名，想借你的大力杀掉宋王。"

公输般说："我从道义上必然不能去杀害宋王!"墨子说："听说您在制造云梯，准备用以攻打宋国，宋国有什么罪过呢？您讲道义不杀国君而去攻打宋国，是不杀少而杀多呀。请问攻打宋国有何理由?"公输般被说服了，请他去会见楚王。

墨子见了楚王，说道："假如现在这里有个人，舍弃自己豪华的车子，见邻居有辆破车，却想去偷；舍弃自己的锦绣衣服，见邻居有粗布短袄，却想去偷；舍弃自己的精美饭菜，见邻居有酒糟、米糠，却想去偷；这是个什么样的人呢?”楚王说：“那准是患有偷窃病了。”

墨子说：“楚国的国土方圆五千里，而宋国国土方圆只有五百里，就像豪华的车子跟破车相比；楚国有云梦这样的大泽，犀牛、野牛、四不像、鹿等珍贵动物，到处都是，长江、汉水中的鱼、鳖、大头鳖、扬子鳄是天下出产最多的，宋国则是一个所谓连野鸡、兔子、鲫鱼都不产的地方，这就像精美的饭菜跟酒糟、米糠相比一样；楚国有长松、文梓、楩木、楠木等名贵木材，宋国没有成材的好木，这就如同锦绣衣服跟粗布短袄相比一样。臣以为大王使人去攻打宋国，和那些患有‘偷窃病’的人正是一样啊!”

楚王说：“说得很有道理，我不攻打宋国了。”

简评

墨子名翟，鲁国（一说宋国）人，是战国初期的大哲学家、思想家、科学家和教育家，是秦以前和儒家并称“显学”的墨家的创始人。他的门徒编有《墨子》一书，从中可以看到两千多年前墨翟及其后学在逻辑学、数学、物理学以及工艺和军事技术方面的造诣，为中国古代文化的一个高峰。墨子主张“摩顶放踵而利天下”，提倡“兼爱”、“非攻”，反对侵略别国的战争。本文记述了他劝止公输般为楚国制造云梯攻宋，又说服楚王放弃攻打宋国的打算，以实际行动制止了一场侵略战争。他的话是那样有说服力，对公输般是从道义上去说服他，对楚王则从功利方面说明攻宋不过是患了“偷窃症”，徒取笑于人，于楚无益，他设的比喻是那样实实在在，不由得楚王不信服，充分表现了墨子的正义感和能言善辩，机智勇敢。

优孟衣冠

读过《史记》的人，大概还会记得“优孟衣冠”那个故事：楚国乐官优孟，身高八尺，能言善辩，常用说笑的方式讽谏楚王。楚相孙叔敖知道他是个品德高尚、才识高超的人，待他很好。死前嘱咐儿子说：“我死之后，你必定很穷困，那时你就去见优孟，告诉他你是孙叔敖的儿子。”几年之后，孙叔敖死了，他的儿子靠打柴为生，穷得衣不蔽体，有次在路上遇到优孟，就对优孟说自己是孙叔敖的儿子。优孟知道后，嘱咐他只在近处打柴；自己则仿照孙叔敖生前穿的衣帽，做了一套，穿戴起来。还经常和孙叔敖的儿子交谈，模仿孙叔敖的言谈笑貌，俨然和孙叔敖一模一样，谁都辨认不出。一天，楚庄王大摆筵席，优孟上前敬酒。庄王见了，大吃一惊，以为孙叔敖复活，又想用他为相。优孟说：“让我回去和妻子商量，三天后再来回话。”过了三天，优孟趁机进行讽谏，对庄王说：“我妻子说，千万不可任楚相。从前孙叔敖任楚相，忠贞不二，廉洁奉公，楚王才得成为霸主。可是孙叔敖死后，儿子贫无立锥之地，靠打柴为生，清官实在不值得做！”庄王听了，当即召见孙叔敖的儿子，封给寝丘四百户的地方。

简评

优孟，优者名孟，优为演戏之人，社会地位低下，却有着不同寻常的智慧。他以诙谐幽默的语言，在楚王面前慷慨陈词，却以玩笑话出之，襟怀坦荡，恪守道义，终于感动楚王，使孙叔敖之子不致因父亲的廉洁而受饥寒，维护了社会的正义。其着孙叔敖衣冠的诙谐举止，从容之态，愤慨之情，如在目前，使人叹为观止。

孟尝君责父

战国时期，齐国贵族孟尝君田文，是靖郭君田婴的儿子。田婴是齐威王的少子，齐宣王的庶出弟弟，在齐国担任宰相十一年，声望很高。宣王死后，湣王即位，三年后，封田婴于薛地。

田婴有四十多个儿子，有个贱妾生了田文，是五月五日生的，当时齐国流传一个迷信的传说，五月五日生的男孩会危害他的父亲，生的女孩则危害他的母亲，田婴对他的贱妾也就是田文的母亲说："不要养活这孩子。"可这位母亲舍不得丢弃他，还是把他养大了，这事一直瞒着田婴。

一次，田文的母亲让他和他的兄弟一同去见田婴，田婴怒对他的母亲说："我要你不要养活他，你竟敢不听我的话，把他养大了!"吓得田文的母亲不敢做声，只是呆呆地站着挨骂。田文看不下去了，站出来向父亲叩首后说："您不让养活五月五日生的孩子，是什么原因，能不能请您说说。"田婴说："五月五日生的男孩，等他长到和门户一样高时，就将对他的父母不利。"田文说："照您这样说，一个人的命运是由上天决定，还是由门户决定?"田婴没有回答，默不作声，田文接着说："如果是由上天决定，您着急什么；如果是由门户的高低决定，把这门加高就是，谁能和它一样高?"田婴没法回答，只得说："你不用说啦!"

过了一些时候，田文趁机对父亲说："您在齐国当政，做宰相，到现在已经历了三位国王，齐国的土地没有加宽，而您私家的积累已到万金，门下见不到一个有道德有作为的人。我听别人说，将门必须有具备将帅之才的人，宰相门前必须有具备宰相之才的人，现在您的后宫之人穿着绫罗绸缎不知爱惜，而为您办事的士人，有时连一件粗布短衣也没有；您的仆人侍妾肥美的食品吃不完，而士人连低劣的粮米都吃不饱。现在您还在积累财富，想遗留给自己还不知道是谁的后人，而忘了公家的事情在一天天败坏，我私下觉得很奇怪，很害怕！”

田婴听了儿子这一说，也警觉起来，深感这侍妾所生之子见识高超，于是很看重他，亲近他，要他主管接待宾客之事，宾客越来越多，名声闻于诸侯，诸侯使人请田婴将田文立为继承人，在当时也称太子，田婴同意了，田婴死后，谥为靖郭君，田文继立于薛，就是著名的孟尝君。

简评

这个故事见于《史记·孟尝君列传》。寥寥几笔，充分体现了太史公善于通过人物的活动、事迹表现人物的特色，把田婴、青年孟尝君和孟尝君母写得栩栩如生。田婴迷信思想严重，儿子众多，性格残忍，竟下令要扼杀自己的亲生儿子，后来发现儿子竟然未死，不但毫无愧色，反而指责不听己命的侍妾，其居高临下、残忍刻薄的性格，显露无遗。孟尝君此时已长大成人，见其父毫无道理，而母亲因位卑不敢分辩，就站了出来，几句话说得田婴理屈词穷，只好停止这场争论。后来孟尝君向父亲提出了他位高权重，与普通士人生活悬殊，应该想到居安思危，不能只知道积累财富，留给后人。这一来，田婴觉得这贱妾生的儿子能深谋远虑，就把家事交给了他，最终还立为封地的继承人，孟尝君也不负所望，成为齐国的杰出人物，名显诸侯。

苏代谏止孟尝君入秦

孟尝君将要到秦国去，劝他不要去的上千人，他都不听，苏代也想去劝阻他，孟尝君说：“讲有关人的事，我都知道了；我所没有听说过的，只是有关鬼的事罢了。”苏代说：“我这番来，本来就不敢谈有关人的事，是为了鬼事才来拜访您的。”

孟尝君接见了他，苏代对孟尝君说：“我这次来，经过淄水，碰上一个泥人和一个木偶人在谈话，木偶人对泥人说：‘你是西岸上的泥土，把你揉和捏成人，到八月里，一场大雨，淄水大发，你可就被冲残了肢体。’泥人说：‘不对，我是西岸上的泥土，即使冲残了肢体，还是在西岸上。而你原是齐国的桃梗，把你刻削成人形，大雨一来，淄水大发，把你冲走，那时你漂漂荡荡的，不知会漂到哪儿去呢。’现在秦国是个四周险固的强国，就像虎口一样，而你要进去，我不知你从哪儿出得来?”

孟尝君听了这番话，就取消了去秦国的打算。

简评

苏代，苏秦之弟，与弟苏厉兄弟三人都以游说诸侯显名，长于权变。孟尝君田文是齐国贵族，他在齐国有封地，与一般游说诸侯猎取高位的人不同，只有立足本国，才能求得自身的安全与发展，而他却想去秦国充当客卿，使自己失去赖以生存发展的基地。苏代顺着他只听“鬼事”的话，通过描绘一个泥人和一个木偶的对话，形象地指出孟尝君不可入秦，孟尝君也听从他的劝告，打消了入秦的念头。苏代的比喻生动有趣而又说理充分，思维敏捷，应对如流，说明他有过人的才智。

邹忌讽齐王纳谏

邹忌身高八尺多（周尺约合今市尺七寸），仪容漂亮而有风度。一天早上，他穿戴好衣帽，照着镜子，对他的妻子说：“你看我跟城北的徐公，哪个漂亮？”他的妻子说：“你漂亮极了，徐公哪能比得上你呀！”城北徐公，是齐国的美男子。邹忌自己不相信，又问他的妾说：“我跟徐公比，谁漂亮？”妾说：“徐公哪能比得上您呀！”第二天，有位客人从外边来，邹忌和他坐谈，问客人：“我和徐公谁漂亮？”客人说：“徐公不如你漂亮啊。”

次日，徐公来了，邹忌仔细地观察，自以为不及他漂亮；照着镜子看自己，更觉得不如，相差很远。晚上，躺在床上想着这件事，终于悟出：“我的妻子说我漂亮，是因为偏爱我；我的妾说我漂亮，是因为怕我；客人说我漂亮，是因为有求于我。”

于是邹忌进朝廷去见威王，说：“我确实不如徐公漂亮，可是我的妻子偏爱我，我的妾怕我，我的客人有求于我，都说我比徐公漂亮。如今齐国方圆一千里，城池一百二十座，宫里的后妃和左右侍候的人，没有谁不偏爱大王；朝廷的臣子，没有谁不怕大王；国境之内，没有谁不有求于大王；由此看来，大王受到的蒙蔽可严重了！”

威王说：“好！”于是下令：“官员和百姓能当面指出我的过错的，受上等奖赏；上书规劝我的，受中等奖赏；能在街市朝廷指责议论让我听到的，受下等奖赏。”命令刚下达时，群臣纷纷进谏，宫门口和院子里像闹市一样；几个月以后，要隔些时候才间或有人进谏；一年之后，虽然有人想说，却没有什么可以进谏的了。

燕、赵、韩、魏等国听到这一消息，都到齐国来朝见，这就是所谓：身在朝廷，修明国政，不用出兵，就能战胜敌国，使别国臣服。

简评

邹忌，齐宣王时为臣，齐威王时为相，有辩才，善鼓琴。他这段讽齐王纳谏的故事，也许是他真从家庭亲友间的微妙关系领悟到一番大道理，因而用以讽谏齐王；也许又全是他编造出来，借以讽劝齐王纳谏。不管怎样，这种由小到大，由生活到政治，由家庭到朝廷，层层推进，水到渠成，都表现他善于总结思考，又善于辞令。他在齐宣王时任职，推荐了很多私人，而另一位齐王的公族晏首却荐人不多，宣王为此曾对邹忌不满，邹忌却说："我听说：'家里有一个孝子，不如有五个孝子。'晏首推荐了几个贤人呢？"宣王因而认为晏首推荐的人才少，是堵塞了荐贤之路，也因此消除了对邹忌的不满。

颜斶说士比王尊贵

齐宣王召见颜斶，说："颜斶，上前来！"颜斶也说："大王，上前来！"宣王不高兴，左右的人说："大王是人君，你是人臣，大王说'颜斶，上前来！'你也说'大王，上前来！'这可以吗？"颜斶回答说："我上前是趋炎附势，大王上前是礼贤下士；与其让我趋炎附势，不如让大王礼贤下士。"宣王忿忿地板起脸孔说："是王尊贵，还是士尊贵？"颜斶回答说："士尊贵，王不尊贵。"宣王说："可有什么道理吗？"颜斶说："有，从前秦国进攻齐国，下命令说：'有人敢在柳下季（柳下惠）墓地五十步内砍柴的，要判以死罪，不赦免。'又下命令说：'有能够得到齐王头的，封万户侯，赏金二万两。'由此看来，活着的国王的头，还不如死了的贤士的墓。"

宣王说："唉！君子怎么可以侮辱呢，我只是自讨没趣罢了。

我希望您收我做学生。只要您同我交往，吃饭必有上等宴席，出门必可乘车，您的妻子儿女都能穿上华丽衣服。”颜斶辞谢而去，他说：“玉生在山上，一经制作，璞被破坏，玉的价值非不宝贵，然而它的原貌就不完整了。士人生于偏僻乡野，经过推举选拔而被任用，获得禄位，这并非不尊贵，可是他的形体精神就失去了本色。我情愿回去，晚点吃饭，可以抵得上吃肉；悠闲走路，权当乘车；不当官不犯王法，可抵得上尊贵。清静纯正，自得其乐。”他拜了两拜，便告辞离去了。

君子说：“颜斶是知足的了，他舍弃功名利禄而归，保持自己的本色，这样终身不会蒙受羞辱。”

简评

颜斶（chù 触），齐国隐士。战国时，士人争相游说诸侯，猎取高官厚禄，本文中的颜斶则不慕荣利，洁身自爱，实为难得。在对话中，为比较王与士何者为贵，他以柳下惠之墓和齐王之头对比，说明生王之头不如死士之墓，使骄横的齐王顿时佩服得五体投地。而且愿意做他的弟子，许以优厚的待遇。颜斶则说出了“晚食以当肉，安步以当车，无罪以当贵”几句名言。这些话简洁精练，饶有风趣，富有哲理，表现了颜斶的高洁和智慧。

触詟说赵太后

赵太后刚执政，秦国借机加紧进攻赵国，赵国向齐国求救，齐国提出条件说：“必须以长安君做人质，才会派出援兵。”赵太后不肯，大臣们极力劝谏，太后明确地告诉左右侍臣：“有再说让长安君去做人质的，我这老婆子一定把唾沫吐在他脸上。”

担任左师的触詟说希望拜见太后，太后满脸怒气等着他。触詟走进宫门，慢慢地向前小跑，走到太后跟前深致歉意说：“我的脚有毛病，没法快走，很久没有来拜见您了，虽然私下宽恕自己，又担心太后贵体有什么不舒服，所以想来看看您。”太后说：“我只能靠车子走动走动。”触詟问：“您每天的饮食还没有减少吧?”太后说：“靠喝点粥罢了。”触詟说：“老臣近来特别不想吃东西，便自己勉强走走，每天走三四里，稍许增加了食欲，对身体有益。”太后说：“我做不到。”这时太后的脸色略微缓和了些。

触詟说：“我的小儿子舒祺，年纪最小，没出息，而臣年老，私心很痛爱他，希望能在宫廷卫士中补个名额，守卫王宫，我冒着死罪来把这事禀告您。”太后说：“好吧，年纪多大了?”回答说：“十五岁了，虽然岁数还小，希望趁我没有入土之前，把他托付给您。”太后说：“男子汉也疼爱他的小儿子吗?”回答说：“比妇女还厉害。”太后说：“妇女才爱得特别厉害呢。”触詟回答说：“我心里认为您疼爱燕后胜过疼爱长安君。”太后说：“你这就错了，我爱燕后远不如爱长安君。”触詟说：“父母疼爱子女，就要为他们的长远考虑，您送燕后出嫁的时候，紧跟在她后面哭泣，想着她远嫁异国而伤心，确实够悲痛的了。她走后，您并不是不思念她呀，可祭祀时一定要为她祈祷说：‘千万别让她被送回赵国。’这难道不是从长远考虑，为她有子孙继续当国王吗?”太后说：“是这样的。”

触詟问道：“从现在起，往前数三代，一直上推到赵氏建成赵国的时候，赵国的子孙封了侯而他们的后代继承为侯的，现在还有吗?”太后说：“没有了。”触詟又问道：“不单是我们赵国，其他诸侯的子孙现在还有继承为侯的吗?”太后说：“我没听说过。”触詟说：“这就说明，他们之中，近则自身便遭了祸，远则祸患落到他们子孙身上。难道人君的子孙就一定不好吗？不是。只是由于他们地位尊贵而没有什么功勋，俸禄优厚却没有什么劳绩，还拥有大量的贵重宝物。现在您使长安君地位显贵，封给他肥美的土地，赐给他很多贵重的宝物，却不趁着现在让他为国立功；一旦太后不幸辞世，长安君凭什么在赵国立足呢？老臣以为您为长安君考虑得太短浅了。所以我说您疼长安君不如疼燕后。”太后说：“好，那就任凭你安排调派他吧。”于是给长安君准备好一百辆车子，派到齐国去做人质，齐国这才发出了救兵。

简评

触詟，据马王堆汉墓帛书及《史记·赵世家》，应为触龙，“触詟”是“触龙言”之误，从文中看，他是一位忠诚为国、善于进谏的老臣。赵太后已明白宣称，谁要再说让长安君去齐为人质，她就要“唾其面”。听说触詟来见，满脸怒气等着他。触詟先是向太后道歉，说他的脚有病，所以很久没有来问候，接着请安问候，问每天饮食情况，又说自己的强身之道，都绝口不提长安君的事，使这位偏执而又执政的太后，脸色略微缓和。趁气氛有所缓和，才指出太后的短视，与必须长远打算的道理。触詟的话，紧紧抓住老年人的心理，用辞委婉，方法巧妙。且确实是为长安君着想，使这位溺爱幼子的太后不得不信服，终于欣然从谏，派长安君去齐国做人质，使齐国出兵救赵，为赵国立下大功。

唐雎面斥秦王

秦王嬴政派人对安陵君说：“我想拿出五百里的土地来换安

陵，安陵君可要答应我啊。”安陵君说：“承蒙大王给我恩惠，用大块土地来换块小地，实在是太好了。虽然如此，可我是继承了先王的土地，希望长久守住它，不敢拿来交换。”秦王对此很不高兴，安陵君因此派唐雎出使秦国。

秦王对唐雎说：“我拿五百里的土地去换安陵，而安陵君不答应我，这是什么原因呢？再说秦国已经灭掉了韩国和魏国，而安陵君凭着五十里的地方还能保存下来，是因为我把安陵君当作忠厚长者，所以没有放在心上。现在我以十倍的土地来让安陵君扩大领土，安陵君却拒绝我，这不是轻视我吗？”唐雎回答说：“不！不是这样，安陵君继承先王的土地要守住它，即使有千里的地方也不敢调换，何况只有五百里呢？”

秦王变了脸色，怒气冲冲地对唐雎说：“你可曾听说过天子发怒吗？”唐雎回答说：“我没有听说过。”秦王说：“天子一发怒，就会横伏着百万人的尸体，血流千里。”唐雎说：“大王可也曾听说平民百姓发怒吗？”秦王说：“平民百姓发怒，不过是摘下帽子，光着脚板，用脑袋撞撞地罢了。”唐雎说：“这是庸人发怒，不是志士发怒，当年专诸刺杀吴王僚时，彗星的尾光扫过月亮；当聂政刺杀韩傀时，一道白气直冲上太阳；当要离刺杀庆忌的时候，苍鹰飞扑到宫殿上。他们这三位，都是平民中的勇士，当胸中郁积的愤怒还未发作出来，老天爷就降下了吉凶的兆头，加上我唐雎，就会是四个人了。如果志士真的发起怒来，倒下的将会是两个人，流血不过五步，天下的人都会穿白戴孝，就在今天。”说着，拔出佩剑站起身来。这一来秦王害怕了，软了下来，上身挺得笔直跪着向唐雎道歉说：“先生请坐，何至于到这个地步！我明白了，那韩国、魏国都灭亡了，可是安陵君凭着五十里的地区还能保全下来，就因为有先生这样的人啊！”

简评

唐雎，魏人，有的本子写作“唐且”，在《战国策》中，有关唐雎的故事有五个。安陵是战国时魏国分封的一个小邑，安陵君是安陵的国君。这里的秦王是赫赫有名的秦始皇嬴政，他要求用五百里土地换取安陵君的封邑，实际是要吞并安陵，唐雎看透了嬴政横蛮狡诈、色厉内荏的本质，决心以生命捍卫国家领土和尊严，不畏强暴，敢于斗争，看准对方的要害，乘虚而入，使这个自称可造成“伏尸百万，流血千里”的暴君，一时变为人质，受到劫持，不得不“长跪而谢之”，装出一副摇尾乞怜的可怜相，唐雎这次艰难的使命，终于取得成功。

淳于髡止齐王攻魏

战国时期，齐国准备进攻魏国，淳于髡对齐宣王说：“韩卢是天下跑得最快的猎犬，东郭逡是世上最敏捷的兔子。韩卢追捕东郭逡，绕山三圈，翻山五座，在前面跑的兔子精疲力竭，在后面追的猎犬也累垮了，猎犬和兔子都疲困之际，各自倒在那里死了。一位老农夫见了，不费力气，不受劳苦，独享其利。现在齐魏两国打起仗来，长久相持不下，部队劳累，百姓疲困，我担心强大的秦国、楚国随后乘机而入，就像那个老农一样，不费力气，坐享其成。”

齐王害怕了，不再派出将领，让士兵休息。

简评

淳于髡是齐国著名辩士，《史记·滑稽列传》记载他曾多次向齐威王进谏，都收到良好效果。本篇记述他用一则寓言说服了齐宣王，使之不再进攻魏国。这则寓言，和鹬蚌相争、渔人得利的寓言同一寓意。

淳于髡讽齐王

齐威王八年，楚国出动大军侵入齐国，齐威王派淳于髡到赵国去请救兵，带上黄金百斤，车马十套。淳于髡仰天大笑，连系帽的带子都断了。威王问道："先生是笑礼品太少了吗？"淳于髡回答说："那怎敢！"威王说："这样大笑难道别有解释吗？"淳于髡说："今天我从东方来的时候，看到路旁有个向田神祈祷求福的人，他拿着一只猪蹄，一小盏酒，祷告说：'高地收获满篓，低地收获满车，五谷茂盛成熟，丰盛堆积满家。'臣下见他拿的祭品少，而要求得到的那样多，所以想起来还觉得好笑。"

于是齐威王增加礼品黄金一千镒（一镒为二十四两），白璧十对，车马百乘。淳于髡告辞齐王起程，到赵国后，赵王给淳王髡精兵十万，裹有皮革的战车一千辆，以增援齐国。楚国听到后，连夜撤兵而去。

简评

淳于髡是齐国的赘婿，身高不到七尺，为人滑稽，有辩才，曾多次出使各国，不辱使命。本文充分表现他的诙谐多智，能说会道。他以一个农夫祷田神为例，讥刺齐威王"所持者狭而所欲者奢"，他要求赵王出兵，礼物却是"金百斤，车马十驷"，与历史上很多亡国之君，当外患入侵、危亡迫在眉睫时，却仍旧死抱着他们的府库财物，不肯赏赐将士，下属不肯卖命，终致败亡，如出一辙。这对那些给予别人甚少而要求甚多的人，也是一种针砭。

孔融劝止曹操害杨彪

建安元年（196），曹操将汉献帝从洛阳迎接到颍川郡的许昌。当时天子迁到新郡，汉献帝在许昌会聚公卿大臣，兖州刺史曹操上殿，见太尉杨彪脸色显得不高兴，恐在聚会上图谋他，还没等着开宴，就推托有病上厕所，中途退出归营，杨彪以有病被免去了职务。

当时袁术冒用上面的名义进行叛乱，曹操假借杨彪与袁术两家有姻亲关系，诬陷杨彪图谋废掉献帝，奏请将他关入牢中，加以大逆不道的罪名。将作大匠孔融听到这个消息，来不及穿朝服，跑去见曹操说："杨公家四代道德清高，为国人所景仰。《尚书·周书》上说，父子兄弟犯法，不互相连及，何况今天是以袁氏的叛乱而归到杨公有罪。《易经》上说，多做好事的人家，必然会有吉庆之事。看来不过是骗人的空话。"曹操说："这是皇上的意思。"孔融说："假使周成王杀了周召公，周公能说不知道吗？如今全国的官员、士绅所以仰慕您，是因为您聪明仁智，以丞相之位辅佐汉朝，推举直臣，罢黜小人，使天下得到和谐和光明。如现在冤杀无罪之人，天下人看到听到，有谁还会来归附于你？我孔融是鲁国男子汉，明天就会气愤地离你而去，不会再来朝见了。"曹操不得已，才赦免放出了杨彪。

简评

孔融（153—208），字文举，鲁国鲁县（今山东曲阜）人。孔子二十世孙，东汉末文学家。献帝时为北海相，设立学校，表彰儒术，时称孔北海。

本文叙述他谏止曹操诬害杨彪。他义正辞严指出：父子兄弟有罪都不互相连及，何况杨彪和袁术还是郎舅关系。当曹操把责任推到毫无实权的汉献帝身上时，孔融又指出：假使年幼的成王杀了召公，能说摄政的周公不知道吗？直接揭穿了曹操的借口，然后又以利害关系打动他，使他在权衡轻重得失之后，终于不得不放出了杨彪。但孔融自己和杨彪的儿子杨修，最终还是死在曹操手里。

周瑜拒蒋干游说

起初，曹操听说周瑜年轻有才干，想通过说客去劝说他为己所用。于是秘密下扬州，派遣九江人蒋干去见周瑜。蒋干有很好的仪态容貌，以多才善辩为人所称道，在江淮一带算得上超群出众，无人能比。他奉曹操之命，穿着布衣，戴着葛布头巾，借口私行去会周瑜。周瑜出外迎接，站着对蒋干说："子翼辛苦了，从这么远渡江过湖而来，是为曹氏作说客吧？"蒋干说："我和您是同乡，可惜中间隔别，我从远地听到您的丰功伟绩，特来叙谈阔别之情，并来看看你的高雅规模，您却说我是来作说客，这不是事先就怀疑别人是来欺诈自己吗？"周瑜说："我虽比不上尧舜时的乐官夔和春秋时晋国的乐师师旷，但听到弦声欣赏音乐，就知道是什么高雅的乐曲。"于是请蒋干入内，为他摆设酒饭。吃完后，请他出来，说：“正碰上我有机密重事，暂且请你去宾馆休息，等我的事办完，再来请你。”三天后，周瑜请蒋干一同参观兵营，看了仓库军用物资和兵器以后，又回来上席饮酒，出示周围侍候的人和服饰珍宝赏玩之物，因而对蒋干说：“大丈夫生于世间，对外依托着君臣的名义，对内连结着情同骨肉的情分，说的话能付诸实行，想的计谋能照着办，祸福同受，假使苏秦、张仪复活，郦食其再出来作说客，我还要抚着他的背，挡住他的说辞，怎么能被你的游说动摇呢?”蒋干只是笑，直到最后离开也没有说什么。

蒋干回到曹操那里，说周瑜有宽宏的度量和高尚的品格，不可能用言辞离间他和孙权之间的关系。中原地区的士人，也因周瑜的这种姿态而赞美他。

简评

这是一个有名的故事，经过《三国演义》和戏剧舞台的渲染，更使得人物栩栩如生。但在小说和戏剧中，蒋干被描绘成一个完全受周瑜摆布的窝囊废，这样反而削弱了周瑜的形象。历史上的蒋干不是一个任人作弄的小丑，而是“有仪容，以才辩见称，独步江淮之间，莫与为对”，是个不容易对付的人物，曹操派他作说客，是经过慎重考虑的。周瑜对他的来访，不是简单地拒之门外，或拿来一刀两段，以明心志，而是一来就指出其来意，堵住对方的嘴巴，继而展示军容器械以至服饰赏玩，并指出自己和孙权之间不同寻常的君臣关系，说明这种关系不是别人可以口舌动摇的，聪明的蒋干知道不必徒费唇舌，“但笑，终无所言”，表示自己只是私人访问，非曹氏说客，自始至终未暴露说客身份，顾全了体面，可算恰到好处。

范缜驳有神论

南北朝时，南朝齐、梁时代的范缜极力宣称世间无佛，竟陵王萧子良对他说："你不相信因果报应，为什么有人富贵，有人贫贱？"范缜说："人生如树上的花同时开放，随风而散落各处：有的掠过帘幔，落在垫席上面；有的吹入篱藩墙垣，落在粪池中。落在垫席上的，殿下你便是；落在粪池中的，下官我便是。贵贱虽各不同，因果究竟又在何处？"萧子良没法难倒他。范缜又著《神灭论》，认为："人的形体是精神的载体，人的精神是形体发生的作用。精神对于形体来说，如同刀的锋利与刀刃本身一样，没听说过刀刃没有了而刀的锋利犹存，怎么可能形体已死而精神还在呢？"这番议论一出来，朝廷民间都喧哗起来，各种驳难最终没使他屈服。太原人王琰著论讥讽范缜道："可叹呀！范先生，还不知道自己祖先的神灵在哪里！"想借此使范缜无以对答。范缜对答道："可叹呀！王先生，知道自己祖先神灵所在，却不能杀身以随亡灵！"萧子良派王融去对范缜说："以你这样好的才华，还怕做不到中书郎么，却要故意执拗地发出这样的议论，太可惜了。应该赶快舍弃这种邪说。"范缜大笑道："若是范缜肯出卖自己的论点去谋取官位，恐怕早已做到中书令、中书仆射了，又何止小小的中书郎啊！"

简评

范缜（约450—约510），字子真，南乡舞阴（今河南泌阳西北）人，南朝齐、梁时唯物主义哲学家，著名无神论者。少孤贫，秉性质直，博通经术，尤精《三礼》，出仕齐、梁，历任尚书殿中郎、晋安太守、尚书左丞、中书郎等职。萧子良（460—494），字云英，齐武帝萧赜次子，封竟陵王。武帝时位居司徒，礼贤好士，生平崇信佛教，广集名僧，讲求佛法。范缜在王府的一次集会上，极力宣讲世间无佛，不信因果报应之说，萧子良没有驳倒他。后来梁武帝萧衍定佛教为国教，范缜发表了著名的《神灭论》，萧衍动员王公大臣六十多人，写了七十五篇文章想驳倒他，范缜“辩摧众口，日服千人”，未被驳倒。《神灭论》对后世无神论影响很大。

裴度劝止唐敬宗游东都

唐敬宗李湛要巡幸东都洛阳，大臣们极力劝谏，都不听，要有关部门料理行宫，大家见皇帝执意要去，不敢再劝。当时裴度担任宰相，从容奏道：“国家在都城外另建一个都城，本来就是为巡幸准备的，但自从遭受战乱国运艰难以来，东都的宫室、官署、民居都荒废颓败，没有修复，再等一段时间，把荒败的地方修复完好，就可以去了。现在仓促启行，没有准备，有关部门将因此担当罪责。”

敬宗听了，高兴地说：“群臣劝谏我，都没有提到这一点。如你所说，这时去确实不便，那又何必去呢?”因而停止了东都之行。

简评

裴度，字中立，河东闻喜（今山西闻喜）人，唐贞元进士。宪宗时为宰相，曾率兵讨平淮西割据藩镇吴元济，封晋国公，后又计平李师道，为当时名相。

敬宗李湛，仅做了两年皇帝，死时才十八岁，他的爱好是击球，看竞渡，《新唐书》对他的鉴定是“昏童失德”，幸在位不久，天下未至于败乱。对于这样一个贪玩昏庸的小皇帝，他要去东都的目的就是玩乐，你去和他讲大道理，无异对牛弹琴，裴度针对他的贪玩心理，说那里现在破败不堪，不好玩，劝他过些时等那里修好了好玩了再去，这自然合了他的心意，就同意等以后再去。

李晟面屈李怀光

李怀光秘密与叛将朱泚勾结，大将李晟多次上奏朝廷，恐怕他叛变，所领部队被他吞并，请求把军队移到东渭桥驻扎。唐德宗还希望李怀光改正错误，使他为朝廷出力，压下李晟的奏章没有批下来。李怀光想推迟交战的日期，并且激怒各部队，上奏朝廷说：“各军粮饷微薄，唯独对神策军优厚，厚薄不均匀，难以打仗。”德宗认为财政开支正十分困难，如粮饷都与神策军拉平，就没法供给；不这样办，又违背了怀光的意愿，恐怕各军怨望。于是派了陆贽到李怀光营中去慰问，并把李晟召来共议粮饷之事。李怀光想让李晟自己提出减少粮饷的要求，使他失去军心，不能打仗立功。于是说道：“将士们一样和敌军作战，可是粮饷不同，这如何能使他们齐心协力去打仗呢?”陆贽没说话，多次转头看李晟，李晟说：“您是元帅，可以做主发布命令，我不过是率领一个军，接受您的指挥而已，至于增减衣食之事，应当由您来决定就是。”

李怀光默然不语，又不想由自己提出减少，事情就此作罢。

简评

李晟（727—793），字良器，洮州临潭（今属甘肃）人，唐代大将。德宗初立，吐蕃进犯剑南，朝廷命他率领神策军去救，吐蕃败走。后又率军讨伐藩镇田悦、朱滔、王武俊的叛乱。朱泚叛据长安，他回师讨平，收复长安，封西平郡王。李怀光当时也统率大军，与朱泚勾结，准备叛变，想借军饷不均，让李晟自己提出减损，以扰乱军心，削弱战斗力。李晟觉察到他的阴谋，但不直接表示反对，而是把李怀光打来的球又抛回去，把这个难题目让李怀光自己去处理，理由也十分充分。因为你李怀光既是元帅，军政大事得以专行，你说要减神策军的饷，我听命就是。可这样一看，李怀光就不但达不到让李晟“自削其军，则士怨易挠”的目的，反而把怨恨归到自己身上，使李晟军更加坚固，李怀光只好作罢。李晟个子不高，“身长六尺”，比通常的七尺男儿矮一尺，却以才略功烈著闻。

韩亿巧答契丹主

韩亿奉命出使契丹时，副使是章献皇太后的外亲，自作主张传太后旨意给契丹国王，意思是南北应当和好，并传示子孙。韩亿开始不知道此事，契丹主问韩亿道：“皇太后既然有这个旨意，大使你为什么不说呀？”韩亿回答说：“我朝每次派遣使者到贵国来，皇太后都必定要用这番话来戒约我们，并不是要向北朝传达。”契丹主听了大喜道：“这是两朝百姓的福气呀。”人们说副使已经讲错了话，而韩亿就此更进一步说成是皇太后的德意，很赞赏他。

简评

韩亿字宗魏，北宋开封府雍丘县人。进士出身，历任知州，甚有政绩。后任参知政事（副宰相）。他的儿子韩绛、韩维、韩缜都是进士，官至宰相，《宋史》各有专传。

韩亿同副使出使契丹（辽国），皇太后的这位外亲，不懂外交规矩，仗着是皇太后的亲戚，想露一手，妄传皇太后有什么要求南北欢好，传示子孙的旨意，这话正使没有说，却从副使口中传出，使契丹主感到奇怪、突然，因而质问起韩亿来，韩亿不慌不忙，说这话是皇太后用以戒约使者，并非对北朝而言，因此用不着传达。于是契丹主听了，大为高兴，认为宋朝的皇太后诚心愿意世代和好，所以他说是"两朝生灵之福"。由于韩亿善于应对，使这次出使获得成功。

綦崇礼巧答卖药老人

綦崇礼尚书考试及格之后，租了一匹马去拜见上司和同辈，经过一个巷子时，恰恰碰上一位卖药的老人，挑着一副整齐美观的药架，下面放着几十个白瓷器和瓦罐，里面装着熬熟了的药物，一眼看去，就知道是经过刷洗装饰才出来上市的。马因为突然碰到生人受惊，撞着老人，老人跌倒在地，瓦罐几乎被碰碎了一半。

綦崇礼慌忙下马，向老人道歉。老人是个小市民，浮躁傲慢，问崇礼从什么地方来，不客气地拉着他的衣襟，责问他道："你在这里曾见到过当朝太师出进吗？跟从吆喊传呼的人以百计，街道上的差役手持棍棒，在前边大声叫唤，禁止通行，两边坐着的人都站起来，行人望见车马经过扬起的尘土，赶快躲开。你又曾看到过京城府尹出行吗？卫兵、狱卒这里叫唤那里应和，我们看到他的仪仗，只怕来不及走开，现在你一个人孤零零地骑着一匹疲弱的马走来，让我怎么能够避开你呢？”

这样讥讽侮辱性的话说了很多，街上游手好闲的年轻人围着看热闹，就像一堵墙。

綦崇礼素来爱开玩笑，他不动声色，听完后才慢慢地回答说：“你老人家批评得很正确，我确实错误很多。被马所拖累，可是没有办法，人生在世，富贵自有一定时机，我难道不愿做宰相，难道不愿做大尹，但才得到一个官职，怎么敢又指望做大官。老人家没看见井子街的刘家药铺吗？门高高的，赫然引人注目，正面有大屋六七间，我虽然不会骑马，也一定不至于一个人骑着马撞进去，以致失误而撞坏他家的器物。”

围观的恶少都大笑，说讲得有理。老人也感到不好意思和失望，用俗说对綦崇礼说：“也罢！也罢。”就放开了他。

井子街是刘家所住的地方，是首都开封城里的大药店，所以綦崇礼用它来回答老人。

简评

綦崇礼，字叔厚，宋徽宗时中上舍第，高宗时官吏部、兵部侍郎，后以宝文阁直学士知绍兴府。《宋史》称他“妙龄秀发，聪敏绝人”，十岁时就为同乡人作墓志铭，连他中过明经进士科的父亲也大吃一惊。为人廉洁节俭，端方正直，不畏强权，敢于揭露大卖国贼秦桧的罪恶，差点被陷以重罪。

这篇故事生动地记述了他会说话。卖药老人骂他，他不生气，末后才把老人挖苦他的话套用来挖苦老人，这是通常说的“以其人之道还治其人之身”，使老人无话可答。

曾纪泽出使俄国改订新约

曾纪泽曾任出使英、法大臣，后又兼任使俄大臣，前后共计八年之久（1878—1885）。在此期间，他经办的最大一件事，是为收回伊犁而与俄国谈判，终于在 1881 年 2 月（清光绪七年正月）改订新约，以代替崇厚原来所订的《里瓦几亚条约》。原约规定将伊犁地区南境特克斯河两岸地区割让给沙皇俄国；偿付军费五百万卢布；俄商不但在蒙古和新疆全境可以免税，而且还能通过西北地区到天津、汉口等地贸易；这是一个丧权辱国的条约。曾纪泽使俄后，同俄国人进行了历时一年的谈判，用他自己的话说，是“障川流而挽既逝之波，探虎口而索已投之食”。经过艰难曲折的复杂斗争，终于重订新约，对俄赔款增至九百万卢布；争回了伊犁南境特克斯河两岸宽二百余里、长四百里的广大地区。这段地区是伊犁的屏障，曾纪泽特以全力争之，但经过争辩，仍不得不割去了霍尔果斯河以西的广大地区，以交换被俄所侵占的伊犁；原约所给予俄国的贸易权利也规定了某些限制。虽然新约仍然是一个不平等条约，但在半殖民地中国的外交史上，这种“虎口索食”的斗争和在一定程度上的成功，却是绝无仅有的事。

在谈判过程中，他遇到的对手是俄国代理外交大臣格尔斯、外交部顾问热梅尼和驻华公使布策。开始格尔斯面冷词横，拒绝谈判，曾纪泽从容应付，主动拟就改订新约的六条“节略”，送到俄国外交部。格尔斯看过后吼道：“如此，是将从前之约全行驳了！”后来向热梅尼催问俄方的答复时，对方竟然声称沙皇将命海军大臣会同驻北京俄使向清廷提出最后警告，以战争相威胁，还公然要他申明永远不索伊犁，被曾纪泽严词拒绝，并指出：倘两国不幸有失和好之事，中国用兵向俄国索还土地，则何地不可索，岂独伊犁！说得热梅尼哑口无言。后来他们又提出俄国因“遣船备边”费去卢布一千二百万元，要求中国赔偿。曾纪泽问他们：双方既未打仗，何来兵费？对方声称：如不答应，则俄正欲一战。曾纪泽说：胜负难知，中国获胜，则俄国亦须偿我兵费。最后沙俄外交部也只得送来节略一件，提出同意在七个方面改订原约。曾纪泽一面电告国内，一面与布策先行商议法文约稿，逐日争辩，细意推敲，于和平商榷之中，仍示不肯苟且之意。在清政府命其照约签字之后，又过了半个月，他才把法文约稿议定，心思极为周密。条约签字后，格尔斯对曾的才智赞扬不已，说他“不惟出众于中国，亦罕见于欧洲，诚不可多得之使才也”。

简评

曾纪泽（1839—1890），字劼刚，湖南双峰人，晚清大臣曾国藩之子。《清史稿》称他“少负隽才”，有《曾惠敏公遗集》。他一生的主要事迹是被派充出使英、法、俄大臣，和沙俄改订了《中俄伊犁条约》。虽然俄国同意改约，主要是由于俄土战争刚结束不久，不想又挑起新的战争；当时英俄两国间的矛盾很尖锐，俄国不想在这地区加剧同英国的对抗，加以左宗棠的大军迅速收复新疆，使沙俄政府不敢过分坚持。但是尽管有这些原因，曾纪泽从“替国家保全大局”出发，折冲樽俎，据理力争，有理有节，心思周密，也是促使沙俄同意改约的重要原因。他学贯中西，惜天不永年，去世时才五十一岁，对当时外交人才奇缺的清末，是极大的损失。

人才篇

子产知人善任

子产从政，选择有能力的人任用。冯简子能决断大事，凡通问诸侯，子产必告简子，请他决断。子太叔仪容秀美，文质彬彬；公孙挥能掌握四围邻国的动态，并熟悉各国大夫的家世、职务、贵贱及才能和弱点，又擅长辞令；裨谌有谋略，当他去田野考察谋划，往往成功，而在都市里思考问题往往失败，子产就请他帮助决断田野之事。郑国将有诸侯间的交涉时，子产就向公孙挥了解各国的动态，并让他多参加往来交涉谈判。与裨谌一同乘车去到野外，让他谋划这样做行不行，然后把计划告诉冯简子，让他决断。这些步骤完成以后，就交给子太叔去执行，让他去接待各国的宾客，因他知人善任，子产办理国家大事很少有失败的。

简评

子产知人善任，能使他们各尽所长。而知人善任，无论过去、现在、未来，都是每个当权者事业能否取得成就的关键所在，尤其在中国漫长的封建社会中，主要是人治而不是法治，得人则昌，失人则亡；得人则治，失人则乱，所谓治世与乱世，明君与昏君，主要在于他用人如何。晋惠帝皇后贾南风诛杀擅权，引起西晋皇族内哄，但因她能任用张华、裴頠两个稳重朝臣主政，所以尽管惠帝是个白痴，元康九年间还能维持一段，未致大乱。唐太宗所以能有贞观治世，一个重要的原因是知人善任。他深知一人不能遍知天下之事，不能独断天下之务，治政之要，在于择人，任用魏征、房玄龄、杜如晦一班名臣。魏征善谏，房善谋，杜善断，这样就使他减少了失误，形成良好的政治风气，导致了国家的安定繁荣，为后世所称颂。本文记述了子产善用人，正是由于他了解朝臣的长处和特点，能用其所长，充分发挥他们的才能和积极性，这样就能集中众多能人的聪明才智，各尽所长，减少失误，把事情办好。反之，凡是独断专行，自以为是，凭个人好恶用人，听不进正确意见的人，没有不坏事的。

田婴赏识齐貌辨

靖郭君田婴待门下客齐貌辨很好，但齐貌辨为人，小毛病挺多，手下的人不喜欢他。门下士尉将大家的不满去对靖郭君说，靖郭君不听，士尉告辞而去。他儿子孟尝君又私下劝告他，靖郭君大发雷霆说：“就是去掉了你们这些人，破了这个家，如果能满齐貌辨的意，我也不惜这样做。”于是，让他住最好的房子，让长子为他驾车，早晚为他送去食物。

过了几年，齐威王去世了，宣王继位，在交往中，宣王很不喜欢靖郭君，靖郭君只得告别宣王，回到自己的封地薛邑，和齐貌辨一同住在那里。没过多久，齐貌辨告辞，说要去见齐宣王。

靖郭君说："大王很不喜欢我，你去了会没命的。"齐貌辨说："我本来就没想着要活着回来，请一定得让我去。"靖郭君没办法拦住他。

齐貌辨到了都城，宣王听说后，憋下一肚子怒气等着他。齐貌辨见到宣王后，宣王说："你，是靖郭君最听信最喜爱的人吧？"齐貌辨说："喜爱是有的，听从却没这回事。当大王为太子的时候，我曾劝过靖郭君，说：'太子的相貌不像个仁厚的人，脸颊长，眼睛没神采，这种人是会违背前人意愿行事的，不如废掉太子，另立卫姬的儿子郊师为太子。'靖郭君流着眼泪说：'不能这样，我不忍心这样做。'如果听了我的话，也不会有今天这种祸患了。这是第一。到了薛邑以后，楚相昭阳曾要求以几倍的地方来换取薛邑，我又劝他：'一定要同意换地。'靖郭君说：'薛邑是先王封给我的，虽然我和后王相处得不好，要是换掉了薛邑，怎么对得起先王呢？况且先王的庙在薛邑，我怎能把先王的庙换给楚人呢？'又不肯听我的话，这是第二。"宣王听了叹息，看样子受到感动，说："靖郭君厚待我，竟然到了这种地步吗？我年轻，不知道这些情况，你愿意为我把靖郭君请回吗？"齐貌辨说："一定遵办。"

靖郭君来到国都，穿着威王赐给他的衣服，戴着威王赐给他的帽子，佩着威王赐给他的宝剑。宣王亲自到郊外去迎接，看到他这一身装束，忍不住哭泣起来。靖郭君到后，请他担任国相。靖郭君推辞，不得已才接受了任命。七天之后，以有病坚请辞职，过了三天，宣王才同意了。

在当时，靖郭君可说是善于知人的了，能知人，所以在别人非议齐貌辨的时候，不因此而动摇。这也就是齐貌辨甘冒生命危险与靖郭君共患难的原因。

简评

田婴是孟尝君田文的父亲，靖郭君是他的号，前面说了他的故事。田婴是齐国贵族，在齐威王时任职用事，宣王时曾为国相，被封于薛。据《史记·孟尝君列传》记载，曾“相齐十一年”，在外交上很有成就。本文记他很有知人之明。

田婴坚信齐貌辨是一个能共患难的有用之才，即使士尉以去就相争，儿子田文劝谏，周围说坏话的很多，他一概不听，深信不疑，他看到的是齐貌辨的大节，而众人却只看到他的小毛病。这种知人之明，是一种十分可贵的才能和品质，也才使得齐貌辨甘冒生命危险去为他效力。齐貌辨劝宣王的办法，和蒯通向刘邦为韩信辨冤有相同之处，把自己摆在被劝说者的对立面，而把第三者置于被劝说者的一方，使被劝说者醒悟，这样做对进谏者来说无疑是十分危险的，齐貌辨抱“固不求生”的必死之心，蒯通几乎被刘邦烹掉，但终因说服了对方，而化险为夷，传诵千古。

冯煖客孟尝君

齐国有个叫冯煖的人，穷困得不能养活自己，托人介绍给孟尝君，愿投靠门下找个吃饭的地方。孟尝君问：“客人有什么爱好？”回答说：“没有什么爱好。”又问：“客人有什么本事？”回答说：“没有什么本事。”孟尝君笑着接受了他，说：“好吧。”

后来，孟尝君发出通知，拿出账簿，问门下的食客们道：“谁熟悉会计业务，能替我到薛邑去收债吗？”冯煖签上名，写了个“能”字，孟尝君感到奇怪，问：“这是谁呀？”身边的人回答说："就是那个唱'长剑啊，咱们回去吧'的人。"孟尝君笑着说："这位客人果然有才能啊，我亏待了他，还没跟他见过面呢。"就请来相见，道歉说："我被政事拖得很疲倦，被忧虑折磨得心烦，而且生性懦弱愚笨，淹没在国家事务中，得罪了先生，承先生不见责怪，还有意替我到薛地去收债吗？"冯煖说："愿意。"于是为他准备车马，整理行装，装上债券，准备出发。辞行时，冯煖问道："债款收完以后，买些什么东西带回来？"孟尝君说："你看我家缺少什么就买什么。"

冯煖赶着车到了薛邑，派官吏召集那些应当还债的人，都来核对债券，债券核对完以后，冯煖假传孟尝君的命令，把借款赐给欠债的百姓，随即烧掉了他们的债券，百姓们都高呼"万岁"。

冯煖马不停蹄回到齐国，清早就去求见孟尝君，孟尝君见他回得这么快，感到奇怪，穿戴好衣帽出来接见他，问道："债款全收齐了吗？怎么回来得这么快呀？"冯煖说："收齐了。""买了些什么东西带回来？"冯煖说："您说'看我家里缺少什么东西'，我私下考虑，您宫中堆满了珍珠宝贝，好狗好马挤满了外边的牲口棚，美女充满阶下，您家所缺的只是'义'而已，我为您买回来了'义'。"孟尝君说："买'义'是怎么回事呢？"冯煖说："现在您只有一块小小的薛地，却不能抚育爱护那里的百姓，反向他们放债取利，于是我私下假传您的命令，把所有债款都赐给了百姓，并烧掉了他们的债券，百姓高呼万岁，这就是我给您买的'义'啊！"孟尝君听了很不高兴，说："好，你先生算了吧！"

过了一年，齐湣王对孟尝君说："我不敢以先王的大臣做自己的臣子。"孟尝君回到自己的封地薛邑，走到离薛邑不到一百里的地方，百姓扶老携幼，在路上迎接孟尝君，整整有一天，孟尝君回头对冯煖说："先生替我买的'义'，才在今天看到了。"

冯煖说："聪明的兔子有三个洞穴，方能够避免死亡。今天您才一个洞穴，还不能垫起枕头睡大觉啊，请让我替您再凿两个洞穴。"孟尝君给他备车五十辆，金五百斤，往西方游说梁国，冯煖对梁惠王说："齐王放逐他的大臣到诸侯中，先迎接他的，将使国家富足，兵力强大。"于是梁王空出最高的官位，把原来的丞相调做上将军，派遣使者带着黄金千斤，车子百辆，去迎请孟尝君。冯煖抢先回薛，告诉孟尝君说："千金，是一份厚重的聘礼，车百辆，是迎接显贵的使臣，齐王大概听到这个消息了。"梁国使者往返三趟，孟尝君坚决辞谢不去。

齐湣王听到这消息，君臣都害怕起来，派了太傅带黄金千斤，华丽的车子二辆，佩带的宝剑一把，亲笔信一封，向孟尝君道歉道："我不好，遭到祖宗降下的灾祸，偏信阿谀逢迎的奸臣，得罪了您。我是不值得您的帮助，望您顾念先王的宗庙，还是回来统率广大的人民吧。"冯煖嘱咐孟尝君说："希望您向齐王请求分一部分先王的祭器，在薛建立宗庙。"宗庙建成了，冯煖回报孟尝君说："三个洞穴已经凿好，您可以垫高枕头安稳过快活日子了。"

孟尝君在齐国担任丞相数十年，没有丝毫的灾祸，都是由于冯煖的计谋。

简评

冯煖（xuān），一本作冯谖，《史记·孟尝君列传》作冯驩。战国时孟尝君门下的食客，他帮助孟尝君烧券市义，游说诸侯，建立宗庙，不但恢复了孟尝君的相位，还巩固了他的地位，终身无纤介之祸，表现了冯煖卓越的政治才能。据《史记·孟尝君列传》，孟尝君被废，他的食客三千都离他而去，只有冯煖不但没有离开他，反而帮助孟尝君去西说秦王（不同于本文所说的游说梁惠王)，秦王大为高兴，派了十辆车子，带黄金百镒（一镒二十两或二十四两）去迎接孟尝君，冯煖又去告诉齐王，等秦国使者的车子刚入境，齐王就恢复了孟尝君的相位，除归还原来的封地外，还加封一千户。秦国使者只好返车而去。孟尝君复位后，客人又回来，孟尝君说："这些客人还有什么面目再来见我，再来见的，一定要在他面上吐痰羞辱他。"冯煖劝他待客如故，以免绝宾客之路，孟尝君接受了他的意见，说明冯煖不仅见识高人一等，胸怀也很豁达。

孙膑教田忌赛马

有个齐国的使者来到魏国都城大梁（今河南省开封市），孙膑以刑徒的身份，暗地会见了齐使，并向他谈了自己的见解，齐国使臣认为孙膑是个人才，偷偷地把他藏在车中，带回齐国。齐国大将田忌赏识他的才能，以贵宾相待。

田忌常常和齐国的宗室公子们跑马比赛，还押下重金赌输赢。孙膑看他们参加比赛的马匹，足力相差不很远，但可分成上、中、下三等，于是孙膑对田忌说："下次跑马比赛时，你只管押下重金去和他们赌输赢，我有办法让你获胜。"田忌深信孙膑的话，一次同齐王及众公子们押下了千金赌注。临场比赛时，孙膑对田忌说："现在用你的下等马去和他们的上等马比赛，然后用你的上等马和他们的中等马比赛，再用你的中等马和他们的下等马比赛。"等到三场赛完，田忌输一场，赢两场，结果赢得了齐王押下的千金。于是田忌把孙膑推荐给齐威王，威王向他请教兵法，尊他为老师。

简评

田忌赛马的故事家喻户晓。在三场比赛中，以一场失败为代价，赢得后两场的胜利，也就是以牺牲局部为代价，获得总体上的成功，这一策略思想为历代很多兵家所采用，在今天的各种竞争中，常有人运用它来战胜自己的对手。在“三十六计”中，被列入第十一计——李代桃僵，意为桃树的根被虫咬，桃旁的李树代替桃树仆倒死去。应用到人事、战争中，是借助某种手段牺牲一个人去拯救另一个人，牺牲局部以换取全局的胜利。历史上常用的替身计即属这类。如春秋时赵氏孤儿的故事。晋景公派屠岸贾去将赵氏家族斩尽杀绝，又要杀隐藏起来的赵朔的遗腹子赵武，门客程婴将自己的儿子代替赵武被杀，抚养赵武成人，最后杀了屠岸贾一家。

毛遂自荐

公元前257年，秦军包围了赵国国都邯郸。赵国派平原君到楚国去求救兵，并订立盟约，联合抗秦。平原君决定从门客里挑选二十个有勇力又文武兼具的人同去，他说：“如会谈能成功，当然最好，如谈判不能达成协议，也要在会场上强迫楚国签订联合抗秦的盟约回来，去的人选不必到外边去找，在门下食客中挑选就够了。”他在几千个门客中选了十九个人，其余的他认为都不合格，没法凑满二十个人。

这时，有个叫毛遂的门客，走到平原君面前，自我推荐说：

“听说你将到楚国去订结联合抗秦的盟约，准备带门下食客二十人同去，不向外边找人，现在还缺一个，希望你把我凑个数，就出发吧！”平原君问道：“先生住在我这里作客几年了？”毛遂说：“在这里已经三年。”平原君说：“有才能的人活在世上，就像锥子放在口袋里，它那尖儿立刻会显露出来。现在先生在我家已经三年，周围的人没有什么赞扬的话，我没听说过有关先生的一言半语，这是先生没有本领，先生不能去，先生留下吧！”毛遂说：“我是直到今天，才有机会请你把我放进口袋里去啊，要是我早能够放到口袋里，那就像禾穗那样，早就挺出来了，不仅是尖端显露出来而已。”平原君见他善于言辞，勇于自荐，便让毛遂一同前去。同去的十九人互相用眼色来讥笑他，只是没有发出声来，毛遂不以为意。

等到毛遂到了楚国，与十九人议论订立盟约的事，十九个人见他胸有成竹，侃侃而谈，不由得都佩服他。平原君和楚王商谈订立盟约联合抗秦的事，向楚王说明利害关系，从早晨一直谈到中午，不能决定下来。十九人对毛遂说：“先生上去吧！”

毛遂手按着剑把，登上一层层台阶，上前对平原君说：“联合抗秦的利害关系，两句话就可决定，现在从早晨开始谈判联合的事，中午还不能决定下来，这是为什么？”楚王问平原君道：“这位客人是干什么来的？”平原君说：“这是我的一位门客。”楚王大声呵斥道：“还不下去！我这是和你的主人谈话，你来干什么！”毛遂按着剑把走到楚王面前说：“大王敢这样呵斥我，是仗着楚国军民很多，现在我和大王距离不到十步，大王没法依仗楚国人多势众了，大王的性命握在我的手里，当着我的主人，你怎么敢这样无礼地斥责我！况且我听说从前商汤只有七十里土地，后来成为天下的王；周文王也只有一百里的土地，却使诸侯臣服他。难道他们是仗着军队多吗？实际是因为他们能把握有利形势，发挥他们的威力。现在楚国地方五千里，拿武器的战士有百万，这是成就霸业的基础。以楚国的强大，天下没人敢比。可是，秦将白起不过是个无名小卒，带领几万人马，来和楚国打仗，一仗就攻下了楚国的鄢城和郢城，再战就烧了夷陵，三战使大王的祖先受到侮辱，这是楚国一百年也忘不了的仇恨，连赵国也引以为耻，可大王却不以为羞。联合抗秦，为的是楚国，而不是为了赵国，现在你当着我主人的面大声吆喝干啥？”

楚王听了连声说：“是啊，是啊！事实确实如先生所说，我恭谨地以国家参加抗秦联盟。”毛遂问道：“联合抗秦的事定了吗？”楚王说：“定了。”毛遂对楚王的左右说：“去取鸡、狗、马的血来。”毛遂捧了盛血的铜盘，跪着献给楚王，说道：“请大王歃血定盟，其次是我的主人，再次是我。”就这样在殿堂上订立了联合抗秦的盟约。毛遂左手拿着盛血的盘，右手招十九个同伴说：“各位都在堂下吸一下这些血吧！各位庸庸碌碌，是通常所谓靠别人来办好事情的人。”

平原君订立盟约后回到赵国，他说：“我赵胜不敢再说会识别人才了，我识别的人多说上千，少说上百，自以为没有错过天下的人才，却差点把毛先生错过了。毛先生一到楚国，使赵国的地位比九鼎、大吕这些宝物还要贵重，毛先生凭三寸舌头说服楚王，胜过百万雄师，我赵胜真不敢再去鉴别人才了。”于是把毛遂作为上宾对待。

简评

毛遂是赵国公子平原君赵胜的门客，赵胜是赵惠文王的弟弟，他门下常有几千食客，一个默默无闻的下客，却帮他办了一件拯救国家的大事，因而使“毛遂自荐”成为千古流传的佳话。自荐是潜力人才向社会推荐自己，以求社会的发现和承认，是他荐的一种重要补充。在唐代，自荐自举是一条人才选拔的途径，诗仙李白的《与韩荆州书》就是一封自荐信，韩愈的一上再上宰相书也是理直气壮的自荐。一个确有本事而无适当平台施展的人，不妨自荐。

燕昭王招贤

燕昭王收拾残破的燕国后，登上了王位。他不惜降低身份，备上重金，以招揽人才，准备依靠他们报仇，所以去见郭隗，对他说："齐国趁我国内乱，发动袭击，打败了燕国，我深知国小力弱，不足以报仇。然而如果能得到贤才共同治理国家，以求洗雪先王的耻辱，这是我的愿望。请问要报国仇，该怎么办？"

郭隗先生回答说："成就帝业的国君，把贤者作为老师对待；成就王业的国君，把贤者作为朋友对待；成就霸业的国君，把贤者作为臣下对待；而那些亡国之君，则把贤者像奴仆一样对待。折节屈尊侍奉贤者，尊居师位面向他受教，才能超过自己百倍的人就会到来；先于别人向前，后于别人休息，先于别人求教，后于别人停止，才能超过自己十倍的人就会到来；别人做自己也照样做，和自己才能相似的人就会到来；靠着几案，拄着手杖，斜视着指使别人，执劳役供使唤的人就会到来；放纵粗暴，随便发怒呵斥别人，那么犯人、奴隶就会到来。这些都是古代服膺王道、招揽人才的办法。大王如果真能够广泛选拔国内的人才，亲自登门造访，天下之人听说大王亲自拜访贤臣，天下的贤士一定都会奔赴燕国。"

昭王说："我将拜见谁才合适呢？"郭隗先生说："我听说古

代有个国君，想以千金买一匹千里马，买了三年也没有买到。这时，一个侍臣对国君说：‘请让我去买吧！’国君就派了他去，三个月后，他得到一匹千里马，可马已经死了，以五百金买了马骨，回报国君，国君大怒，说道：‘我要的是活马，死马有什么用，还用去了五百金？’侍臣回答说：‘死马尚且肯花费五百金，何况活马呢？天下人必定以为大王识马，千里马就会到了。’于是不到一年，千里马就来了三匹。现在如果大王真想招揽人才，就从我郭隗开始吧，我尚且被任用，何况比我更有才干的人呢？难道还怕远在千里之外么？”

于是昭王为郭隗修建了高级住宅，尊他为师。不久，乐毅从魏国到了燕国，邹衍从齐国到了燕国，剧辛从赵国到了燕国，有才能的人都争着聚集到燕国。昭王悼念死者，慰问生者，与百姓同甘苦，燕国渐渐殷实富裕起来，士兵生活安适，乐意为国而战。于是昭王任乐毅为上将军，与秦、楚、韩、魏、赵等国合谋讨伐齐国，齐国大败，齐闵王逃往国外，燕军单独追击败逃的齐兵，攻入齐国都城临淄，把齐国的宝物全部掠走，烧毁了齐国的宫殿宗庙。齐国城邑没有被攻下的，只剩下莒和即墨两处。

简评

燕昭王，名平，燕王哙之子，在位三十三年。昭王为郭隗“筑台而师之”，就是历史上有名的燕昭王筑黄金台招贤的故事，果然得到了乐毅、邹衍、剧辛等贤才，大败齐军，使燕成为战国七雄之一。

对待人才采取什么态度，是能否招揽人才的关键。一个国君和领导者，想招揽的是人才而不是奴才，就必须“诎指而事之，北面而受学”、“先趋而后息，先问而后嘿”，刘备三顾茅庐，才得到了诸葛亮这样的人才。“冯己据杖，眄视指使”，甚或“恣睢奋击，呴藉叱咄”，就只有那些甘心俯首屈膝、阿谀奉承的奴才会来。现在有的地区和单位能留住人才，有的则人才纷纷外流，除了客观条件外，关键是领导是否真正重视人才，尊重他们，关心他们，充分发挥他们的才能。燕昭王筑台招贤这件事大可供我们借鉴。

刘邦论汉初三杰

高祖置酒于雒阳南宫，他说："列侯诸将都不许对我有什么隐讳，都要对我讲真话，我所以能得到天下，是什么原因；项氏之所以失掉天下，又是什么原因?"高起、王陵二人回答说："陛下傲慢侮辱人，项羽仁厚爱人。然而陛下使人攻城略地，所降服攻下的地方，就给予立功的将帅，和天下人同利。项羽则妒贤嫉能，有功劳的加以残害，有能力的怀疑不信任，对打了胜仗的不酬功，得了土地的不与利。这就是他失掉天下的原因。"高祖说："你们只知其一，不知其二。在营帐里出谋定计，而能决定胜利于千里之外，我不如张子房；镇守国家，安抚百姓，供给粮饷，不绝粮道，我不如萧何；统领百万大军，战必胜，攻必取，我不如韩信。这三人都是人中豪杰，我能任用他们，所以能取得天下。项羽有一个范增而不能用，因而被我擒获。"群臣听了，都心悦诚服。

简评

汉高祖刘邦把他所以能得到天下、项羽所以失掉天下，归结为是否能重用人才，张良、萧何、韩信，被人称之为汉初三杰，张良善于"运筹帷幄之中，决胜千里之外"，也就是在营帐中出谋划策，拟订作战方案，然后付诸实施，这是要求在极其错综复杂的情况下，作出应当做什么和应当怎样做的决定。只有决策正确，才有可能取得战争的胜利。刘邦能很快回到咸阳，使秦王子婴投降，就出自张良的谋划。后来刘邦做了汉王，张良又要他“烧绝栈道，示天下无还心”，等到韩信明修栈道，暗度陈仓，项羽还蒙在鼓里。萧何、韩信，一个是良相，一个是良将，刘邦任用了这三个人，在人才上他占了优势，因而最终能扭转局势，取得天下。在任何成功者的背后，都拥有一个人才集团，过去如此，现在将来更是如此，事业的竞争，就是人才的竞争，已是历史反复证明了的真理。

萧何荐拔韩信

汉王元年（前206）四月，刘邦进入汉中，烧绝栈道，示无东归之意。在去国都南郑的路上，将士因思乡心切，中途逃跑了几十人。一天，有人向刘邦报告说：“相国萧何逃跑了！”刘邦又气又惊，如同失去了左右手。过了两天，萧何忽来叩见刘邦，刘邦又喜又恼，责问萧何：“你为什么逃跑？”萧何答道：“我怎么敢逃走，我是去追一个逃走的人。”刘邦问：“追谁？”萧何说：“韩信。”刘邦生气道：“逃跑的将领几十人，你一个也没去追，哪里会单单去追一个韩信？你在骗我。”萧何解释说：“将领容易得到，唯独韩信，是谁也比不上的一个杰出人才。大王如果只想在汉中称王，确实用不着韩信；如果想争天下，就非用韩信不可，这就看你的决策如何了。”刘邦说：“我当然还想向东发展。”萧何说：“大王确定要向东发展，能用韩信，韩信就会留下；否则，韩信终归会逃走的。”刘邦说：“看在你的情面上，就派他当一员将领吧。”萧何说：“虽用他为将，韩信必不肯留。”刘邦说：“那就派他当大将吧。”萧何说：“好极了！”刘邦要他去把韩信叫来，萧何说：“不能这样随便，应该举行一次隆重的拜将仪式。”刘邦也依了他。于是韩信被拜为大将。后在破楚兴汉斗争中，韩信战必胜，攻必取，一如萧何所言。“萧何月下追韩信”的故事，千古流传，还被编成戏曲，搬上了舞台。

简评

萧何（？—前193）和刘邦本是同乡，秦时同为泗水县沛郡丰邑（在今江苏丰县）人。萧何以精通律令为沛县吏时，刘邦还是一个平民百姓，常使酒任性，招惹是非，萧何总是设法关照他。后来刘邦当了泗水亭长，萧何又常常帮助他。

韩信在项羽处得不到重用，走投刘邦，又不受到重视，就想离开，萧何知道他是个将才，又追了回来，说服刘邦拜为大将，连百万之众，战必胜，攻必取，助刘邦取得天下。设使没有韩信，刘邦是否能顺利取得胜利，还是个问号。萧何慧眼识才，又留住了人才，刘邦即帝位，以萧何功最大，举荐韩信，也是大功之一。

冯唐论善待边将

冯唐，他的祖父是赵国人，他的父亲把家搬到代国。汉朝建立以后，又搬到安陵（汉县名，在今陕西咸阳县东）。冯唐以孝行为人所称道，汉文帝时，任中郎署长。文帝车经过中郎署，问他道："老大爷是什么时候担任郎官的，家在哪里？"冯唐如实回答。文帝说："我住在代地时，管理我膳食的尚食监高祛，多次向我提起赵将李齐的才能，曾在巨鹿地方打过大仗。现在我每每在吃饭时，还觉得好像在巨鹿的战场上。老大爷知道这事么？"冯唐回答说："李齐还不如廉颇、李牧担任将军。"皇上问："为什么呢？"冯唐说："臣的祖父在赵国时，为官率将，和李牧要好，臣的父亲原来是代国丞相，和赵国将军李齐要好，所以知道他们的为人。"皇上听冯唐说起廉颇、李牧的为人，非常高兴，拍打着大腿说："唉！我却得不到廉颇、李牧做我的将领，不然，我还担心匈奴入侵吗？"冯唐说："请原谅我直说，现在就是有廉颇、李牧，陛下也不能用他们。"文帝听后十分生气，立即起身回到宫里。过了很久，又把冯唐召去，责备说："您为什么当众侮辱我，难道不能在人少空闲的时候说吗？"冯唐道歉说："粗野的人不知道忌讳。"

当时，正当匈奴大举入侵朝那（汉县名）地方，杀了北地都尉孙卬。文帝对外族入侵非常关心焦急，又问冯唐道："冯公怎么知道我就不能用廉颇、李牧呢？"冯唐说："臣听说古时帝王派遣大将出征，跪着亲自推着车子，对派出的大将说：'国门以内的事，我自己来管理；国门以外的事，由将军您去管。'所有作战立功封爵受赏的事，全部由将领在外面决定，回来向朝廷报告，这并非口头上的空话。臣的祖父说：李牧担任赵国将军，驻守边防，军中市上收的租税，都自己动用犒劳军士，赏赐在外面决定，不受朝中干扰，付与他全权，只要求他取得成功。所以李牧能够尽量发挥他的聪明才智，派出挑选出来的战车一千三百辆，会射箭的骑士一万三千人，够得上赏赐百金的勇士十万，就这样北面驱逐了匈奴单于，击破了东胡，消灭了澹林，西面抑制了强秦的入侵，南面支持了韩国和魏国。当时，赵国差不多可以称霸了。后来，赵迁继位做国王，他的妈妈是个倡伎，赵迁因为听信奸臣郭开诬蔑李牧的话，终于杀了李牧，派颜聚替代他，于是军队被击溃，士卒逃散，赵迁被活捉，国家被灭亡。如今臣私下听说，魏尚担任云中（在今山西省西北部和内蒙古自治区西南部一带）郡的郡守时，他把军市上收的租税，全用来犒劳士兵，还拿出个人生活津贴，五天杀一次牛，用以犒劳幕府中的宾客谋士和属下的军官与门客，大家心怀感激，愿出死力，所以匈奴躲得远远的，不敢接近云中军队驻防的地方，敌军一度入侵，魏尚率领战车和骑兵，予以痛击，敌人被杀的很多。士兵本来都是普通老百姓，出身农民从军，哪里知道官府文书，军队里的证件，只知整天奋力战斗，杀敌捉虏，但向军队总部报告战功，只要一个字不符合，文吏以法律条文去衡量纠正，奖赏不再颁发，而文吏依法所作惩处，必须照办。臣性愚笨，觉得陛下立法太苛，赏赐太轻，而处罚太重。且说云中郡守魏尚，因报的军功短少六颗敌军首级，陛下把他交付法官审判，革掉了他的封爵，罚他作苦役。由此说来，陛下纵然得到廉颇、李牧那样的将才，也不能用他们。臣诚然愚笨，触犯了忌讳，该死，该死！”

文帝听了大为感动，当即就命冯唐拿着符节去赦免魏尚，仍命他担任云中郡守，任命冯唐为车骑都尉，主管中央和地方的战车部队。

简评

本文通篇叙述了冯唐对汉文帝谈如何使用良将，也就是如何使用人才的问题，他认为文帝虽得廉颇、李牧那样的良将也不能用，以魏尚为例证明他的论点，指出其原因是“法太明，赏太轻，罚太重”。这里所说的“法太明”，不是法纪严明，而是用法刻深，由于上军功短少六颗首级，就革职并罚苦役，显然太苛刻了，这是那些刀笔之吏对照法律条文定出来的。魏尚有那么大的功劳，未见重赏，一点小过错，就受到严厉处分，还有谁肯出来效力呢？用人要取其长而弃其短，“无以寸朽而弃连抱之才”，一株几围大的参天大树，即使有小的地方朽坏，也还可用，不能因这点小的朽坏就连整个树都丢了。用人何尝不如此，金无足赤，人无完人，主要方面是好的，一点小毛病，小过失，就不能抓住不放。人才往往不是那些谨小慎微的君子，而是那些敢想敢干的人，汉文帝能够接受冯唐的正确批评，立即改正了对魏尚的不公正处理，使他不失为一个明君，比起那些文过饰非坚持错误的统治者高出万万，因此君臣间的这番对话及其作用，在司马公的笔下，得以千古流传。

丙吉大度得人

汉宣帝时，丞相丙吉有一个管车马的属吏，爱喝酒，几次离开本职工作，在外游荡。有次随丙吉出外，因为喝醉，在车上呕吐，主管官员要把他斥退。丙吉说：“因为喝醉吃多而斥退一个人，今后他往哪里去安身，你就忍一忍罢！他的过失不过是弄脏了丞相车座的褥子。”于是主管官就仍旧把他留下来。

这个驾车马的小吏是边疆地区的人，他对边境传送紧急公文非常熟悉。一次他出外，正好看到驿道上有骑兵持红白相间的袋子，急驰而来，他知道这是边境有紧急文书送到，他随这个人到有关衙门探听，得知是匈奴人侵入云中代郡，急速回来向丙吉禀告，并说：“恐怕匈奴人侵入的边郡，有些老弱病残的郡守，无法抵御，应该先调查了解。”丙吉认为他说得对，立刻把负责边境防守的东曹主管官员召来，详细问了那些边境官员的情况，记录了他们的年龄和经历，不久皇上便召丞相、御史大夫，询问匈奴入侵边境地区官吏的情况，丙吉因早有准备，详细奏闻，而御史大夫仓促之间，了解不详细，因而受到谴责，而丙吉被认为关心边防，恪尽职守，这是那个驾车马小吏的功劳。

简评

丙吉，字少卿，曾任鲁地监狱小官，逐步升到廷尉右监。汉武帝末年，被征召治巫蛊案，暗中保护了皇曾孙即后来的汉宣帝，他为人宽厚谦逊，从不说起这件事。后来宣帝知道丙吉于自己有大恩，又敬佩他不自表白，初封博阳侯，后为丞相。这个故事便发生在他为丞相时，这个小吏虽爱喝酒游荡，却关心军国大事，使丙吉在宣帝咨询时受到表扬。这种不计人小过而得到报效的事例很多。

郭嘉论曹操、袁绍

一次曹操对郭嘉说："本初（袁绍）拥有冀州这块广阔的土地和人民，加上青州和并州也依附他，土地广大，兵马强壮，而多次为不轨之事，我想要讨伐他，而力量又敌不过，该怎么办？"郭嘉回答道："刘邦的力量敌不过项羽，这是您所知道的。汉高祖以智取胜，项羽虽然强大，终于被他擒获。据我的料想，袁绍有十种致败的弱点，而您有十种致胜的长处，袁绍兵虽强，不会有什么作为。

“袁绍讲究繁琐礼节和仪式，而您则任其自然，此为道胜，这是第一。袁绍逆天而行，您则奉朝廷以率天下，于理为顺，此为义胜，这是第二。汉朝末年施政失之于宽，袁绍以宽来对待失之于宽的局面，故不能约束军民；而您则以威猛来纠正过去的失误，使上下知有约束节制，此为治理上胜过他，这是第三。袁绍外示宽大而内怀忌刻，用人又怀疑别人，所任用的只有亲戚子弟；而您则外表平和简易，而实精明，用人不疑，只看才干是否适合，而不分亲疏远近，此为器量上胜过他，这是第四。袁绍多谋少决断，失在丧失时机；而您得到谋略立即施行，应用时变化无穷，此为谋略上胜过他，这是第五。袁绍承上代累世的勋业，以议论高超谦让广收名誉，读书人中喜欢高谈阔论装饰外表的多去归附他；而您以真心待人，推诚相与，不假意夸奖，以俭朴做下属的表率，而对有功之人则无所吝惜，读书人中忠实正直又有远见和真才实学的愿意为您所用，此为德胜过他，这是第六。袁绍看到人饥饿寒冷，表现出怜恤关心的样子，而对那些看不到的穷苦人，却没有考虑，这是所谓的妇人的仁心；而您对眼前小事，时时有所忽略，而对于大事，则考虑得很远，给予人的恩泽，往往超过他们的期望，虽不在眼前，也考虑得很周到，无不使之得到接济，此为仁爱胜过他，这是第七。袁绍的大臣争权，向他进谗言，扰乱视听；而您以正确的原则统率下属，那些谗言没有市场，此为英明胜过他，这是第八。袁绍对所是所非不清楚，而您对认为正确的加以礼遇，对认为不正确的以法令纠正，此为辨别是非胜过他，这是第九。袁绍喜欢虚张声势，不知用兵之要；而您能以少数战胜多数，用兵如神，军人有恃无恐，敌人害怕，此为用兵胜过他，这是第十。”曹操笑着说：“如你所说的这些优点，我有什么德行可以够得上这种评价呢？”

简评

郭嘉字奉孝，颍川阳翟（今河南禹州）人。曹操谋士，后封洧阳亭侯。赤壁之战，曹操大败而归，悲叹："郭奉孝在，不使孤至此。"说明郭嘉是一位难得的人才。

在本文中，郭嘉把袁绍和曹操在施政、用人、德行、军事等十个方面逐一比较，指出曹操胜过袁绍，因而从长远看，曹操必胜无疑，后来事实也证明了他的预见，袁绍兵败病死，三个儿子为曹操所灭，儿媳妇甄氏后来还成了曹丕的皇后。

顾徽刑场救人得壮士

三国时，东吴主簿顾徽因事外出，见士兵正押着一名男子赴市斩首示众，顾徽问军士，他犯了什么罪，军士说他偷了钱，顾徽又问，他偷了多少钱，军士说，偷了一百钱，顾徽连忙喊道："快住手，快住手，刀下留人！"他急忙驰马到宫中拜见孙权说："现在我们正要接受安置各地逃亡来的民众，用他们去打击北方的曹操，这个兵身体壮健，盗钱不多，而且迫于饥寒，不为盗，难养活，这是上边给养关心不够，为什么要杀他呢?"孙权听了，赞许他及时报告，避免了错杀，改任他为东曹掾。

不久传闻曹操将进兵江东，因顾徽素有口才，孙权找他说："现在传说曹孟德对我们另有图谋，难以打听到他的真实动向，请你替我去走一趟吧！"于是任顾徽为辅义都尉，那偷钱获救的军士也要求随他北行，孙权同意了。

顾徽与随行军士见到了曹操，曹操详细问了江东的情况，顾徽说："江东年成好，大获丰收，深山水泽里的刁民，也都因仰慕吴主的恩泽教化而改作良民，愿投军报效。"曹操变了脸色说："我和孙将军已结为儿女亲家，共辅汉室，情义如同一家，你说什么民众愿当兵效命，难道是要破坏我们的联盟吗？"命身边的武士把顾徽抓起来，气氛顿时变得紧张，这时激怒了随行的军士，他按剑而前，厉声对曹操说："正因为您和我们孙将军义如磐石，休戚与共，必欲知江东情况，才说了这些。古时交兵，不斩来使，何况现在已结为同盟，您怎能如此无礼！您应该听说过，十步之内，是不能依仗人多势众的！"

曹操见这架势，不觉吃了一惊，转而又大笑起来，连呼："真是个壮士啊！"以礼接待，送回东吴。

顾徽回来后，去向孙权禀报出使情形，孙权问道："他们对你说了些什么？"顾徽说："敌国隐藏的机密，一时难以窥探出来，但据我多方打听，曹操正与袁绍争持不下，对东吴还没有侵犯的意图。"不料随他出使的那个军士却在台阶下大声说："我们不要恃着敌军不来，放松戒备，而要靠着我们自己有准备，将军要及早准备！"孙权没料到他能说出这样的话来，高兴地说："这就是过去那个偷钱的年轻人，想不到竟能有这样的见识。"

简评

三国时期战乱不止，各国多用重典，东吴孙氏政权对军士百钱论斩，即是一例，亦是常事。此军士得顾徽保释，当是个例。从他随顾徽出使的表现看，竟敢对警卫森严的曹操拔剑而起，据理力争，又是何等气魄，想东吴这种人物亦不多。回吴后又当着孙权，劝顾徽对曹魏不可丧失警惕，引得吴主大笑，不知是否能引发他对重刑的修改。

西汉张苍临斩得免，后为丞相，颇有建树。韩信临刑得免，后为大将。不知古来有多少人才丧于统治者的刀斧之下，能不引起后人之思？当知草菅人命是最大的犯罪。

唐太宗论用人各取所长

太宗命封德彝推荐人才，很久没有被推荐的人，太宗质问他，他回答说：“不是我不尽心竭力，只是现在没有奇才！”太宗说：“君子用人就好像用器物一样，用他们各自的长处。古时能把国家治理好的人，难道是向别的朝代借来人才吗？只怕自己不能发现人才，怎么可以冤枉一代的人！”封德彝感到没趣走开了。

简评

“君子用人如器，各取所长”，成了千古传诵的名言。会用人的人，能取人之长，舍人之短，而决不求全责备，否则就变成了封德彝式的人物。慧眼识英雄，只有慧眼才能识别英雄，像封德彝这样的人，就是人才摆在面前，也识别不出。一些人才在甲单位无所作为，换个环境后，却能脱颖而出，常常就是以前碰到的是封德彝，而后来遇上了伯乐的缘故。

岳飞论马

岳飞朝见，宋高宗从容地问道：“你得到了良马吗？”岳飞答道："臣曾经有过两匹好马，每天要吃草豆数斗，喝泉水一斛，但如果料不精，水不洁，则不吃。披上鞍甲奔驰，开始不很快，等到跑上百来里，它们才奋蹄疾跑，从午时到酉时，还可跑上两百里。卸下鞍甲后，不喘息，不出汗，就像没事一样。这是容受量很大，却不随便取得；力量充裕，却不逞能，是能行远道的千里马啊！但不幸相继死去。现在所骑的马，每天吃饲料不过数升，还不择质量高低，喝水不择泉水好坏，马缰还没有系好，就放蹄飞奔，才走百把里，就力气使尽，汗水淋漓，气喘吁吁，像快要死了一样，这是它所取不多，容易满足；好逞能，力量容易枯竭，这是一种低劣之材。"皇帝表示赞赏，说："你现今的议论更为精辟了。"

简评

岳飞（1103—1142），字鹏举，相州汤阴（今河南安阳汤阴县）人，著名抗金将领。这段论马的名论是绍兴七年（1137），岳飞到临安朝见宋高宗赵构时说的。他原有的两匹良马，其主要特点是"受大而不苟取，力裕而不求逞"，容受量很大，却"非精洁则不受"，也就是取食物绝不苟且随便，这是它们力量的源泉，致远的保证。另一方面，它们力量虽然充裕，却"初不甚疾"，不逞能，所以能保存力量，走得很远。而驽钝之材则反是，其特点是"寡取易盈，好逞易穷"。岳飞虽是论马，其实也是论人。凡是能任重致远之材，必然也是"受大而不苟取，力裕而不求逞"。根深则叶茂，源远则流长。所积者厚才能致远大。凡事皆然，不独马是这样，岳飞论马，实际是论述了人才和事物的普遍规律。

李纲巧荐张所

李纲要用张所，但张所曾经批评过宰相黄潜善，李纲感到为难。一天，李纲遇到黄潜善，和颜悦色地说道："现在国难当头，我们身负天下重任，而四方的士大夫，虽朝廷号召也没有来的。前些日子商议设置河北巡抚司，唯有一个张所能够胜任，但又因说话狂妄得罪了你，如果张所没有这点罪过，谁说不是最适合的人选，可是现今为形势所迫，不可不试用他。如果让他担任台谏这类官职，身居要地，那是不适合的；但如果给他一个官职借以去河北一带招抚，冒着生命危险去立功，以弥补过去的过失，似乎没什么不妥。"黄潜善欣然许诺。

简评

李纲（1083—1140），字伯纪，邵武（今属福建）人，政和进士。他是宋代大臣，著名抗金派。北宋末年任太常少卿、兵部侍郎。钦宗靖康之年，金兵初围开封，力阻迁都，他以尚书右丞任亲征行营使，敌兵攻城，身自督战，击退金兵，不久被排斥出任外职。高宗即位，任为宰相，力主抗金，在职七十五天，又被黄潜善、汪伯彦排斥。

在任宰相时，他建议于河北置招抚司，河东置经制司，推荐张所、傅亮，后张所被任为河北招抚使，傅亮任河东经制副使。张所曾为监察御史，指言黄潜善是个奸邪的人，恐危害新政，被贬为尚书郎，又外贬江州。李纲推荐张所，怕黄潜善阻挠，先指出只有张所能胜任此职，为形势所迫，不得不用；继而又针对黄潜善深恨又深怕张所的心理状态，说不能让他担任台谏这种可以向皇帝进言、弹劾官员的要职，而只能让他去干这种冒险的事，这既揭开了这个奸臣的心病，又正是他所希望的，因而也就"欣然许之"了。

杨士奇识才

明代大臣杨士奇在朝四十年，兼领文坛数十年，以敢言廉能著称，还特别善于识拔人才，不拘一格。昆山人屈昉，字季恒，会作诗。杨士奇看到他的一首《送行》诗，非常欣赏，当即记下了他的名字。昆山知县罗永平因事入京，士奇问他："屈昉诗写得好，为人品行如何？"罗永平因不知其人，不知怎样回答，士奇以诗示之，罗知县深感惭愧，回去访察，才知屈昉其人。后来朝廷有诏要地方举荐明经品行好的人，昆山便推举了屈昉，被任为南海县丞，著有《寓庵集》。

朝臣夏元吉在苏州治水，带回苏州人陈继写的一篇文章，士奇看到后，认为他很有才华，默记在心。一次仁宗朱高炽问他："现在住在乡间没有出来做官的，还有没有知名之士？"士奇回答："东吴有个陈继，文章写得不错。"仁宗即命将陈继召到北京，任为国子监博士，后又改为翰林五经博士，在弘文阁当差，再任为检讨。陈继奉母至孝，后以疾归乡里。

苏州还有个杨翥，字仲举，少时贫困，随兄在武昌授徒自给。杨士奇当时家境也很贫困，生下来才一岁，父亲就去世，后随母改嫁到罗家，一边读书，一边劳动。他也流寓武昌，家计窘迫，杨翥和他并不很熟，却常常将教蒙馆的地方让给他，自己另寻处所。士奇很感激和器重他。任大臣后，他就推荐杨翥明经书品行好，宣宗朱瞻基命杨翥到礼部应试，授翰林院检讨，后官至礼部右侍郎、尚书，以道德高尚著称于时。

宣宗宣德三年，都御史刘观因贪污被革职，杨士奇与杨荣建议，遗缺由顺天府尹顾佐替补。顾佐为人刚毅，上任后，立即奏免了御史中行为不轨和年老多病不堪任职的三十二人，朝纲肃然。不久，都察院有人告发顾佐接受院中仆役的钱，私遣仆役回家，宣宗私下对杨士奇说："你不是说顾佐为官清廉而推荐了他吗？怎么会有这些事。"士奇说："这些事是真的，朝中官员俸薄，不得不把半数的仆役遣回，要他们出钱免除差役，官员得钱贴补家用，而仆役能回家种田谋生。永乐以来，朝臣都是这样，连我也是这样。"宣宗听了叹息说："没想到朝臣贫困到这个地步！"因而对告状人十分恼怒，即将状文交给顾佐说："你自己去处治罢！"顾佐找到告状人说："皇上要我处治你，我看只要你改正，可免予处罚。"告状者感激涕零，宣宗听到后也很高兴，更感到杨士奇识人。

简评

杨士奇（1365—1444），名寓，江西泰和人。建文帝初年被荐入翰林，永乐时常使辅佐太子，即明仁宗朱高炽。当时明成祖朱棣因次子朱高煦在"靖难"中力战有功，朱棣许以事成立他为太子，后不得立，心怀怨望，谋废太子，杨士奇在朱棣面前替他说好话，得以保全。后来高炽即位，又屡屡进谏，知无不言，以四方水旱请帝宽恤，抚逃民，察贪吏，举能人，令极刑家子孙皆得仕进。尤其是知人，在仁宗、宣宗两朝经他荐举担任官职的达五十余人，大都官声好，有政绩，其中于谦、周忱、况钟等，廉能冠天下，为有明一代名臣。封建时代，重人治而轻法治，得人则昌，失人则亡，杨士奇善于识拔人才，对促成明代仁宣之治起了极大作用。

陶澍、林则徐识左宗棠

陶澍、林则徐赏识塾师左宗棠，成为传世佳话。

左宗棠系湖南湘阴人，父亲左观澜，设馆授徒为生。左宗棠十五岁时，母亲余氏病故，十八岁时父亲又去世，家计艰难，二十岁时应本省乡试，中第十八名举人。乡试后，与湘潭周诒端结婚，入赘妻家。以后三次到北京参加会试，都落第而归，没有中进士。

第二次会试落第后，左宗棠到醴陵主讲渌江书院，适逢时任两江总督的安化人陶澍巡视江西，回原籍扫墓，路过醴陵，醴陵知县请左宗棠为陶澍行馆题楹联云：

春殿语从容，廿载家山，印心石在；

大江流日夜，八州子弟，翘首公归。

所称“印心石”是清代道光皇帝曾为陶澍题过“印心石屋”四个大字。原来陶澍家乡湖南安化县小淹，濒临资江，江中有块石头名“印心石”，高出水面约两丈，长宽也约两丈，当地人称为官印。陶澍青年时代在“印心石”北岸读书，把自己的书斋命名“印心石屋”。道光十五年（1835），陶澍进京述职，道光皇帝召见十四次，得知陶澍书斋名，便亲笔写了这几个字赐他，在当时自然是莫大的荣耀。而陶澍从嘉庆二十年（1815）请假回家以后，到这次回乡又快二十年，所以称“廿载家山”。下联则是说陶澍的功业继承了远祖陶侃，陶侃是东晋大臣，曾任都督八州军事，以此比喻家乡人翘首盼望陶澍回乡。

陶澍看到这幅对联，大为赞赏，得知为左宗棠所作，敦促延见，纵论古今，从夜间开始，谈论了一个晚上，直到天亮，订为忘年之交。陶澍还特意在醴陵留了一天，叮嘱左宗棠下次会试后到南京相见。

道光十八年（1838）春，左宗棠第三次到北京参加会试落第，遵宿约绕道到南京拜望陶澍，陶澍十分高兴，待若上宾，挽留他住了十多天，对左宗棠说：“汝之言论志向，我俱明白，将来勋业当在我上。”并相约结为儿女亲家，以左宗棠之女左孝瑜配陶澍之独子陶桄，并托左宗棠抚育其子。

道光十九年（1839），陶澍病逝，次年左宗棠即接受业师兼亲家贺熙龄的推荐，并遵旧约，到安化小淹为陶澍管家教子，一住八年，直到道光二十九年（1849），才携陶桄到长沙设馆授徒，并以左孝瑜适陶桄，后来竟生了五子二女。

陶家藏书至富，左宗棠得以博览群书，钻研史志、舆地、宪章、掌故，对他以后的事功大有裨益，又通过陶澍的关系，结识了林则徐。林则徐早年曾任东河河道总督、江苏巡抚，为陶澍所赏识、提拔，左宗棠也敬仰林则徐。道光二十八年（1848）冬，林则徐时任云贵总督，因陶澍之婿胡林翼的推荐，曾邀左宗棠去他的幕府，左因事未往。次年冬，林则徐由云南辞官回乡，路过湖南，特遣专人赴湘阴，约左宗棠来长沙相会。道光二十九年十一月二十一日（1850年1月3日），二人终于在湘江的舟中见面，畅谈时务、水利、军事、历史、人物等，直到天亮，林称赞左是“绝世奇才”，二人同桌共饮，林则徐并于舟中手书一联相赠，联云：

此地有崇山峻岭，茂林修竹；

是能读三坟五典，八索九丘。

这是乾隆年间进士李因培题随园的集句联，上联出自王羲之《兰亭集序》，下联出自《左传·昭公十二年》。

林则徐还对左宗棠说：“终为中国患者，其俄罗斯乎？吾老矣，无能为矣，惟弟其念之。”“他日建奇勋于天山南北，竟某之志者，其惟君乎！”这些话对后来左宗棠力主并率军平定新疆，影响很大。左氏晚年总督两江时，在省城江宁（今南京市）为陶、林二公合建一座专祠，并题联云：

三吴颂遗爱，鲸浪初平，治水行盐，如公皆不朽；

卅载接音尘，鸿泥偶踏，湘间邗上，今我复重来。

此联气势恢宏，他以陶、林二公的继承者自居，三公功业，可永垂不朽。

简评

伯乐相马的故事，千古传诵。但世间千里马常有，而伯乐不常有，使许多的千里马默默地老死在马厩中，不能一展其一日千里的雄风。陶澍当时已是名满天下的封疆大吏，却仅从一副对联，一次谈话中，许左宗棠为奇才，两次见面，推许他勋业将在自己之上，并以孤子相托，结为儿女亲家，这须要何等的见识与风范。左宗棠固是奇才，陶澍这样的伯乐更是凤毛麟角。林则徐在广州禁烟早已名震中外，被戍新疆后起复，仍然位高权重，虽则辞官回乡，仍是万人景仰，他却约布衣之士在湘江舟中会见，许左为“绝世奇才”，这也是极不寻常的。陶、林二公与左氏的见面期许，对左氏的后来事业产生了深刻的影响，不是陶、林、胡等人的推许、揄扬，很难说有后来左氏的功业。左氏视陶、林为自己所敬仰和效法的楷模，勉励自己继承二公的事业和风范，榜样的力量无穷，自然是起了极好的推动作用，“今我复重来”，即是绝好的注脚。

智童篇

甘罗劝张唐出使

甘罗是秦国左丞相甘茂的孙子。甘茂去世的时候，甘罗才十二岁，在秦相文信侯吕不韦下边任职。

秦始皇派刚成君蔡泽到燕国，经过三年时间，就迫使燕王喜派遣太子丹到秦国做人质。秦王又打算派张唐到燕国去做相，策动燕国共同攻打赵国，以开拓河间这块地方。张唐对文信侯吕不韦说：“我曾经替秦昭王攻打赵国，赵国怨恨我，放出风声说：‘能拿到张唐的人，赏与百里的土地。’现在去燕国必定经过赵国，我不能够去。”文信侯听了，心内很不高兴，但也没有勉强张唐。甘罗问道：“君侯为什么事这样的不高兴呢?”文信侯说：“我命刚成君蔡泽事奉燕君三年，燕太子丹已送到秦国来做人质了。现在我亲自请张唐去燕国，他却不肯去。”甘罗说：“请让我去说服他动身。”文信侯斥责他说：“走开！我亲自去请他还不肯，你怎么能够说服他动身?”甘罗说：“从前项橐七岁的时候，就当孔子的老师，现在我已经长到十二岁了，你就试试我吧，何必这么匆忙斥责呢?”于是甘罗去见张唐说：“你的功劳与武安君白起相比，谁大一些?”张唐说：“武安君南面挫败强大的楚国，北面对燕国和赵国起到威慑作用，战必胜，攻必取，破城郭，毁都邑，不计其数，我的功劳比不上他。”甘罗又说：“应侯范雎在秦国用事时，与目前文信侯相比，谁更专权？”张唐说：“应侯不如文信侯专擅。”甘罗重复问道：“你明确地知道他不如文信侯专擅吗？”张唐说：“我非常清楚。”甘罗说：“应侯要攻打赵国，武安君不愿意，离开咸阳七里，就立刻死在杜邮；现在文信侯亲自请你去燕国，你却不肯去，我不知道你将死在何处了？”张唐听了，才知道不去将性命难保，连忙说：“请让我因你这孩子的一番劝告而动身吧。”于是下令整装出发。

简评

甘罗是甘茂之孙，甘茂在秦武王时曾为左丞相，有功于秦，死在魏国。甘罗用历史事实说服张唐，不执行吕不韦的命令，将有杀身之祸，促使张唐整装准备出发。原来秦将武安君白起，有大功于秦，秦国攻打赵国，秦王要应侯范雎请白起领兵，白起认为邯郸不易攻下，且有病，不肯去。后秦军久围邯郸不能攻克，秦王又要白起率兵去邯郸，白起仍称病不肯去，被免职为士兵，命他迁出咸阳，到了离咸阳西门十里的杜邮，秦王又与应侯范雎计议，赐剑令白起自杀。甘罗用这个事实，对比张唐和白起的功绩，范雎和吕不韦的专擅程度，使张唐确信不去不行。一个十二岁的孩子有这样的见识，自然是极不寻常的。

缇萦上书救父

汉文帝四年间，有人上书控告淳于意，被判肉刑，要乘驿车押送长安受刑。淳于意有五个女儿，跟随在后面啼哭。淳于意很生气，骂道：“生孩子不生男孩，一旦遇上急难之事，没个可使用的人。”他的少女缇萦听到父亲这样说，非常伤感，就跟随父亲西到长安。她向朝廷上书说：“小女子父亲为官，齐国人称他廉洁公平，现在却犯法要受肉刑，小女子痛心死了的人不能复生，身体受刑的人不能复如过去，虽想改过自新，终不可能得到自新之路。小女子情愿自己入宫当奴婢，以赎父亲的肉刑，使我父亲有改过自新的机会。”书呈上去后，文帝怜恤她一片孝心，就赦免了淳于意，并在这年下诏书废除肉刑。

简评

淳于意是齐国临菑人，又称太仓公，曾任齐地太仓长。自少喜欢医术，后来受学于同郡阳庆，传黄帝、扁鹊的脉书，医术更为精进，“为人治病，决死生多验”。但也得罪了一些人，被人诬告，要受肉刑。当时的肉刑有在脸上刺字涂墨的黥刑、割掉膝盖骨的膑刑等，受刑者轻则终身残疾，重则受伤致死，缇萦痛父受刑，一个十多岁的女孩子，从今属山东的齐地跑到今属陕西的长安，而且是跟着押送父亲的囚车，没有胆识毅力是不可能办到的。到长安后，又替父上书，自愿为婢，而且指出肉刑堵塞了人的自新之路。因而感动了汉文帝，不仅赦免了淳于意，还因此废除了肉刑，缇萦上书救父，也因此传为千古佳话。

刘彻论刑

汉景帝刘启时，廷尉奏囚犯防年的继母陈氏，杀了防年的父亲，防年因而杀了陈氏，依照法律，杀害母亲要以大逆罪论处。景帝对此感到怀疑。当时，汉武帝刘彻才十二岁，已被立为太子，正侍立在景帝身旁。景帝便询问他，武帝回答说："'继母等如母'，说明继母比不上亲母，只是因为匹配父亲的缘故，才把她比作母亲。如今防年的继母没有好样子，动手杀害了他的父亲，那么从下手之日起，母子之恩就断绝了。因此，应当与一般杀人罪同样处置，而不应以大逆罪论处。"

简评

刘彻（前156—前87），公元前141—前87年在位。他七岁被立为皇太子。十六岁即位，七十岁去世，在位五十五年。他是西汉王朝的开拓者，但又使中华大地折腾多年，几乎弄得民穷财尽，如他自己六十七岁时所说"所为狂悖，使天下愁苦，不可追悔"。

防年继母杀死其父，母子之情已绝，防年杀死继母，自不能以杀母论处，一个十二岁的孩子有此见解，自是难得。防年继母杀人，应依刑律论罪。防年不合因仇杀人，但所杀者乃犯有杀人罪之人，处理自应从轻。

昭帝知霍光不反

汉昭帝刚即位，燕王旦心怀怨恨，谋反，而上官桀也嫉妒霍光，便和燕王旦串通，用欺骗手段，叫人为燕王旦向皇帝上书，说霍光出都检阅禁卫军官时，像皇帝出行一样开路清道，禁止通行，先设供饮食之具。擅自增加大将军府中的校尉，独揽权柄，恣意行事，怀疑他有非同寻常的举动。趁霍光出外休假时奏上去。昭帝不肯将奏章发下去查办。霍光听到这件事，上朝时停在殿前西阁中不进去。昭帝问道："大将军在哪里？"上官桀奏道："因为燕王的上书，不敢上殿。"皇帝下令要霍光进殿，霍光取下帽子叩头谢罪。昭帝说："将军戴上帽子，我知道这份奏章是假的。将军没有罪。"霍光说："陛下是怎么知道的呢？"昭帝说："将军调动校尉到现在，还不到十天，燕王怎么会知道呢？而且上将军要造反，不在于增加几个校尉。"当时昭帝还只有十四岁，尚书和左右的人都感到惊异，上诬告书的人果然逃走了。

简评

汉昭帝，即刘弗陵。武帝幼子，八岁即位，霍光受遗诏辅政，封博陆侯，总揽朝政。本文所述史实见《汉书·霍光传》。一个十四岁的孩子，对燕王旦（昭帝兄）、上官桀（昭帝皇后的祖父，同受武帝遗诏辅政）等人合谋诬告霍光，能一眼看出诬告的内容是假的，确有其超常的智慧。当时燕王旦受封在北地，隔长安很远，交通不便，发生不到十天的事，燕王必不可能知道，昭帝从这一点就看出其内容的虚假，加上他懂得一个大权独揽的人，要造反不在乎调动几名校尉，因而识破了上官桀等人的计谋。

昭帝八岁即位，当了十三年皇帝，二十一岁去世。他委任霍光，承武帝"海内虚耗，户口减半"之后，"轻徭薄赋，与民休息"，达到"百姓充实，四夷宾服"，算是一个聪明的年轻皇帝。

孔融巧答李膺

孔融自小就有异才，十岁时，随父亲到京城洛阳。当时担任河南尹的李膺以简约清高自居，不随便接待士人宾客。他吩咐守门者，不是当世知名人士和交往密切的人，都不得入内通报。孔融想去看看这个人，特地去到李膺府前，对守门的人说：“我是李君世代相交人家的子弟。”守门人进去通报，李膺请孔融相见，问道：“你的祖父曾经和我家有过交谊吗？”孔融说：“是的，我的老祖宗孔子与您的祖先李老君曾共同切磋礼乐道德，彼此成为老师和朋友，这样看来，我和您是世代相交啦。”在座的人都为他的聪明惊叹不已。担任太中大夫的陈炜后到，在座的人告诉他这件事，陈炜说：“一个人小时聪明懂事，长大后未必很奇异。”孔融立即回答说：“从您的言论看来，大概小时候是不聪明的吧？”李膺听了，大声笑着说：“你将来必是大有作为的人才。”

简评

孔融字文举，鲁国人，孔子二十世孙。相传他自幼聪慧，四岁时，每次和哥哥们吃梨子，他总是取最小的，大人问他的缘故，他说：“我年小，应当取小的。”这个孔融让梨的典故，一直流传到现在。孔融见李膺的故事，也很有名，李膺当时名气很大，不轻易见客，被他接纳的称登龙门。李白《与韩荆州书》：“一登龙门，则身价十倍。”就是用的这个典故。孔融根据孔子曾问礼于老聃的典故，说他和李膺是世代相交，一个十岁的孩子能这样博古通今，巧妙地运用历史典故，自然引起大家的惊叹。对陈炜的反唇相讥，使得陈炜无话可说，更反映出他的机敏。

吴祐劝父避嫌疑

东汉末年，有个才满十二岁的男孩吴祐，随着做官的父亲去外地。父亲吴恢担任南海郡的太守，南海太守的住地，就是现在的广州市。当时这地方盛产竹子，用火烤去竹片的水分，再刮去上面的青皮，制成竹简，就可在上面刻写文字，而且便于保存，吴恢就想制竹简刻写经书。吴祐劝说道："现在您所管的地方跨越五岭，远在海边。这里的风俗确实简陋，但过去多产珍奇怪异的物品，这些物品对上容易引起皇帝的疑忌，对下是权臣贵戚所想得到的。这些书如果刻成，就要用一辆车来装着，过去马援因为带回薏苡种子引起诽谤，王阳因为只带一只盛衣的口袋而未招致奢侈的名声。处于嫌疑之间，是先代贤人所慎重对待的。"

吴恢觉得儿子说得有理，就停止了制简刻书。

简评

吴祐所处的时代，正值东汉桓帝时，外戚大将军梁冀专权，政治昏暗。吴祐以正直仁厚知人著称，任胶东侯相九年，政简刑清，后任齐国相，又被梁冀提名升为长史，长史的职责是协助长官，总理幕府，相当于现在的秘书长，梁冀显然是想拉拢他，引为心腹。后梁冀诬奏太尉李固，吴祐当面和他争论，当时名气很大的马融在座，为梁冀起草奏章，吴祐指斥他说："将来如果李公被杀，你有什么脸面去见天下的人。"梁冀大怒，把吴祐贬出外地，他自动辞职回家，不再做官。后来梁冀自杀，党羽被杀的很多，吴祐不附他为恶，到九十八岁时才去世。

在这则故事中，一个十二岁的孩子，就以过去的事例劝阻父亲不要做容易引起别人怀疑的事而受祸。马援是东汉初年的名将，他从交趾回朝时，装了一车薏苡实的种子，人们以为是珍珠宝贝，朝中权贵望他馈赠，却没有得到好处，马援死后，权贵梁松等上书诬告他在交趾载回一车珍珠犀角，皇帝大怒，马援亲属只得草率安葬了马援，这就是因装载物品回朝受祸。

冯绲识诈

冯绲字鸿卿，东汉巴郡宕渠（今四川渠县东北）人。年轻时学习《春秋》和《司马兵法》。父亲刘焕，东汉安帝刘祜时担任幽州（治所在蓟县，今北京城西南）刺史，他痛恨奸邪凶恶的人，多次对他们所犯罪行予以惩处。当时玄菟（今辽宁沈阳东）太守姚光也结了不少怨家。安帝建光元年（121），怨恨他们的人就伪造了一封皇帝的诏书，谴责冯焕和姚光，还发下一把用刑的刀子，又下令给辽东都尉庞奋，要他迅速行刑，庞奋就斩了姚光，逮捕了冯焕。

冯焕要自杀，冯绲怀疑诏书的内容有破绽，劝阻冯焕说："父亲在幽州时，立志要铲除奸恶之徒，并没有其他的事故，一定是凶恶之人狂妄进行欺诈，谋划大肆实施罪恶勾当，希望父亲自己把这事报告皇上，如诏书属实，再甘心领罪不晚。"冯焕听从儿子的话，上书为自己辩冤，果然是行使欺诈的恶人干的，因庞奋不察真假，皇帝召回他抵罪。这时冯焕已病死狱中。安帝怜他们无罪含冤而死，赏给冯焕、姚光两家各十万钱，提拔他们的儿子为皇帝的侍卫官郎中，冯绲因此而知名于时。

简评

冯绲历任陇西、辽东太守及京兆尹、司隶校尉（纠察京师及附近地区的官员）、廷尉等职。在皇权至高无上的封建社会，对皇帝的诏书谁敢提出疑问，所谓"雷霆雨露总天恩"，他要杀你、提拔你，都是他的"恩德"，都是他正确，你只有"臣遵旨"的份儿，一些奸恶之徒得以乘机进行诈骗陷害，本文所记，甚至使一个堂堂太守被杀了头，一个州刺史被关押。然而年轻的冯绲却不迷信，敢于怀疑诏书有假，劝父上书辩冤，终于真相大白。不辨真假，唯诏书是听的辽东（郡名，治所在今辽宁义县）都尉（郡的军事长官）因错杀而抵罪。一个年轻人有此胆识，自是高智商，难能可贵。

曹冲称象

孙权送给曹操一头大象，曹操想知道它重多少斤，问他的部下，都想不出好的办法，曹冲说："把象放到大船上，在水浸到的深度留下的痕迹，刻上记号，再把其他东西放上去称量，使之达到同样的深度，就知道象的重量了。"曹操非常高兴，即照他所说的办法实行。

当时天下纷争，军国事务很多，用刑很重。曹操的马鞍放在仓库，被老鼠咬坏。仓库保管人员害怕被处死，商议着捆了自己前去认罪，还是害怕不免一死。曹冲对他们说："你们三日后中午时亲自去禀报。"曹冲于是用刀把自己的单衣戳烂，像被老鼠咬坏，假装心事重重，面有愁色，曹操问他为什么这样，曹冲回答说："世俗以为老鼠咬坏衣，衣的主人不吉利，因此忧虑。"曹操说："这都是虚妄不实之言，没什么关系的。"不一会，仓库保管人员来报告马鞍被老鼠咬坏，曹操笑道："这孩子的衣就放在身边，还被鼠咬，何况马鞍悬在柱子上，还不被鼠咬吗？"一句也没有追问。

简评

曹冲字仓舒，曹操之子，《三国志》上说他五六岁时，智力就像成年人一样。曹操特别喜欢他，可惜十三岁就去世了。曹冲称象的办法，是具体运用水的浮力原理，解决了当时的一个难题，出自一个小儿之口，尤其难能可贵，故传诵至今。

荀攸察奸

三国时的荀攸，字公达，荀彧的侄子。祖父荀昙，曾任广陵郡（治所在广陵，今江苏省扬州市）太守。荀攸少年丧父。荀昙去世，他旧时的属吏张权请求为荀昙守墓。荀攸时年十三岁，怀疑张权另有图谋，对叔父荀衢说："这个吏员脸色异常，恐怕有什么奸谋！"荀衢醒悟，便进行查问，张权果然是杀人后逃亡到了这里。

荀攸七八岁时，荀衢有次喝醉了，误伤了荀攸的耳朵。荀攸跑进跑出游戏，常常避开护着自己的耳朵，不让荀衢看见。荀衢后来听说这件事，深受感动，对他生性如此聪明，感到吃惊。

简评

荀攸（157—214），颍川颍阴（今河南许昌）人，初仕东汉为黄门侍郎，谋诛董卓被捕，同谋者何颙在狱中因忧愁害怕自杀，而荀攸言语饮食像没事一样，董卓被杀后才放出来。后曹操任为汝南太守，又为军师，曹操很器重他，他帮曹操出谋划策，打败张绣，生擒吕布，破袁绍，以功封陵树亭侯。曹操对他的评价是："外愚内智，外怯内勇，外弱内强，不伐善，无施劳，智可及，愚不可及，虽颜子、宁武不能过也。"五十八岁时去世。

荀灌突围救父

荀崧的小女儿荀灌，在她年幼的时候，就有奇异的品格节操。荀崧担任襄城太守，被叛将杜曾围困，因城中兵力薄弱，粮食快要吃完，想派人去向老部下平南将军石览求救，又想不出良好的计策。荀灌这时才十三岁，就率领勇士数十人，乘夜翻过城墙，突出包围，叛军紧紧从后追赶上来，荀灌督促将士们边战斗边前进，终于得入鲁阳山，摆脱了追兵。小荀灌亲自去见石览，请求他出兵援救。又以父亲荀崧的名义写信给南中郎将周访，请他发兵救援，结为兄弟。周访即派了他的儿子周抚率领三千人马，会同石览的兵马去救荀崧。杜曾军队听说救兵来到，即时撤退，十三岁的荀灌挽救了她的父亲和一个城市。

简评

荀灌的父亲荀崧，字景猷，颍川颍阴（今河南许昌）人，是三国时魏国太尉荀彧的玄孙，《晋书·荀崧传》称他“志操清纯，雅好文学”。当他担任都督荆州江北诸军事、平南将军，镇守宛城时，为叛将杜曾所围，旧部石览时为襄城太守，他派幼女荀灌去请援。《晋书·荀崧小女灌传》说他当时任襄城太守，与荀崧传上所说不同。荀崧还有两个儿子，一名荀蕤，一名荀羡，都有作为。次子荀羡十五岁时，将娶寻阳公主，这在别人是求之不得，荀羡却不愿做皇家女婿，逃婚于外，上司紧追不舍，荀羡没办法，才和公主成了亲。以后历任要职，功绩卓著。荀灌就在这样一个家庭长大，自小受着父兄的熏陶，见义勇为，当仁不让，而又才智过人。她面对的敌将杜曾，是个“骁勇绝人，能被甲游于水中”、“凡有战阵，勇冠三军”的角色，曾打败过陶侃，性又凶狡，很难对付，荀灌以一个十三岁的小女孩，仅率勇士数十人，居然能突围成功，取来救兵，救了襄城，这可是何等的不容易。时间已过去一千多年，读来仍虎虎有生气。

司马绍巧答日远日近

东晋明帝司马绍，字道畿，是晋元帝的大儿子。幼年时就聪明懂事，晋元帝特别宠爱他。才几岁时，有一次，把他放在膝前坐着，适逢长安有个官员来，元帝问他道："你说太阳和长安哪个离我们远呢?"他回答说："长安离我们近。没听说有人从太阳那儿来，由此就可知道长安离我们近。"

第二天，元帝设宴招待群臣，又问司马绍太阳和长安哪个近，不料他却回答道："太阳离我们近。"元帝一听，脸色都变了，即忙问道："为什么没隔多久，就和昨天说的不一样呢?"他又不慌不忙地回答道："我们抬头一眼就能看到太阳，却不能一眼望见长安，所以太阳离我们近。"由此元帝更为他的聪明感到惊奇高兴。

简评

东晋明帝司马绍，《晋书》本纪称他"聪明有机断，尤精物理"，可惜二十七岁就去世了。日远还是长安远的故事，已为人所熟知，一个几岁的孩子能从不同的角度，作出截然相反的答复，思辨才智非凡。

王允之装醉免祸

王允之，字深猷，童年时，他的堂伯王敦说他像自己，常常带着他在一起，出外同坐一辆车，夜间同睡一处。有一次王敦夜间设宴饮酒，王允之说他喝醉先睡了。王敦和钱凤商量反叛朝廷的事，这时王允之已睡醒，他们商议的话都听到了。王允之考虑王敦可能会怀疑他，就在睡的地方假装酒醉呕吐得厉害，衣服和脸上都被弄脏。钱凤走了以后，王敦果然拿灯来照，看到王允之睡在呕吐狼藉的床上，以为他真是大醉了，不再怀疑他。当时王舒刚被任命为廷尉，王允之请求回家看望父亲，王敦同意了。王允之到达京城后，把王敦、钱凤商议发动叛乱的事告诉父亲王舒，王舒马上和王导一同去禀告了晋明帝。

简评

王允之，王舒次子，苏峻造反，从王舒讨伐苏峻立功，封番禺县侯，官至卫将军、会稽内史。所至有政绩，与父王舒俱为东晋初大臣。卒年四十。当初他还是一个小孩，在听到大臣商议谋反这样的重大机密后，知道心狠手毒的王敦必然会怀疑他，从而杀人灭口，至少会把他软禁起来，这样他就会遭杀身之祸或失去自由，而这一重要情报就不可能传到建康，使朝廷早为防备。他急中生智，故作呕吐，装成酒醉不省人事，呼呼大睡，使王敦不怀疑他，既保全了自己，又为朝廷送去极为重要的情报，如此智慧为成人所不及。

宇文宪少年出任刺史

齐炀王宇文宪，字毗贺突，北周太祖宇文泰的第五个儿子。秉性通达聪明，胸怀宽广，虽在儿童时期，就聪明懂事。太祖宇文泰曾赐给儿子们良马，任他们自己去选择，宇文宪独选了一匹毛色不纯的马。太祖问他为什么独取这种马，他回答说："这马的颜色既然特殊，可能多属良马。可用以从军征讨，放养也容易识别。"太祖高兴地说道："这孩子智慧见识不凡，必会成为国家重要人才。"

起初，平定蜀地以后，太祖因为那里地势优越便利，不想让那些旧的将领去居守。想要在儿子们中选择一个，便逐一问儿子宇文邕以下，谁能去蜀地，还没有得到答复，宇文宪先请求去。太祖说："担任刺史官职要安抚治理百姓，不是你能办到的。按年龄来授职，应当由你的哥哥们去。"宇文宪道："人的才能用处各不相同，不与人的年龄相关。如果试一下不行，甘愿受当面说谎的斥责。"太祖非常高兴。因宇文宪年纪还小，没有派他去。到世宗宇文毓时，遵循先人的意旨，授他为蜀郡刺史。宇文宪这时才十六岁，他善于安抚百姓，维护治安，留心为政之道，诉讼案件积在一起，他受理不感到疲倦。蜀地的人怀念他，共同立碑歌颂他的功德。

简评

宇文宪还是个孩子，选马不单从毛色的纯白、纯黄等着眼，而宁选一匹毛色不纯的，认为好看的不一定中用，其见解独特。后来以一个十六岁的少年，担任蜀郡刺史，也号为称职。《周书》上说他"素善谋，多算略，尤长于抚御，达于任使，摧锋陷阵，为士卒先，群下感悦，咸为之用"，是一个不可多得的人才。后为其侄昏君周宣帝宇文赟所诬遇害，年才三十五岁，北周失去了这样一个柱石，两年半后宇文赟去世，传位其八岁儿子静帝宇文衍，半年后为隋文帝杨坚所篡，距宇文宪之死才三年，北周就灭亡了。

杜伏威少年统兵

杜伏威，齐郡章丘（今山东章丘西北）人。少年时，性格豪放，四处游荡，不去经营谋生的职业，和同里人辅公祐结为刎颈之交。辅公祐多次偷姑母家的羊送给杜伏威，县里追捕得很急，杜伏威和辅公祐被迫逃亡，聚众起义，这时杜伏威才十六岁。他狡猾计多，每次打劫富人，大家用他的计谋，都收到好的效果。他经常保护同伙，出击在前，撤退居后，受到大家敬服，共同推举他为首领。

隋炀帝大业九年（613），他率众入长白山，依左君行，因不能畅所欲行，就离开了，转到淮南，自称将军。他到下邳，当地农民首领苗海潮拥众抄掠，他派辅公祐前去威胁晓谕苗海潮说："天下人都苦于隋朝的暴政，豪杰之士相率兴起义兵，但力量薄弱分散，没有统一指挥，如果合起来力量加强，就不必顺从隋朝了。您能为主，我服从您，不然，就打一仗以决胜负。"苗海潮被他慑服，率部投降。

隋朝江都留守派校尉宋颢率军去镇压，伏威迎战，假装被打败，将宋颢引诱到芦苇丛生的湖泽中，顺风纵火，将来犯的隋朝骑兵几乎全部烧死。

杜伏威率部到海陵（今安徽临淮县境内），当地农民军头领赵破阵听说杜伏威兵少，轻视他，派人前去招降，杜伏威带领亲信将领十人携带牛酒到赵破阵营中拜见，命辅公祏率兵在外严阵以待。破阵以为杜伏威来洽降，把杜伏威请入营帐，大摆酒宴，召集部下头目饮酒高会。杜伏威突然动手杀了赵破阵，下面的人惊骇得来不及救援，又杀了数十人，其余的都因害怕表示服从，辅公祏所率的兵也到了，于是尽并其部队，至数万人。

简评

杜伏威是隋末农民起义中的著名领袖，驰骋江淮一带，十六岁就成为起义军的首领，以后成为统帅。唐高祖武德二年（619），他投降了唐朝，被授以行台尚书令、淮南安抚大使、上柱国，封吴王，武德七年（624）去世。他从参加起义到挺进江淮，以后又从独树一帜到雄踞江淮，不过几年时间。一个青少年居然能指挥千军万马，常打胜仗，其机智勇敢、沉着果断的指挥才能，如同一员沙场老将，在历史上也不多见。

区寄智杀绑匪

儿童区寄，是唐代郴州一个打柴放牛的孩子。他边放牛边打柴，两个强贼劫持了他，把他双手反捆，用布袋堵住他的嘴巴，准备带到四十里以外的农村集市卖掉他。区寄假装小孩啼哭，吓得发抖，像儿童常有的那种样子。贼人不以为意，相对饮酒，喝醉了，一人到市上去做买卖，一个则躺下睡大觉，把刀插在过道上。童寄暗中窥伺他睡觉了，把反绑双手的绳子靠在刀口上，上下用力，割断了绳子，于是取刀杀了旁边这个人贩子。但没有逃很远，那个做买卖的人贩子回来了，碰上区寄，又把他抓回，看到他的同伴被杀，大吃一惊，转身就要杀区寄，区寄说：“做你们两个主人的小奴仆，怎么比得上给你一个主人当小奴仆呢。他不以恩德待我，所以杀了他。主人果然能保全我的生命，施恩于我，要怎么办都可以。”这个人贩子想了很久说：“与其把这小子杀掉，哪比得上把他卖给别人。与其卖得的钱两人分，哪比得上我一人独占。幸而他把伙伴杀掉了，很好。”他把死者尸体藏起来，挟持区寄到一个歇宿店，加重捆绑，非常牢固。到半夜时，区寄打个转身，把捆绑的绳子靠近炉火烧断，炉火烧伤了自己的手，他也忍着。于是又取刀杀了这个人贩子。随即大声呼号，整个墟场的人都被惊醒。孩子说：“我是姓区的儿子，不应当做人的小奴仆，两个贼人掠得我，我侥幸把他们都杀掉了，希望各位把这件事报告官府。”

市镇上的官吏把这件事报告州的官员，州又报告桂管观察使，观察使召见，他一副幼稚老实的模样。桂州刺史颜证很赞赏他，要留他在衙门做个小吏，区寄不肯。于是给予衣服，由官吏护送他还乡。当地从事劫夺贩卖儿童的贼人，都害怕不敢过他家的门，都说：“这孩子比十三岁杀人的燕国勇士秦武阳还小两岁，就杀了两个强人，怎么可去惹他呢？”

简评

区寄是个打柴放牛的孩子，却又是一位英勇机智的少年英雄，他临危不惧，在被强贼劫掠以后，就时刻在寻找逃脱的机会。看似卑贱的人，常常蕴藏着杰出的才华。弱者对强者、对一切邪恶的人和事，只有斗争才能摆脱厄运。现在有的人遇到劫持人质借以威胁勒索的事件，不是报告公安机关，勇敢斗争，而是一味迁就忍让，求得私了，结果适得其反。

赵葵一言定军心

赵葵字南仲，南宋时京湖制置使赵方的儿子。赵方驻守襄阳，派赵葵专管军队饮食供给，和他哥哥赵范都有志于做番事业，建立功勋。赵方很器重自己的儿子，特聘请郑清之、全子才做他们的老师，又派遣他们跟从南康李燔学习有用的知识。每次听到敌军的警报，赵葵和众将一同出战，遇到敌军，深入敌营，冒着生命危险坚持战斗，众将领唯恐失掉制置使的儿子，都尽力死战去救援他，多次因此获得胜利。有一天，赵方赏赐将士，赏赐的东西不足以偿付将士们付出的辛劳，军队将哗变，赵葵这时才十二三岁，发觉了这件事，立即大声喊道："这些赏赐是朝廷颁发下来的，制置使还有别的赏赐。"军心靠他这一句话稳定下来，制止了兵变，人们都佩服他的机警。

简评

赵葵和其父赵方、兄赵范都是南宋末名将，赵葵指挥作战，屡败金人，官至枢密使兼参知政事，后又特授右丞相兼枢密使，封信国公，他四次上表力辞，改为观文殿学士。他十多岁时就随父征战，多立战功，特别是当军队因赏赐太少将引起兵变时，一个十二三岁的孩子竟能立即察觉，一句话稳定了军心，这在一般军事将领也难做到。其原因除了个人的天赋外，与他从名师学习与自幼身经战阵关系很大，学习加实践，是他成功的主要原因。

夏完淳巧骂洪承畴

夏完淳，字存古，吏部考功郎夏允彝的儿子。童年时，读书一眼能看几行字，说话能抓到要领。他父亲的朋友都为他的聪明感到惊奇，称他为小小的朋友。陈子龙和李舒章、宋辕文选明诗编成集子，单独把夏完淳的诗放在后面，采择人物也把他列入，当时人们都非常推许他。

夏完淳十三岁时，将随他父亲去长乐县令任所，经过魏里时，去拜见了他的岳丈钱彦林。当时四方多事，缺兵缺粮，完淳问岳丈道："在今天这样的形势下，岳父大人所看的是什么书，所重视的是什么事?"钱彦林当时把他作小孩看待，听他这么一问，想回答，一时间竟未能讲出一个所以然，只是说："我和你父亲所学大略相同。"

到十六岁，他跟随他的老师陈子龙在太湖起兵，遵照他父亲的遗命，把家财都献出作为军饷。鲁王监国，遥授他编修之职。陈子龙作战失败，夏完淳又去吴易军中任参谋。吴易失败，又与吴胜兆共谋反正，被捕后解至南京，叛臣洪承畴想从宽处理释放他，故意说："小孩子懂得什么，怎么会举兵叛逆，不过是一时失误到了叛军中，如能归顺朝廷，就不会失去官职。"

夏完淳听完，厉声说："我曾听人说过，洪亨九先生是本朝的人中豪杰，在松山、杏山战役中，流血牺牲。已去世的崇祯皇帝对他进行了追悼褒奖抚恤，感动了中华大地和四夷。我仰慕他忠于国家民族的高尚品德，我年纪虽小，对于牺牲性命，报效国家这种高尚的事业，怎么可以让他擅美呢!"左右的人说："那在上坐的就是洪经略。"完淳叱责他说："亨久先生为国事牺牲已久，天下人没有不知道的。曾经设御祭七坛，皇帝亲临祭奠，面上流满了眼泪，参与祭祀的群臣都泣不成声，你是什么逆贼，敢假托他的名字以玷污他尽忠报国的灵魂!”因而一跃而起，大骂不止。洪承畴无话可答，只是气色沮丧而已。

以前完淳因两次遭国变，写下了万余字的《大哀赋》，文笔酣畅沉痛，世人争相传诵。

简评

夏完淳（1631—1647），原名复，乳名端哥，字存古。早年诗文曾辑为《玉樊堂集》，因而人又以玉樊相称。完淳五岁讲《论语》，六岁熟经史，能诗文，被人称为“神童”。由于他的秉赋和家庭、社会对他的影响及明、清之际的社会大动荡，他十五从军，十七殉国，成为中国历史上著名的少年英雄，本文主要记述他被捕后受审讯时，机智从容地痛骂已投降清军并任经略的洪承畴的情景，为当时和后世所称道。

陶葆贤九岁留遗集

清代道光时，两江总督陶澍的儿子陶慧寿，名葆贤，初入学时，先生教授《论语》，举偏旁“言”字为训，对他说：“言从口出，故下面用一‘口’字。”慧寿随即问道：“足不能说话，为什么上面也有一个‘口’字?”先生大为惊异。一天老师教他读《诗经·大雅》至“自彼殷商”一句，慧寿又问：“一个朝代为什么有两个国号，又称殷，又称商。”老师说：“自盘庚迁殷以后，商改称殷，也有的以殷商并称。”慧寿又问：“商何故要迁殷？”老师说：“因为水患。”慧寿说：“周代东迁也是为了避患，为什么《诗经·黍离》独贬平王？”老师说：“因为平王把西边的土地割让给了秦国，所以谴责他。”慧寿说：“这么说来，殷的迁都是为了保宗社，利百姓，而平王东迁，是弃宗社以利秦吧！”老师听了，大为赞赏。

葆贤年才七岁，即爱作诗。陶澍将入北京朝见道光皇帝，然后回湖南扫墓，要妻子携慧寿先回，居桃花江别墅，离陶澍故居安化小淹约二百里。初到桃花江，慧寿即作了一首《初至桃花江》诗：

此处距吾家，道路二百里。云山虽暂隔，同饮资江水。

以后又有《桃花江晚眺》：

江上有桃花，江边有柳絮。黄鹂隔树鸣，红云远飞去。

咏《桃花江》：

江水浩无边，桃花两岸然。试问蓑笠翁，何处是洞天？

陶澍幼年家贫，常以野菜稀粥度日，甚至数日断炊，陶澍随母采野菜为食。住房则是“老屋不三间，瓦缺无全椽。左右交众木，支撑防其颠。清风出四壁，星月摇床边”。十二岁时，陶澍母亲病逝，九岁的弟弟只好辍学在家劳动，年仅四岁的妹妹到周家去做童养媳，小慧寿从父母口中听到这些辛酸往事，据说他每次和母亲回小淹展拜祠墓或值祭祀，看到先世画像，常涕泣不能止。大人问他为什么哭，他说：“听母亲说，祖父母起家艰难，所以悲痛。”小小年纪，就作了一首《谒多贤祠》诗，诗中写道：

每闻吾母语，泣念艰难时。今来拜祠下，有泪更如丝。

慧寿还能在诗中用典，他在《夜读》一诗中，以“燃藜”一典比喻苦学，诗道：

晚来读书好，太乙藜光然。青灯与黄卷，更深总不眠。

所谓“太乙藜光然”，指的是刘向勤学苦读的故事。刘向是西汉时的经学家、文学家、目录学家，相传他校书天禄阁，有老人持青藜杖，吹杖端烟燃，授五行洪范之文，老父自称是天神中的太乙神，后人用此典故比喻夜学苦读，说明小慧寿的聪明勤学。

在另一首《朱笔》诗中，他又用了另一个典故。诗的原文是：

丹心托之笔，朱笔比朱霞。不羡江郎梦，徒生夜里花。

这里用的是江淹梦笔生花的典故。江淹是南朝梁代文学家，少年时孤贫勤学，曾梦人授以五色笔，文章大有长进，后人因以“梦笔生花”称文人才思日进，这里反其意而用之，说“不羡江郎梦，徒生夜里花”。是“丹心托之笔”自然有生花妙笔。

慧寿学习用功，记性又好，还会化用前人名句，其《对酒》云：

晚来君把酒，一醉话桑麻。月照篱前好，相携就菊花。

这里化用了孟浩然《过故人庄》的句子：“开轩面场圃，把酒话桑麻。待到重阳日，还来就菊花。”

一个不满十岁的孩子，能写出这样的诗，真是十分难得，慧寿殇后，其姐夫曾任湖北巡抚的晚清名臣胡林翼汇集其所作为《慧寿遗集》，得三十六首，收入在《资江耆旧集》中。

简评

陶葆贤（1822—1831），字慧寿，是陶澍的第四子，由于第一至第三子都早殇，慧寿自幼又十分聪慧，故对他十分钟爱。他三岁开始学写字，四岁就能跪地写大字。老师教以五经中的数百字，顷刻即能背诵无遗。从师学绘画，有时竟能“纵笔为山水人物，亦毕肖”。七八岁开始作诗，咏物述事，深得时人称赞，被誉为“小李泌”。道光十年（1830），葆贤随母移居桃花江别墅，次年忽患喉疾，不治而卒，年仅九岁。邓显鹤所编《资江耆旧集》收录其五言诗三十六首，称其诗“多杂仙心，飘飘有凌云之气”。